第一輯

第二輯

第一輯

水鄉招魂
——記汨羅江現場祭屈

1

整座屈子祠都已靜了下來，就連前後三進的所有木雕石刻，縱聯橫匾，神龕上的翔鳳、遊龍、奔馬，也已肅然無聲。就連戶外的人語喧闐，整座玉笥山的熙熙攘攘，忽然也都澱定。只有佇立三米的詩人金像，手按長劍，腳踏風濤，憂鬱望鄉的眼神似乎醒了過來。有一種悲劇的壓力壓迫著今天這祭祀典禮。詩人生於寅年寅月寅日，但人間永記不忘的是他的忌辰，五月初五，只因他的永生是從他的死日，從孤注一投的那刻開始。

祭屈的儀式定於九點零九分由湖南電視臺向全國直播，時間正一分一秒地在倒數，隆重而又緊張。在兩株三百年的高桂樹下，中庭站滿了參祭的人。面對「故楚三閭大夫屈原牌位」的神龕，肅立著青袍黑褂的主祭官，側立龕旁的是麻衣麻帽的司儀。高門檻外，前排站著十人，分成左右兩列。左列五人是作家，左起依序是陳亞先、韓少功、李元洛、譚談，和年紀最長的他，越海峽而來的詩人。右列也是五人，都是岳陽的官員。在他們背後，是六隊龍舟選手的代表，肩上扛著卸下的龍頭，其中也有體態健美的外國女選手。再後面就是照壁了，高冠束髮，憂容戚戚的屈原畫像，略帶立體畫派的風格，似在遠眺郢都，而非俯視滿庭的祭者；兩側的對聯是「招魂三戶地，呵壁九歌心」。

古桂的上面，是半明半昧的薄陰天，時下時歇地落著細雨。祭屈的天氣應該如此。幸而雨勢一直霏霏，他和同排的作家一樣，也披著金黃耀眼的祭禮綬帶，多少遮住了一些雨絲。他下了決心，就算雨勢變大，他也不會用傘。淋一點雨，比起被洪流吞沒，算得了什麼呢？

插地的長枝禮香，高及人頭，白煙嬝嬝，在雨中盤旋，是為靈均招魂嗎？正出神間，忽然一聲斷喝：「肅靜！」十秒鐘後，又一聲喝：「舉行致祭三閭大夫尊神禮！」於是執事設香案、食案、饌案，獻果、獻粽、獻三牲，設束帛，上龍頭。接著麻衣的司儀一連串喝道：

起鼓！鼓三通！

鳴鐘！鐘三叩！

奏大樂！大樂三吹！

起小樂！小樂三奏！

鐘鼓齊鳴，聲炮！

壯烈的鞭炮鞭笞著怯懦的耳神經，直到祭眾都熱血沸騰，有烈士的幻覺。終於戛然聲止。主祭官就位，跪在神位前面。執事爵酒、授酒、灌地、反樽。司儀唱道：「叩首！叩首！三叩首！主祭人起立，復位！」此時一鄉耆開始誦讀祭文，一吟三嘆的湘音十分哀痛，波下的大夫聽到，想必也會鮫淚成串吧。祭文誦了五分鐘，同時有兩名執事為龍頭上紅。終於輪到官員與作家了。他領先與其他作家到盆架前去淨手，然後在神位前排好，三揖首後，回列復位。最後是龍舟弟子就位跪地，行三叩首。司儀再唱：「主祭人引龍舟弟子請龍神上舟！」整個祭式在二十一分鐘內結束。

2

龍舟競渡起源於岳陽，從一九八〇年代以來，岳陽舉辦了十次國際龍舟比賽，但千禧年後卻停辦了五年。今年恢復舉行，不但更加隆重，而且把比賽從岳陽的南湖移來汨羅江上，也就是屈原投水的現場，那氣氛便更加真切了。其近因，就是韓國也正向聯合國申請，把端午指定為文化遺產，大陸的文化界當然大感不滿，不甘悠久的傳統被人攘奪，網路的反應尤其激動。其實韓國民俗的端午叫做「端午祭」，不是「端午節」，祭祀的對象不是屈原，而是大關嶺山神；至於中國民間的習俗，例如掛菖蒲、吃粽子、飲雄黃酒等等，並不行於韓國，更不論龍舟競渡了。

「日落長沙秋色遠，不知何處弔湘君？」三湘的名勝古蹟，處處都是歷史的餘韻、傳說的回聲。即使短短的一條汨羅江吧，岸邊就安息著屈原、杜甫，漢族的兩大詩魂，同樣都憂國憂民，同樣都北望懷鄉，所以流吧汨水，吟吧羅江，悠悠的安魂曲永不停息。

屈原一死，詩人有節。祭屈的端午節，頌屈的龍舟賽，如此盛典，何須千里迢迢，從海峽對面邀一位老詩人來主風騷，他的年歲遠遠超過了詩祖與詩聖？接到湖南衛視邀請的傳真，他心中滿是「招魂」的殊榮，說不出究竟是要他去汨羅為屈子招魂，還是汨羅的江聲在招他的七魄？

不過湖南衛視的製片人李泓荔卻說動了他。「早在一九五一年，」她的傳真信說：「您就寫下了〈淡水河邊弔屈原〉了：『悲苦時高歌一節離騷，／千古的志士淚湧如潮。／那淺淺的一灣汨羅江水／灌溉著天下詩人的驕傲！』後來的〈水仙操〉、〈競渡〉、

〈漂給屈原〉、〈憑我一哭〉等等，也都膾炙人口。所以……」

既然湖南人認為可以，汨羅江現場的盛典他怎能錯過？終於他的飛機在長沙的夜色中降落，李泓荔和衛視的嬉哈族連夜把他接去了汨羅市，並要他明天，也就是端午的清晨，六點必須起身，才趕得上九點的祭禮。

這是他再度訪湘了。六年前中秋的前夕，他應湖南作協邀請，曾經有十日的三湘之行。第一場演講在嶽麓書院，滿庭桂花的清香，秋雨空濛，時落時歇。他站在堂上演講，四百多位聽眾一律瑟縮在淺青的雨衣雨帽裡，雨勢變驟，也無人退席。不敢辜負這一份殊榮，他講得格外用心，答問也字斟句酌，對冒雨而來的聽眾也再三致意，深恐朱熹不滿，會從那一塊匾後傳來咳聲。

由李元洛、水運憲與其他的湖南作家陪著，他頂禮了汨羅，泛覽了洞庭，登了岳陽樓，攀了張家界，並在岳陽師院、常德師院、武陵大學先後講學，印象很深，感慨無已。只恨回到臺灣，立刻陷於雜務，竟無一行半句記其盛況，以報湘人。對於他交的白卷，全程伴隨的李元洛相當不滿，告訴他「湖南人反應強烈」，令他六年來長懷歉疚。

但湖南衛視似乎不計較這些，竟然在六年後請他專程赴湘，去汨羅江上，參加與嶽麓講壇可以比美的盛會。不，湖南人並沒有對他絕望。六年贖罪，有效期還沒滿。

當然，上次三湘行旅，他留下的也並非全然白卷。在常德他參觀了壯闊的「詩牆」。

牆在沅江北岸，依江堤建成，上面刻了從屈原起，歷經宋玉、王粲、陶潛、李白、杜甫、劉禹錫、蘇軾、范成大以迄秋瑾、柳亞子、魯迅、郁達夫、徐悲鴻、聶紺弩、俞平伯等人的詩詞近一千首。新詩上牆的也有五、六十首之多，他的〈鄉愁〉、洛夫的〈邊界望鄉〉、鄭愁予的〈錯誤〉也在其列。主人請他題詞，他題了「詩國長城」四字，又添了兩句：「外抵洪水，內抗時光」。

赴岳陽途中，祭於屈子祠堂，忽有悲風掠過江面，他為之悵然，題了這麼四句：「烈士的終點就是詩人的起點？／昔日你問天，今日我問河／而河不答，只悲風吹來水面／悠悠西去依然是汨羅。」即興的斷句，題過也就忘了，不料元洛有心，竟收在追述的遊記裡。泓荔在傳真信裡，也引了這些斷句，來印證他的舊遊。

忘了的斷句回到面前，他覺得大可用來開篇，就將它續成了一首二十四行的新作，題為〈汨羅江神〉，在出發前夕傳去長沙。在國際龍舟賽的現場，只朗誦舊作來弔最早的民族詩宗，未免避重就輕，不夠虔敬。為祭屈盛會而另賦新詩，才顯得專程的專誠。湖南衛視收到〈汨羅江神〉，也立刻發給了長沙和岳陽的報紙。

但是令湖南人感受最深、因此也引用最頻的，卻是他多年前講過的一句話：「藍墨水的上游是汨羅江」。這句話是何時講的，究竟出現在什麼文章，他自己也記不得了。黃維樑翻遍他的文集，也找不到。但是近年在湘人的文章裡，這句話常見引用，不但出現在汨羅市的各種文宣或龍舟賽的場刊，甚至變成紅底白字，在街頭的標語上招展。

3

屈子祠的祭祀一結束，眾人便領他急步走到江邊，把他送上一艘快艇。艇上擠了五個人，匆匆披上雨衣，戴上雨帽，便向上游疾駛而去。雨勢不大，但高速的逆衝硬頂，卻招來激動的風浪，浪花飛揚。衛視的王燕瑟縮在雨衣裡，想超過船尾馬達的囂張跟他說話。她的話一半被馬達攪亂，一半被江風颳散，只能對他傻笑。快艇一共三條，他們的在中間，像三把快剪將水面剪開，只顧向前猛裁，卻不能將裂口縫上。

零零落落有幾頭母牛帶著小牛，在河洲上閒閒吃草，對三條快艇騷動的追逐，並不很在意。兩千年前的那一個端午，有牧童或者漁父，見到一位憔悴的老者，遠遠在江邊徘徊的背影嗎？

過了這一片空闊的野岸，京廣鐵路的大橋就壓頂而來，羅水也就在此匯入了汨水，合為汨羅江向西北流去。快艇卻逆流而上，向東南方的汨羅新市街衝去。江面寬約兩百多米，水流可算清暢，漁父不但可以濯足，甚至可以濯纓。這時兩岸人影漸多，色澤鮮麗的彩船迎面而來，稚氣可掬，像是童話裡漂來的紙船，不是來迎三條魯莽的快艇，而是來接從秭歸送粽子來的木船。

馬達聲小了，王燕向他解釋：「那木船七天前就從秭歸出發，一路順長江南下，要過洞庭湖，才來到汨羅江。沿途的市鎮都把當地的粽子送上船來，象徵全民都參加屈原的祭禮……」

「太好了，」他不禁讚歎。「秭歸是屈原的生地，汨羅是屈原的死所。這離騷的一生，用一條滿載粽香的木船來巡禮，靈均的水魂也感到安慰了吧。杜甫的墓也在汨羅江邊，還沒有這樣的待遇呢。」

大家笑了起來。快艇也慢了，國際龍舟賽的現場到了。觀禮臺在北岸，衣傘密集，彩旗繽紛，一排排擠滿了賓客，有三千人。但比起兩岸的觀眾來，這區區人數又不足道了。他一瞥對岸，大吃一驚。岸坡上人影交疊，層層緊壓，找不到一點空隙，隔水眺去，只見人頭一片，像一塊密密實實的黑芝麻糕，拼成了一道人牆，幾里路綿延不斷。報上無論是事前預告或事後報導，都說觀眾有三十萬人。

4

快艇把他和王燕等人送到賽舟的碼頭，開幕典禮已經將近半場。看臺前的江邊廣場，在「祭屈」大幡的招展下，五光十色，排滿了舞龍隊、划槳手、誦詩學童。鑼聲的金嗓子、鼓聲的肺活量，正盡情地施展，務必將節慶的氣氛推向最高潮。

「九龍狂鬧汨羅江」的節目已近尾聲。龍生九子，九隊舞龍蟠蜿作勢，正向造船場游去，迎接一條剛完工的新龍舟。二十名赤膊著上身的壯男扛起新生的龍舟向高揚的大幡走去。等到新船上了架，一名壯夫就扛著卸下的龍頭，走入江中去浸活水，然後又把它裝回龍身。又一人殺了公雞，將血灌入龍口。巫師上前，揮動艾葉，向龍身灑遍雄黃酒。於是山鬼幢幢，繞船跳起巫舞。最後九龍退場。

接著是高蹺隊遊行進場。顫巍巍踏空而來，領頭的人物當然是端午的主角，屈原。當然是高冠岌岌，面容戚戚，黑衣白裳，悲劇的高瘦身影。就是三閭大夫了。每次他見到畢卡索畫的唐吉訶德，總是聯想到屈原。

接著出場的都是民俗的故事：騰雲駕霧而來的，有岳飛、程咬金、薛丁山、穆桂英、蘇三、孫悟空、賣油郎、托塔李天王……鑼鼓當然不免又賣力助陣。

5

這時，在彩船的簇擁下，龍頭閃金的運粽木船已經停靠在「祭屈」的高幡下面。高蹺遊行退場之後，觀眾紛紛向碼頭麕集。典禮的節目終於從民俗回歸歷史，聚焦到屈原本身。看臺的麥克風提高分貝，向觀眾宣布海峽對岸的詩人已來到現場，即將主持祭弔屈原的誦詩。他在金童玉女的伴隨下，被引出列，越過廣場，登上岸邊的祭壇。同時有三百青衣的童男，三百紅衣的童女，已在祭壇右側各自排成三列，每人都舞動手持的艾葉。

六百人的誦詩隊齊聲朗誦《離騷》的名句：「路漫漫其修遠兮，吾將上下而求索。」誦完第二遍，獨立祭臺的他，便開始朗誦自己為目前這盛典新寫的〈汨羅江神〉：

烈士的終站就是詩人的起點？
昔日你問天，今日我問河
而河不答，只悲風吹來水面
悠悠西去依然是汨羅

一面誦著，他聽見自己的嗓音，經過擴音喇叭的提高並推廣，掠過空闊的水面，濕濕地，在陰沉的雨雲下髣髴有回音。這異樣的感覺前所未有。他的聲音，此刻，正搖撼著六十萬只耳膜。透過現場直播，當然，側耳還不止此數。可是屈原聽見了嗎？聽見了，又有何感想呢？此刻，他立足的地方正是屈原投江的岸上，而聽他誦詩的，正是同樣的江湖，同樣的魚蝦，還有隔代又隔代，湘楚的後人。

「靈之來兮如雲」，真的嗎？屈原的靈魂，此刻，正繚繞在高挑的大幡上嗎？他感奮的聯想層出不窮，但當時在現場，他一誦完〈汨羅江神〉的前四句，六百童男童女立刻接了過去，把後面的八句齊聲誦完：

鼓聲緊迫，百船爭先
旗號翻飛，千槳破浪
你彷彿在前面引路
帶我們去追古遠的芬芳

歷史遺恨，用詩來彌補，江神
長髮飄風的背影啊
回一回頭，揮一揮手吧
在波上等一等我們

〈汨羅江神〉的原文有三段二十四行，端午節當天刊於《中國時報》；在湖南則端午前一日已刊於《瀟湘晨報》與《岳陽晚報》，後一日又見於《長沙晚報》。但是考慮在龍舟比賽的現場，誦詩不宜太長，他行前又將此詩濃縮為十二行，仍是三段，也就是此刻他站在祭壇上領著兩岸觀眾齊誦的版本。事後仍有不少讀者向湖南衛視索取此詩。

祭屈合誦完畢，他從秭歸來人的手中接過黃宣紙一疊疊的祭文，投入火舌抖擻的缽裡，算是焚寄給靈均了。接著又接過船上載來的一籃粽子，將自己從臺灣帶去的五只大粽加了進去，拎到江邊，一只只投入水中。那該是他身為詩人，一生中最有象徵意義的一個手勢了。從臺灣帶去的五只粽子，是詩友愚溪所贈。詩友絕對沒料到，粽子千千萬萬，那五只真的投進汨羅江水，專程獻到屈原面前了。

電視鏡頭轉向江邊，去照一位歌手，窈窕地立在一張青青的大荷葉下，唱起〈世界有條汨羅江〉來。他這次湘行的任務已經結束，只等下午，李元洛與潘剛強一行帶他去汨羅更上游的杜甫墓地。

至於國際龍舟賽的盛況，他自己忙於接受採訪，反而未能親睹，只從報端得知，男子隊菲律賓以百分之六秒微差奪得冠軍，株洲隊與汨羅隊分獲亞軍、季軍。女子隊則全由中華的巾英獲獎，冠軍歸於株洲。

八月初他又去大連參加書展，成為簽名二老之次老。元老文懷沙先生，已經九秩有六，前年金華盛會，曾將一座八公斤「中華當代詩魂金獎」之沉重，鄭重交到他手上，令他印象很深。大連重逢，文先生當筵縱論前賢，橫數時彥，語驚四座，有王爾德之風。並將半世紀前自己的舊作《屈騷流韻》一套四卷，題贈給他，落款「燕叟文懷沙」。文先生乃國學名家，更是楚辭知音，這部注釋今譯，得之不易。

或許屈原波下有知，真的收到了他焚寄的獻詩，接住了他拜祭的投粽，冥冥之中，竟遣逍遙燕叟也去大連，不落言詮地將楚騷流韻獎賞給他吧？天何言哉？天不可問，維人自知。

——二〇〇五年九月六、七日

片瓦渡海

1

從江北國際機場出來，天已經黑下來了。畢竟是大陸性氣候，正在寒露與霜降之間，夜涼侵肘，告訴遠客，北回歸線的餘炎早拋在背後了。明蓉把我們接上工商大學的校車，平直寬坦的高速公路把我們迎去南岸。路燈高而且密，燈光織成繁華的氣氛。不過長途的終點若是一個陌生的城市，而抵達時又已天黑，就會有夢幻之感，感到有點恍惚不安。

說重慶是一個「陌生」城市，未免可笑。少年時代我在這一帶足足住過七年，怎麼形容也絕非陌生；但畢竟是六十年前的事情，滄桑之餘，無論如何也絕非「熟悉」了。車向南行，漸濃的夜色中，明蓉指著對江的一簇簇摩天樓說，「那邊正是重慶，你還認得出嗎？」我怎麼認得出呢？成簇成叢的蜃樓水市，千門萬戶，幾乎都在五十層以上。六十年不見，重慶不但長大了，而且長高了那麼多，而且燈火那麼熱鬧，反而年輕起來。不但我不敢認他，他，只怕更不認我了吧？

第二天一早，王崇舉校長就來翠林賓館，陪我們夫妻在校園散步。校園很廣，散布在斜向江岸的山坡上，高樓叢樹，隨坡勢上下錯落，迴旋掩映，所以散步就是爬山。秋雨霏霏，王校長和我共傘，一面指點著寒林深澗，有山泉泠泠流來，穿石橋更往下注。他又帶我們和徐學轉上一條很陡的山徑，青板石階盤旋南去，沒入蔽天林蔭。他說這條路叫做「渝黔古道」，工商大學的校園正是起點。我們仰望一徑通幽，懷古未已，王校長又帶我們曲折下山，來到一個井旁。那是一口開敞的古井，寬約四尺見方，水面一片虛明。王校長說這是傳說已久的仙泉，飲之可除百病，而且不論雨旱，總是水量飽滿。我立刻用瓢舀了仙水，淺嘗了一口，頓覺清甘入喉，又餵了我存一口。這才注意到附近的瓶瓶罐罐，散置了一地，村民或用手提，或用車推，幾乎不絕於途。黃老之治的校長在一旁顧而樂之，有福與民共享。

兩岸交流以來，這是我第三次訪蜀，卻是第一次訪渝。承蒙蜀人厚愛，每一次待我都像遊子還鄉，媒體報導都洋溢鄉情。這一次回重慶，前後七天，演講三次，前兩次在工商大學與教育學院，依次是「中文不朽——面對全球化的母語」、「詩與音樂」。第三講在三峽博物館，題為「旅行與文化」。此外，工商大學更為我安排了緊湊的日程，先後帶我去了朝天門、瓷器口、悅來鎮、大足石刻博物館、江碧波畫室、重慶藝術學院。

2

凡是未登朝天門北望的人，都不能自稱到過重慶。因為這是水陸重慶的看臺，巴蜀向世界敞開的大門。有人不免會想到三峽，不過三峽長勝於寬，歷史與傳說回音不斷，就像河西走廊一樣，與其說是大門，不如說是長廊。

門謂朝天，據說是明初戴鼎建城，依九宮八卦之數置門十七之多：朝天門在重慶半島尖端，面向帝都金陵，百官迎接御史，就在此門。

細雨灑面，煙波浩渺，嘉陵江從西來，就在廣場的腳下匯入了長江的主流，共同滾滾北去，較清的一股是嘉陵之水，主流則呈現黃褐。江面頗寬，合流處更形空闊。俯臨在水域上空，重慶、江北、南岸，鼎立而三，矗起的立體建築，遙遙相望，加上層樓背後的山影疊翠，神工之雄偉，人力之壯麗，那氣象，該是西南第一。

倚立在螺旋形欄杆旁邊，我有「就位」之感。此刻我站的位置，正是少年時代回憶的焦點，因為兩條大河在此合流，把焦點對準了。人云回鄉可解鄉愁，其實未必。時代變得太快，滄桑密度加深。六十年前，在這碼頭隨母親登上招商局的輪船，一路順流回去「下江」的，是一個十八歲的男孩，勝利還鄉的喜悅，並不能抵償離蜀的依依。那許多好同學啊，一出三峽，此生恐怕就無緣重見了。那時的重慶，儘管是戰時的陪都，哪有今日的重慶這麼高俊、挺拔？朝天門簡陋的陡坡上，熙熙攘攘，大呼小叫的，多是黝黑瘦小的挑夫、在滑竿重負下喘息的轎夫、揹行李提包袱的鄉人，或是蹲在長凳上抽旱菸的老人。因為抗戰苦啊蜀道更難，我這羞怯的鄉下孩子進一趟城是天大的事，步行加上騎小川馬，至少一整個下午；而坐小火輪順嘉陵江南下，一路搖搖擺擺，馬達聲虐耳撲撲不停，也得耗兩個鐘頭。那時候，泡茶館是小市民主要的消遣；加一包花生、瓜子或蠶豆，就可以圍著四方小桌或躺在竹睡椅上，逍遙半個夏日，或打瞌睡，或看舊小說與帝俄小說的譯本，或看晚報，或與三兩好友「擺龍門陣」。這一切比起今日的咖啡館、火鍋店、星巴克店，似乎太土太老舊了，但今日的重慶，新而又帥，高而又炫，卻無門可通我的少年世界。

不過倚望著逝者如斯，不舍晝夜，我仍然有「歸位」的快感。人造的世界雖劇變而難留，神闢的天地仍鑿鑿可以指認。腳下這兩條洪流，長江遠從漠漠的青藏高原，嘉陵江遠從巍巍的秦嶺，一路澎湃，排開千山萬壁的阻礙，來這半島的尖端會師，然後北上東去，去撞開三峽的窄門，浩蕩向海。這千古不爽的約會，任何人力都休想阻擋。如果黃河是民族的父河，長江該是民族的母江，永不斷奶，永遠不可以斷奶。江河是山嶽派去朝海的使者，支流與溪川，扈從無數。嘉陵江簇擁著長江，是何等壯闊的氣派，這氣派，到下游漢水率百川來追隨，我也曾在晴川閣上豪覽。

我這一生，不是依江，便是傍海，與水世界有緣。生在南京，童年多在江南的澤國，腳印無非沿著京滬鐵軌，廣義說來，長江下游是我的搖籃、木馬。抗戰時期，日本人把我從下游趕來上游，中學六年就在這腳下茫茫的江水，嘉陵投懷於母水的三角地帶，濤聲盈耳地度過。戰後回到石頭城，又歸位於浩蕩的下游。所以我的大陸歲月，總離不開這一條母河。至於海外的歲月，不是香港，就是臺灣，河短而海闊，一條水平線伴我，足足三十二年。

而今重上朝天門，白首回望，雖然水非前水，但是江仍故江，而望江的我，儘管飽經風霜，但世故的深處仍未泯，當年那「川娃兒」躍躍的童心。

3

那一片未泯的童心引我，在訪渝的第五天，載欣載奔，終於回到悅來場。

畢竟是六十年前的事了，為了我能夠順利尋根，重慶工商大學的胡明蓉女士事先曾三度到北郊的悅來場，去探訪我的母校與故居。時光的迷霧豈能一撥就開？蘇武回頭不過十九年，陸游再遇也僅四十年，而過了六十載呢，豈能奢求母校與故居依舊，癡癡地等一個少年回家。明蓉鍥而不舍，舊址是找到了，但是屋舍都已經拆了改建，連老樹也未能逃過斧鋸。所幸長壽的人還留下一些，猶可見證我劫後歸來的幼稚前身。

最後，她給了我一張「清單」，上面的十五個人名分成四類，計有青年會中學的同班同學兩人，校友十人，童年玩伴兩人，校工一人，每人名後還註明現況與電話號碼。她還說，名單上的人大半會來迎接，住得遠的會有的士接送。

那一天陰雨頓歇，一行人乘了兩輛車向北駛去。悅來場在重慶北方約四十公里，是渝北區所轄，現已改名悅來鎮。到鎮上已近中午，與區鎮領導、媒體記者等有簡短的會談，接著便去看江邊的碼頭。

濃綠的樹蔭下，石階寬闊，順著坡勢斜落向江邊。連日秋雨，階石和草坡還沒有收乾，泥味和水氣沆瀣一體，喚醒記憶深處蠢蠢的嗅覺。青苔滿布在石砌的短欄上，陰鬱一如當年。最難忘的是坡底滔滔的江水，一路迂迴從秦中流來，到此江闊水盛，已成下游，流勢卻仍湍急，與我少年的脈搏呼應。

我在海外這麼多年，大陸的江湖由大變小，由深變淺，由清波變成濁流，最令回頭的浪子傷心。黃河，你怎麼瘦了呢？長江，你怎麼濁了呢？最令我惘然的，是水運憲、李元洛帶我在岳陽樓下坐小艇去君山，湖波浩淼，與天爭地，那氣象，仍然說得上「乾坤日夜浮」。千層的浪頭起伏，汽艇快時，似乎犯了眾怒，洶洶然都來船頭攔阻，來船尾追逐。遺憾的是湖水一概混濁，實在對不起古來詠湖的名句。海外多年，我常對著地圖，幻想思鄉之渴可以豪飲洞庭。但眼前這不清的洪濤，豈能解渴？「浮光耀金，靜影沉璧」的透澈，只能向〈岳陽樓記〉去奢求了吧。

所以近年在大陸水上行旅，偶見清波暢流，就特別賞心注目，甚至喜極淚下。去年端午在汨羅江邊祭屈，見到水清流暢，覺得這樣的江水還值得一投。此刻我回到嘉陵江邊，發現流勢仍旺，水色未渾，夢中的童話竟然未損，終於寬心一笑，向坡底的沙岸走去。

水邊鋪石為臺，就算是小碼頭了，但不見船來投靠，一如六十年前。只有三五婦人，對著江水在洗衣服，背後散置著五顏六色的塑膠桶或竹簍，令我想起當年粗衣陋桶，木杵搗捶的村姑。她們見一糟老頭子，後面跟著一群領導和媒體，約略知道是怎麼回事，再見有人照相，就紛紛要把大簍小桶之類清出現場。我大聲說：「不要拿開，就是要照你們隨便的樣子，愈亂愈好！」大家笑了。我又對她們說：「我又不是外人，只是當年的『下江人』。你們還沒有出世，我就常來這江邊了。我在悅來場山上的中學讀書，家就在上游五里的清溪口。每星期回家一定要經過這裡，不但在河裡洗過腳，有時還在沙灘上小便呢。」她們哈哈大笑，我又補一句：「那時蹲在這裡洗衣服的，大概是你們的祖母或者婆婆。」

終於大家讓我獨自面對江水，冥想過去悠悠的歲月。那時，我的父親和母親不但健在，甚至年輕。那時，我有許多小同學、小玩伴，食則同桌，睡則連床，上課時坐在同一條長板凳上，六十年後我還能說出十幾個人的名字，甚至綽號。江水靜靜地流著，在我面前閃閃逝去的，是水光呢還是時光？對江的山色在眼前還是在夢裡？水平線上是一排密實方正的巨岩，有三層樓高，更上面迤邐不斷的是竹林連著竹林，翠影疏處掩映著灰瓦人家。河太闊了，聽不出有無狗叫。一切渾茫的記憶，頓時對準了焦點。那時夜裡，間歇的是犬吠，不斷的是江聲……忽然有人在坡頂叫喊，說我的同學們到了。

4

六十年不見的同學，也一直未曾通訊，應該是什麼樣子呢？當年也無非鄉下的孩子，村童村姑而已，男孩子不是慘綠少年，女孩子也不是閨秀少艾。就算是出自紳良人家，在當年的學風與戰時的簡樸之中，也不可能怎麼矜持擺譜。溫馨記憶裡的小朋友，一回頭，忽然都變了臉，改了相，成了名副其實的「老同學」，情何以堪。

說時遲，那時快，從鎮口的牌坊下，四、五十級的長板石階斜斜垂落，放一道時光之梯下來，迎我上去。人群從牌坊下湧出，簇擁著八、九個老人步下階來，笑語喧闐，神情興奮。明蓉立刻為我們「介紹」。老同學面面相覷，我的雙手都來不及握。大家的表情，驚喜裡有錯愕，親切中有陌生，忘我的天真之中又有些尷尬。歲月欺人，大家都老了，可堪一嘆。不過都還健在，而且不怎麼龍鍾，也無須攙扶，又值得高興。笑語稍稍退潮，我才大致分出一點頭緒：女生來會的有四位，男生則有五位。不知怎的，她們似乎保養得好些，反應也較敏捷；他們就更顯風霜，也許羞怯，也顯得比較遲緩。

其中一位女生李義芳，遠在酆都，本來不想長途坐車，幸好她孫女在課本上念過我的〈鄉愁〉，不但鼓動祖母，而且一路陪同。另一位女生朱伯清，是我初中同班同學，更顯得親切，還說得出同班其他人的名字。除了笑時瞇眼曳出魚尾紋外，她臉上仍然白淨無斑，可以想見當年的姣好。大家七嘴八舌，都忘情憶舊。返老還童，這一景跨世紀的重逢，引來滿街的鎮民圍觀，看時光的魔術如何變化。我擁著朱伯清的肩頭，回頭用川話向觀眾嚷道：

「你們曉不曉得，六十年前她們都是美女！」

大家一陣哄笑，又簇擁我們到一家茶館裡去坐定。十個初中同學，加起來近八百歲了，圍住四方的木桌，用傳統的蓋碗沖濃郁的沱茶，氣氛非常懷古。接著就上了一輛大車，開去上坡五里外的青中舊址。

說是舊址，因為當年從南京遷來的青年會中學早已撤走，後來校舍也拆了，不但人非，物也面目大變了。一行人踩著雨後泥濕的田埂，越過一叢又一叢竹林，來到舊址，面對著殘留的一面山形粉刷高牆，在一個半廢的院子停下。護牆木板縱橫成方格，空洞的窗框裡伸出些乾包穀葉。我指著危牆說：

「那後面就是男生宿舍了。女生宿舍要講究些，有典雅的月洞門可通，卻是男生的禁區。」

「你還記得別的東西嗎？」朱伯清說。

「那太多了，」我說。「教室、飯堂都不見了。」

「去教室的小路，」她說，「還通過橘樹園。」

「對。橘樹不高，可是綠油油的樹蔭，結了許多果子，」我說。「對了，那棵大白果呢？」

「早鋸掉了。」蕭利權說。

「太可惜了，」我嘆息。「樹老成精，它是校園裡最老的生命，晴天的太陽總先照到樹頂，風雨來時，叢葉沙沙總最先知道。」

「你的散文裡曾經寫過。」徐學說。

「是呀，」我說，「一下過雨，滿樹銀杏就落了一地。我們撿起來，夜自修時在桐油燈上烤熟了，剝地一響，就香氣撲鼻，令人吞口水。在海外，每次見到銀杏樹，就舌底生津，懷念四川。」

看見我存在一旁忙著照相，就叫她過來，對大家說：「這就是我的堂客。」滿院子的人都笑了，我轉頭對徐學說：「你們現在叫愛人，四川話以前把妻子叫做堂客。」我對大家又說：「她小時候也在四川，住在樂山，天天看到大佛。我們當時沒有見面，後來在南京一見面就講四川話，夫妻之間只講四川話，直到現在。」

這時鄉人帶了一老嫗前來介紹，說她的丈夫是以前的校工。我脫口便問她：「田海青還好吧？」她眼睛紅紅的，黯然低語：「早已過世了。」我說：「我記得田海青，他一出現，手裡拿著鈴，就是要下課了。他的下課鈴最受歡迎了，尤其是空肚子等午飯的第四堂課。」

5

浸沉在久別乍聚的喜悅之中，往事一幕半景，交疊雜錯，忽明忽滅，欲顯又隱，匆促間豈能理清頭緒？十個初中同學如果悠然久坐樹下，對著茶香嫋嫋，水田汪汪，追述共同度過的少年，相信回溯時光之旅，定能深入上游，更加盡興。但是村民圍觀，兒童嬉笑，還加上數碼相機眈眈又閃閃，興奮而混亂的重逢，忽然又要分手了。尤其是遠來的同學，還得趕回家去，於是就在當年共數朝夕的舊地，再度分手。此生再聚，就算蜀道不難，世道不亂，但高齡如此，海峽如彼，恐怕是渺乎其茫了吧？

餘人陪我，與我存、徐學、明蓉，再度上車，去憑弔最後的一站，朱氏宗祠。

祠堂獨據嘉陵江邊一座小山丘頂，俯瞰一里外江水滔滔，從坡底的沙洲浩蕩過境，氣勢雄豪。父親在重慶上班，但機關疏散下鄉，母親就帶我住在祠堂的最後一進。寬大的四合院子，兩側的廂房有二樓，就住了父親好幾家同事，雞犬相聞，頗不寂寞。抗戰的次年我們住進去，勝利的次年才下山回鄉。那是我第一次，和一大群小朋友朝夕嬉戲在一座大雜院裡，大門的木檻一尺高，跨進去時大家都還是小把戲，走時再跨出來，已經變成大孩子了。

從祠堂走路去寄宿的青年會中學，大約有十里路，大半是在爬坡。先是小徑蟠蜿，一路下到江邊。然後沿著平岸，逍遙踏沙而行。一時江聲盈耳，波光迎目，天地間唯我一人與造化意接神通。悅來場遠遠在望，不久就俯臨坡頂，於是拾級上階，穿過牌坊，走出鎮口，再爬五里坡道，就看見校前的水田了。

就這麼，從十二歲到十八歲，一個江南的孩子在巴山蜀水裡從容長大，吸巴山的地氣，聽蜀水的濤聲，被大盆地的風雲雨露所鼓舞、滋潤。那七年中，我慢慢地成長像一株橘樹，與四季同其節奏，步履不出江北縣的範圍。四圍山色圍我在蕊心，一層又一層的青翠剝之不盡，但我並不覺得是被囚，因為嘉陵江日夜在過境，提醒我，上游的涓滴是秦山派來，下游的洪流要追匯長江，應召赴海。總有一天戰爭要結束，我也要乘此江水，順流東下，甚至到海，甚至出洋。世界在外面，在下面等著你呢，嘉陵江說。

所以那幾年我一點也不寂寞。嘉陵江永遠在過境，卻永遠過不完。他什麼也沒說，可是我聽到了許多。尤其到夜裡，萬籟齊寂，深沉的他的男低音，就從山下一直傳到我耳畔，搖撼我敬畏的心神。他的喉音流入我血管，鼓動我詩的脈搏。

從前那少年在那山國的盆地，曾渴望有一天能走出來。但出川愈久，離川愈遠，他要回川的思念就愈強。他要回來再看那沛然的江流，再聽那無盡的江聲，因為那江水可以見證，那是他和母親最親近的歲月。日後他寫的〈鄉愁〉一詩：「小時候／鄉愁是一枚小小的郵票／我在這頭／母親在那頭」，正是當初他寄宿在學校，懷念母親在朱氏宗祠的心情。

在一座村舍的前院車停了下來，我們終於到了朱家祠堂——的故址。四顧只見三五瓦屋，灰瓦層疊如浪，一直斜覆到屋簷上，懸著瓦當。一行行的瓦槽，低調的暗澹之中有懷古的溫馨。粗糙的牆壁用雜石和紅土砌成，梁木從屋內伸出，架著晾衣的竹竿。這是蕭利權的住家，三代同堂。他把兒子和媳婦叫出來，和我們照相，小孫女則在一旁看熱鬧。我們坐在前院喝茶，擺起龍門陣來。

近鄰聞風而至，都擠來我們面前歡迎遠客，想從眼前這老頭的身上，依稀揣摩出當年從下江來的那少年。聽到我們夫妻流利的川語，數當年的瑣細歷歷，村人更感親切。我對大家嚷道：「我哪用你們歡迎呢，你們根本還沒有出世，我早就來悅來場了。我歡迎你們還差不多！」

大家哄笑起來，更圍得攏些。看得出，一張張笑得盡興的面孔，對我道地的重慶話十分驚喜，對我感念四川不遠千里來探望也很領情。看得出，他們的衣著都很整潔，甚至光鮮，也許是刻意盛裝迎客，但是比起六十年前他們的祖輩來，卻是體面多了，令我非常欣慰。那一場的盛情、真情，夠我用幾年幾月，夠解我六十年鄉愁而有餘。

徐學在旁一直顧而樂之，並頻舉相機。我對他大發議論，說什麼今日回蜀之樂哪個作家享受得到，因為這需要兩個條件，一是長壽而仍堪跋涉，二是時代要太平。

這時村民引一老叟來見，說他當年常來朱家祠堂，不但記得我，甚至還記得我的父親。

「你的爸爸叫余超英。你媽媽人很好。」他的眼睛牽動著魚尾皺紋，滿含笑意，似乎在望著當年的我。我沒有準備有這麼一句，驚訝加上感動，一時無從接嘴。他竟然說得出我父親的名字，當然是真的了，就像一張落葉，飄飄忽忽，竟被樹根接住。

「余先生也待我很好，」蕭利權在一旁對我存說。「我是附近人家的小孩，常來祠堂張望。看見下江人的小孩玩在一起，家境比較好，文化水平比較高，非常羨慕。余先生那時是小孩頭，領著大家一起耍，對我們並不見外，總是讓我參加。」

「那時我們從下江來，你們還叫我們『腳底下的人』呢！」我存笑道。「都是小鬼頭啦，一耍就熟了，誰還分什麼下江、上江啊。你看余先生跟我，一直到現在，這麼老了，夫妻之間還在講四川話！」

十月下旬的半下午，雨雖已停，而秋陰漠漠，江聲隱隱，向晚還頗有寒意。我存仰望灰沉沉的屋頂，直讚簷際雲紋的瓦當古色斑斕，令人懷舊。村人便說這骨董多得是，喜歡的話，不如帶幾塊回去，留個紀念。又說屋上這些瓦片瓦當，正是拆祠堂時所遺留。於是七嘴八舌，竟就教人取來梯子，要上屋去拿。我們直說不可，何況這東西稜角突兀，裝箱不便，還是讓它留在屋簷上，守住我的童年吧。村人哪裡肯聽，一定要拿下來。最後，認得我父親的老叟說：

「就拿一塊也好，代表我們大家的一點心意。這種東西一年比一年少，現在不留，將來哪裡去找？有一天，只怕連瓦屋都不見了。」

頓時我流出淚來，便不再推讓，要我存收了下來。幸好是收下來了，而且帶過了海來，現在才能俯臨在客廳的櫃頂，苔霉隱隱，似乎還帶著嘉陵江邊的雨氣。畢竟，逝去的童年依依，還留下美麗的物證。

臨別四顧，找不到當年祠堂前濃蔭蔽天的大黃葛樹，向蕭利權問起，他說早就鋸掉了。遲來的訃聞仍令我黯然。這黃葛老樹遮過我孩時大半個天空，春天毛毛蟲落紛紛，夏天蟬噪得滿山不寧，總是姑息我們這一群頑童在它的庇蔭下嬉戲。祠堂前要是少了這頂天立地的巨靈，風景就頓失主角，鳥雀就無枝可依，四季也無戲可演了。是這棵老黃葛，和校園裡那棵巨銀杏，使孩時的曦霞和星月有了童話的舞臺。竟然都不肯等到我回來：樹猶如此，人何可依。

蕭利權在山頂的路頭停下，為我指點一徑斷續，下山沒谷，然後盤盤出谷，繞過鄰丘，沒於坡後。更遠處水光明媚，便是嘉陵江了。

這一景有如朝天門，胎記一般地不可磨滅。此刻我站的地方，正是六十多年前母親常站的山頭。星期天的下午，我拎起布包動身回校，母親照例送我跨出祠堂的高檻，越過黃葛樹蔭的土坪，然後就站在這坡徑的起頭，望著我孤獨的背影漸遠漸低，隨山轉折，時隱時現，終於被遠坡遮沒。就在坡迴路轉之際，我總會回頭仰望，只見母親的身影孤立在山頂，襯著雲天。我就依依向她揮手，她也立刻揮手回應。母子連心，這一刻永烙不磨。我轉過身去趕路，背心還留著母愛眼神的餘溫。

「每次我回校，母親總站在這裡目送，」我轉頭告訴徐學。「我走到遠處回頭看她，獨立天外，宛如一塊『望子石』。最後我們離川，也是從這塊石板下山去的。」

悅來場的重聚，有一位同班同學近在重慶，卻未能赴會，那便是石大周。他曾擔任當地的大報《重慶晚報》的總編輯，歷時六年，貢獻頗大，近年因病退休，在家調養。三年前，他得知我在臺灣近況，乃寫了〈歸來吧，詩人〉一詩，託人帶來臺灣給我，並促我回重慶一遊；後來更將此詩與我的回信一起刊登於《重慶晚報》，並將我們母校的悅來場舊址攝影多幀，隨文刊出。於是我的鄉心就更加波動了。

離開重慶那天的上午，明蓉帶我們去看大周。他坐在客廳的長沙發上等我，兩人「一見如故」，其實當然都老了，一時驚喜加惘然，半個多世紀不知從何說起。兩人歷數初中的種種往事，興奮如回到孩時；他的家人在一旁聽著，都覺得好笑。我們說到當年那銀杏巨樹，不覺都神往於燈上烤白果的香味。我告訴大周抗戰時期學生常說的一則笑話，說當年八人同桌，晚飯打牙祭，爭食之餘，有同學見盤中還剩一塊肉，便噗地一聲吹熄了桐油燈，先下手為強。結果呢，他沒有抓到肉，只抓到七隻手。

大家哄堂一笑，明蓉提醒訪客，時間到了，得趕去機場了。我起身向大周告別，已經握過了手，將要出門。忽然我感到不捨：就這麼分手，心有不甘，難道，又要等六十年才再聚嗎？

我回身走向沙發，半俯半跪，將大周緊緊抱住，像抱住抱不住的歲月，一秒，一秒，又一秒，直到兩人都流下了淚來。

——二〇〇六年五月

拜冰之旅

1

一生何其有幸，蒙海青睞，直到現今。先是中文大學的宿舍，陽臺臨海，吐露港的水光粼粼，十年都看之不足，依依難捨。幸而再回臺灣不是回臺北，而是來了高雄，海緣得以不斷。中山大學宿舍的陽臺，竟也遙接水天，裡面是高雄港，而越過旗津，外面煙波浩蕩，竟是海峽。我的研究室也有巨幅長窗，可以恣覽海景，看一線長弧沿著微微隆起的汪洋水鏡，把夕照的火球炙炙接走。

天長地久，朝夕與海為鄰的這種緣分，不是高攀而是「闊交」。加上讀廈門大學那半年，迄今我的海緣已長達三十二年，占了我年歲的五分之二，對愛海的人來說，真是夠闊的了。當然，像我這樣的人只是近海，還說不上親海。至於要與海深交，那只能徒羨水手、水兵、漁夫、潛夫、蛙人了。折衷一下，岸上人要親海尚有一途，就是航海了，只要不暈船，還是很有趣的。

近年空運發達，遠行的人都乘機，不再坐船了。飛行比航行固然便捷，但是反過來卻失去航海的逍遙從容。飛行像是蜻蜓點水，點的卻是繁忙緊張的機場。航行則不同，反正一切都交給船了，船當然也交給海了，做定了海的長客，幾天，甚至幾星期都不用理會陸上的煩惱了，可以心安理得地逃避現實。讓人間縮成一條水平線吧，讓日月星辰陪著你從容踱步，世界上沒有地方比長長的甲板更便於思前想後，想不完心事的了。比起甲板的海闊天空，坐飛機簡直像坐牢，比坐牢還擠，進餐時，大丈夫只能屈而不敢伸，如廁呢，算了吧。我深深懷念有船可乘的從前。

我這一代人當然是常坐船的。不提河船，第一次航海是父母帶我從上海回福建。第二次是抗戰時母親帶我，自滬過港去越南。第三次是內戰時從上海去廈門，半年後又從廈門去香港，最後則是從香港坐船首次來臺灣，在基隆上岸。最遠最久的一次卻是一九五九年從美國坐招商局的貨輪「海上號」，橫越太平洋，停泊橫濱，繞過鵝鑾鼻，由高雄登陸回到臺灣，歷時將近一個月。

之後就很久沒坐海船了。其間曾經乘風破浪，從法國的加萊（Calais）去英國的福克斯東（Folkestone），或從蘇格蘭西岸開車上船，去離島斯開（Isle of Skye），都只能算是近渡，而非遠航。

所以在香港十一年，每次在尖沙嘴碼頭，赫然看見遠洋的遊輪來停泊，都非常驚喜。乳白色的船影，映得整個維多利亞港頓然亮麗起來，高雅而優越的姿態令人聯想到一隻白天鵝，臨水自鑑。「伊麗莎白號」來港停泊，我正在太平山頂的旋轉餐廳上，用一覽無遺的高度俯瞰她雍容安穩地泊定在碼頭，足足高興了一天。蘇聯的遊輪「高爾基號」停靠岸邊時，我和國彬用俄文的拼音讀出了 МАКСИМГОРЬКИЙ，興奮得沿舷而奔，似乎要窺破鐵幕的深邃。那氣氛，跟「伊麗莎白號」自不相同。

2

二〇〇六年是我們夫妻的金婚之年，四個女兒早就蠢蠢欲動，迫不及待地在討論該如何慶祝了。飲水思源，她們理應關心，因為半世紀前若非媽媽為爸爸披上婚紗，她們怎會一個接一個密集地來廈門街的古屋報到，演成八根小辮子滿屋笑搖的盛會呢？可是金婚慶典的討論會並不簡單：四姊妹天各一方，近者在高雄、臺中，遠者在紐約、溫哥華，長途電話打了又打，海底電纜想必為之線熱。四姊妹都長大了，變成「熟女」，每人一個大

「異果」（ego），所以屢喬不定。最後留下了兩路待選：陸路是駕車去加拿大的洛磯山區遊邦夫或賈斯帕公園，水路則是乘大遊輪去阿拉斯加看冰河。起點同樣是溫哥華。

水路是我的選擇，始終不曾動搖。我的理由是：陸路也許較有彈性，隨時可以修正計畫，但自由的代價是不斷要找旅館，三餐要找飯店，而三代九人同遊，一輛廂型車太擠，分駕兩車又聯絡不便，而行李之複雜，裝車加提取之紛擾，更是煩心。女人又特別多，每天要等齊了可以上路，總不會在十點以前。如此折騰來去，遊則遊矣，逍遙則未必，辛苦定難免。李白早就說過：「嗟爾遠道之人，胡為乎來哉！」

反過來呢，如果走水路，就穩當而逍遙，把一切都交給一條船，一艘無所不備無所不納的遠洋巨舶，旅館與餐廳全在其中，而行程呢，她本身就是世上載重行遠的最大行宮。祖孫三代的九人行，全由她輕輕鬆鬆地接下，而且不用雞零狗碎地付賬找錢：一張船票就全都付了。

做爸爸的詳陳其利，何況還真有魁偉奇麗的冰河會在船頭巍然崛起。媽媽的想法也一樣。我們畢竟是金婚的雙主角啊，四位千金加起來，怎麼敵得過五十年歷劫不換的真金呢？女兒和女婿拗不過我們，於是，有這麼一艘巨舶，就遠在溫哥華等我們了。

3

高架凌空的獅橋大門已過了，我們的冰川之旅終於啟程。全程一千九百八十七海里，相當於兩千兩百八十五英里，一連七夜都住在船上。途中只靠三個港口，第一個港口錫特卡，要第三天中午才到，所以第一段水程八百多英里一直以船為家，滿船海客也只有一心一意把什麼都交給海了。

出航的興奮加上海天空闊的自由，把海客留在甲板上，不願就回艙休息。何況高緯近五十度的八月中旬，黃昏來得很遲，一望無垠的水面尚無暮感。累，是有點累了。倒不是上船時有多紛亂，因為乘客應該知道或預備的事情，在船票預售時早已詳細交代，所以到時登舟，碼頭上秩序井然，先接行李，後上乘客，一一分區依號，步驟清楚而且流暢。乘客隨侍役引導，住進各自的艙房，一小時後，行李就送到門口了。一切比預期的都簡捷得多。於是你確信，全程的服務必然一流。

有一點累，是因為上船從下午一點開始，粗定之後，所有乘客都必須參加開船之前的救生訓練。五點整警鈴一響，逾千乘客必須分區集合，穿上救生衣，隨船上的官佐趕到各自的救生艇前，等候指示。這行動雖然只是預習，卻也令人有些緊張，不禁想到「鐵達尼號」。預習完畢，五點三刻，我們的遊輪「無限號」（Infinity）準時開船。

一連七天，我們賴以安身立命的這艘「無限號」：二〇〇一年在法國建造，噸位九萬一千，全長九百六十四英尺，近於五分之一英里，動力為燃汽輪機（GTS），時速二十四海里，相當於四十四公里。像一切遠航遊輪，她也是一艘樓船，高十一層，有電梯十座。至於乘載量，也是海量，能容乘客兩千零三十八人，船員九百五十人。官佐清一色是希臘籍，船長和大副、輪機長等都出生於雅典的海港派瑞厄斯（Piraeus）。艙房與餐廳的職員非常國際化，來自五十多國；各種活動的安排則多由美國籍職員負責。

廚房當然熱鬧非凡。一連七天，要讓三千人饕餮無缺，貯藏也極可觀。單說牛肉，就預備了九千兩百五十磅，還不包括兩千兩百五十磅小牛肉。魚帶了六千磅，雞三千磅，蔬菜兩萬六千磅，水果三萬六千磅。至於各式各樣的酒，從微醺的啤酒到酩酊的伏特加，一共帶了一萬三千八百瓶。我能夠吞的嚥的，雖然遠在平均的一人份之下，但想想有這麼多佳餚美酒，庫滿艙盈地來助遊興，總還是令人高興的，尤其是為那些貪嘴饞腸。

不少人會以為，要躋身於如此的豪華遠航之列，一定得破一筆小財吧？倒也未必。若是要住進頂樓的套房，敞艙與陽臺均寬逾一千平方英尺，那票價當然可觀。其實有窗朝外的所謂「海景艙」（oceanview stateroom），也有兩百三十五間，已經很正點了。我們夫妻住的這樣一間，設備也頗齊全，而最重要的是有一圓窗，直徑三英尺半，闊藍的海景浩蕩，一望無阻。就憑這一面魔鏡，整海的波濤都召之即來，任我檢閱。所以艙不嫌小，窗不嫌大，海呢，不嫌其變化無窮。我們的海景艙在第七層，房號７００７，貼近船頭，要去船尾用餐，得沿深長的內廊越過「船腰」（midship section），邁步疾走至少六百步。

至於票價，夫妻同艙，是三千一百六十美元。這價錢絕不算貴：想想看，七宿加二十一餐再乘以二，加各種設備、各種活動，加清新的海風、變幻的海景、停靠的港口、壯麗的冰河，再加這日間的逍遙行宮夜間的千人搖籃，不，水床，為你兩千里一路乘風破浪。再加上管理完善，態度周到，真令人覺得毫無遺憾，值得重遊。老帝國主義加上新科技萬能，好到不行。

船上的設備堪稱多元：除了大小各式餐館、酒吧之外，還有戲院、賭場、泳池、健身房、電腦室、照相館等等，再加上簡直像一條街那樣密集排列的珠寶店、民俗店、時裝店、糕餅店等。至於活動，更多姿采。我們看過一次油畫拍賣，覺得作品都不高明。賭場必須穿越，卻不覺得誘惑。甲板上的推鐵餅戲，倒和女兒玩過幾回。戲院也是常去，看了一些老片。孫女姝婷常跟著我們，但似乎不太懂阿姨們在講什麼。她的十三歲哥哥飛黃，習於獨來獨往，在船上巧遇了美國同學，就跟著去全船亂竄，往往不知此刻究竟在第幾層的何處，呈半失蹤狀態。九萬噸的大船像一座深山，我們和四個女兒、一個大女婿，也經常在山裡捉迷藏。

4

加拿大的西岸面對太平洋，陸上多山，水上多島，船行其間，海客左顧右盼，山姿島態再添上倒影波光，簡直應接不暇。那綿延的山嶺貼近岸邊，與其後的洛磯主脈大致平行，可以視為副脈。屏風一般的近海群島，或斷或續，其實也是海底起伏的丘陵，不甘寂寞的一些，愛出鋒頭，探出水面，就成了小嶼大島。最大的一座屏於溫哥華沿岸，形狀有如扁長的臺灣，面積也有臺灣的六分之五。近岸多島，又與岸平行，就有許多海峽，由南往北，依次名為喬治亞、江斯通、夏洛蒂皇后、黑卡蒂；再往北，小島與窄峽就更紛繁，而且岸區已屬阿拉斯加東南部的狹長地帶，狀如勺柄。「無限號」的冰川之旅，停泊的三個港口，錫特卡、朱諾、凱其根，全在阿拉斯加，要看的赫巴德冰川（Hubbard Glacier）與滿汀河冰川（Mendenhall Glacier），也在朱諾一帶。「無限號」駛到赫巴德冰川，乃是此行的北端，餘程就回頭南下了。

正是八月中旬，臺灣方苦於酷暑，高緯的加拿大與阿拉斯加卻冷如臺灣的隆冬：溫哥華近北緯五十度，相當於布拉格；阿拉斯加首府朱諾近北緯六十度，已相當於聖彼得堡了。我們的航程，溫度總在二十一攝氏度至十一攝氏度之間。當風立在甲板上，往往覺得更冷，必須戴帽。

一路往北，前半程島多岸近，常有轉折，好像行於狹長的迴廊，只覺風平浪靜。過了加拿大西岸的北限，進入阿拉斯加的水域，漸覺海闊島渺，真正入了海神的轄區：大哉水的帝國，島的棋盤，以經緯縱橫恣畫方格，讓水族浮潛，鯨鯊出沒，永遠開放的藍色公路，讓有鰭的有尾的有槳的有舵的有帆的有輪機轆轆有聲吶與雷達的甚至僅憑四肢伶俐的一切一切，自由來去。

第二天的夜裡，背肌與肩頭上的壓力有些變化，直覺有一點風浪，啊，出外海了。船是海之子，我們是船之子。海是搖籃輕輕地搖船是搖籃輕輕地搖著，我們的夢。這跟我第一次從美國乘船回臺灣大不相同。那一次是將近半世紀前，乘的是貨船，有一萬多噸，而越的是整個太平洋。全程風浪撼人，近日本時遭遇颱風，我有詩為證：「看大颱風煽動滿海的波濤都叛變／練習在拋物線上走索且嘔吐。」

出來外海，才真正告別了陸地，也才真正懂得：在我們的水陸大球上誰是莊家，而大洋占百分之七十一是什麼意思。四望無島無鳥無船空無一物，只有這淺藍起伏之外，之下，是更多更深的藍波藍瀾。什麼坐標都沒有，除了日月。但日月也在移動，不知是什麼神力把這雙魔球此起彼落，東拋而西接。視界的世界淨化成三個圓，水平之圓仰對陰陽之雙圓，構成幾何學之美學。海上正閑，但是帶去的幾本書一本也沒看，海，倒是看了又看。海之為書也深邃而神祕，風把波浪一頁接一頁直掀到天邊，我讀得十分入迷卻讀不透其主題。也許那主題太古老了幾乎與造化同壽，能接通生命的起源歷萬劫千災而迄今，但如何追溯回去歷白堊紀，侏羅紀，直到奧妙的奧陶紀？太久了，我們早已經失憶。面對這一片汪洋浩渺的深藍色隱喻，我們的潛意識蠢蠢不安，雖欲潛而不夠深，不能像線錘一樣直探到海底。鯨群之歌連聲吶也未必能聽懂。人魚的傳說也許是跨界的試探，可惜潛水艇探的是敵情而非人情。

在甲板上這樣倚舷的想入非非，被姝婷上來傳婆婆的話打斷，說大家在下面的餐廳等我入席呢，今晚的盛宴要正式穿著。

5

赫巴德冰河等我們雖然已經好幾百年，但我們直到第四天近午才得以覲見。船速慢了下來，迎面而來的浮冰越來越多，也越來越大，半透明的結晶通體淺藍色，遠望像一杯雞尾酒，似乎叮噹有聲。終於滿海都漂著冰了，小的不能再稱為塊，大的幾乎可稱為丘，或長或尖，或扁或凸，或不規則成奇形怪狀。莊重的「無限號」更慢了，顯然不願做破冰船，為冰所破。迎面的冰風挾著細雨，霧氣彌漫。甲板上擠滿了人，都披上雨衣，拉起套帽，也有人打起了傘。船，極其緩慢地在轉頭。

薄霧後面隱隱約約似有一脈山嶺橫陳，高約二十多層樓，卻似無峰頭崛起，山壁絕峭，石顏上也似乎沒有樹木，只見一片淺陶土色，籠著一層不很確定的淺藍帶綠。再後面就沒有山了，而這道怪石屏風的前面，凌亂堆陳著欲化不化的冰淇淋或奶昔（milk-shake）一類的尾食甜品。再近一些，啊，原來這就是天地之間，山海之間積雪成冰，擁冰自重，任太陽用烈焰千百年烤問而頑固如故堅不吐實的，割據阿拉斯加東南陡坡的，啊，冰川。這正是赫巴德冰川的峻顏冷面，削平的顱頂高三百英尺，其寬卻橫陳六英里。憑我們九萬噸的巨船豈敢一觸眼前這億兆噸的超級冰壁，早在半里路外就踟躕不進，開始大轉其彎了。再往前開就太險了，恐怕遭冰城炮轟，因為這凜凜的頑冰深處常有空氣被囚在冷牢裡，一悶就幾十年幾世紀，好不容易等到哪一個夏日，天氣稍暖，冰鎖稍懈，就會，啊，破獄而出，城破冰飛，不可收拾。

「爸爸，你聽見嘶嘶聲沒有？」佩珊轉頭問我。

「我沒聽見。」我笑答。

「一爆開來，」她說，「重則如開炮，輕則如開汽水。書上說的。」

大家都笑了。好像是回應我們的輕佻，忽然從遠處，不，是從莫名的深處，傳來沉鬱頓挫的悶雷，像要發又發不透徹的警訊，繼而有重濁撞擊的騷響，下墜不已。顯然，量以嚬計的晶體結構，在冰壁森嚴的某處失去了平衡，在頹然解體。該是一種反叛冷酷的解構主義吧。駭耳惶然，告訴駭目睜大了去找，卻只聞劈里啪啦，找不到究竟在何處坍塌。

終於冰崩壁裂恢復了平衡，冷寂又恢復了秩序。大家一驚，一笑。笑聲立刻被冰風吹熄。甲板上擠滿了人和傘，此外只見海天漠漠，雨霧淒淒，聽不見一聲鳥鳴。三千海客，聽不見人語喧鬧。「無限號」如履薄冰，在敵陣中小心地轉向。我們像是闖進了一顆外星，被陌生的地形威懾得噤聲。笑聲顯得格格不入，褻瀆了大冰帝國肅靜的清規。除了腳下所踏的這艘高科技遊輪之外，百里內找不到任何東西證明我們在人間。而這，就是此行最高的遁世之樂了。

6

不過拜冰之旅也不全是遁世之樂，而是站在更遠處更古時來看我們這水陸大球。人類奢夸大陸，其實五大洲只是被海洋包圍的幾個超級大島，當初泡在母懷的「洋水」裡，像嬰孩投胎一般，沒有「洋水」，陸地就難活了。同樣重要的是：全球的陸地被冰覆蓋的面積占十分之一，有一個半中國那麼大；而全球可飲的淡水有四分之三是藏在冰山、冰川、冰原裡，三倍於所有的江河湖泊與大氣中的水分。一旦大冰帝國崩潰，海洋就要漲潮，多少繁榮的港城水都被吞沒，不知文明又要遭多久的浩劫。所以冰川長凍，不知為人類保全了多少水庫，為洪水又設了多少巨閘。

一條冰川的身世頗為曲折。冰川的身分，簡言之便是「潛移之冰」（ice in motion）。冰川的出身，是某一地區，特別是高寒的地區，降雪多過化雪。先是雪片凝成雪珠，積壓多了便成雪餅，就是冰了。等到積重難挽，冰層底部抵不住引力，便順著坡勢下移，成為慢鏡頭的雪崩，慢者一日一寸，快者一日七尺。就這麼，冰川會爬了，一面爬下坡去，一面勢挾碎石與斷岩，其量以百萬噸計，闢出一道下山之路，志在入海。沿路的磐石磊磊就這麼給推到兩邊，久之就塑出了峽江深谷。壯大的冰川潛移而不默化，很有耐性，終於抵達河口，卻被造化攔下。幾經海風吹拂，開始鬆軟，再加海水浸蝕，領頭的冰面就會崩落墜海，場面可觀。據說霍普金斯冰川落冰之多，令人只敢在兩英里外遙望冰崖。

赫巴德冰川背後的「靠山」都逼近海岸，高峻的飛峨威懾山（Fairweather Mountain）海拔四千六百六十三公尺，另一座魁嶺（Crillon Mountain）也有三千八百七十九公尺。太平洋溫和的西風被山勢所阻，上升後遇到冷氣凝縮，在海面便下雨；到山頂便下雪，一整個冬天會達一百英尺之多。到了夏天，內陸化雪，但在阿拉斯加東南這一帶，太平洋的水汽濕潤，沿岸仍然陰冷，年復一年，積雪永不化盡，乃累積成許多冰川。地理、氣候與阿拉斯加相似的挪威、智利，也是山高近海，坡陡河急，難留重冰，成為冰川奇觀的三大勝景。

7

回航途中，船泊朱諾港，亦即阿拉斯加的州府。我們意猶未盡，再去朝拜了一道冰川，名為滿汀河。朱諾在十九世紀末淘金潮中盛極一時，如今仍為漁業、林業中心。鎮上人口不到三萬，轄區之廣卻超過三千平方英里，管的卻不是人而是冰。不是幾塊冰而是一整片冰原（Juneau Icefield），其面積依氣候變化而定，大時達五千平方英里，為臺灣的三分之一強，縮時也有一千五百平方英里，近於香港的四倍。氣候暖化，那片冰原就因化冰而退縮。十三世紀到十八世紀，從冰原蠕蠕南移的滿汀河遠長於今日，但從一七七〇年迄今，這道冰川一直往高處退卻。二十世紀二十年代，其「下游」露出了一個盆地，雪水注入，竟成一湖。今天隔著湖水，可以望見冰川的前端，學者稱為「顏面」（face），寬達三英里，高二百英尺，曳著後面的身軀，長達十二英里，像一隻無以名之又無以狀之的史前怪獸，遍身白毛，正倒伏在長長的坡谷間，欲就湖飲水。

我們沿湖北行，走近諾吉特溪口，看急湍成瀑，白沫飛濺，囂囂注入湖中。那白毛巨獸卻似未驚醒，仍斜伏在谷坡上做他的冷夢。兩側的斜坡上密覆蓊蓊鬱鬱的雨林，與了無動靜的冰川對照成趣。下面的湖水冰清石靜，對悠久的地質史並不感興趣：她畢竟生於二十世紀，造化懷中還在做嬌嬌孫女，只顧著在她的妝鏡中尋找雲蹤。

早來的遊人已經回頭去等車了。「無限號」規定八點半要開船，我們已經來不及乘直升機直接降在冰川上，再換釘鞋去走冰川，聽腳下冰庫、冰窖的深處，哪一個冬季在吹氣或呻吟，咆哮或崩潰。但已經來不及了，「無限號」在朱諾的碼頭上，層層乳白的樓窗與陽臺像憑空添加一整條亮麗的街屋，正等待我們回去，去繼續拜冰之旅的餘程。但高潮已經過去了。向望遠鏡筒再一次掃描，把白毛獸召來眼前：那不是白毛，而是一片一片如削如剝的鱗甲，淡青的鱗上蒙著一層赭灰，一片片，一瓣瓣，一波波，一直排列到谷頂，終被遠坡遮住。嚮導說，那無窮無盡的皺褶，是因為冰川在下山時，下層的冰比較能屈能伸，而面上的一些較脆，掙扎之際，冰面就開裂成如此的刀雕圖案。

我回頭對千刀萬剮的冰川再看一眼，心中默禱：「堅持下去吧，堅守你高寒凜冽的冰城冰陣。切莫放水，切莫推波助瀾，助長再一次洪水的聲勢。阿拉斯加大冰箱裡，不能少你這一片冰場。」

——二〇〇七年四月

西灣落日圓

1

自從二十二年前應李煥校長之召，從香港回臺，來中山大學任教迄今，高雄已經是我住得最長的城市，而中山大學也是我教得最久的學府了。半世紀前，我定居臺北，曾經南來高雄拜訪瘂弦和洛夫。當時若有巫者算出日後我會來長住此城，長達一輩子的四分之一，而我的高雄主人反而會去臺北定居，甚至「終老」於楓旗之國，我一定不肯相信。

而現在，我在此城早已由落腳變成了落戶，而且在草根成性的南部落了草。名義上雖在一九九九年初已經退休，但是校方仍留我教課，不但讓我保留了研究室，而且特設了標出名牌的停車位，令我感動。住了十多年的教授宿舍，退休時也同時退房，搬來城區的河堤新區。但是除了周日我幾乎每天仍然開車去學校，去吞吐那一片海闊天空，一無所有而無所不有，一無所餘而富可傲世。

西子灣背對著高雄而面對著海峽，似乎有點寂寞，其實是相當熱鬧的。壽山橫陳著豪翠的屏風，隔高雄於塵外，但是西子灣的海天頗不寂寞。體魄魁偉的貨櫃巨舶，桅挺高柱，舷聳危崖，一艘接一艘入港又出港，高雄曾經是世界吞吐貨櫃的第三大港。襯托在長堤與旗津的高崖背景上，幾萬噸的貨輪踏波入港，碩長俊美的船身優雅又穩健，在中山大學的大門外駛過，巍然高出岸邊，像一排整齊的街屋在水面滑行，壯觀之極。另一方面，總有十幾艘甚至二十幾艘大船落錨在港外的海域，最遠的一些幾乎像泊在渺茫的水平線上，與雲天相磨。泊得多時，簡直有舳艫相接之盛。海風大時，船頭都頂著風勢，那是風與錨角力所致。出海的船從橫到側，從斜角的側影到背影，再追尋時，已經被煙水所掩了。神祕的水平線是昊天與滄海之間的一條縫，說不出是合是分，簡直像在戲弄眺海的眼神。但是碰巧天氣晴得透澈，南望就赫然可見十里外的小琉球嶼，一脈青紫浮在波上，像海市蜃樓一樣不可置信。

西子灣的天空也不寂寞。晴天的黃昏，落日的告別式是一場絢爛的盛典，自有晚霞的錦旗簇擁著，依依送行。若有亮麗的金星殿後，場面就更壯觀。好像整個宇宙在降旗，送一位英雄落葬，那崇高的悲劇感，就像我詩中說過的，只有義大利歌劇終場時的男高音才能詠嘆，不然就要用華格納的高調，來吹奏一整排壯烈的銅號。

但是曾經使西子灣的雲天生動的，還有飛機。越西而來的多半是香港的班機；而一架接一架，往往只隔幾分鐘，從北天翩翩來降的，則來自臺北，每天恐怕近一百班。一過了西子灣，機翼向左傾斜，就掠過旗津、內港、加工區，向小港緩緩下降，直到遠眺的目光放棄為止。如果你是機上客而且坐在左艙的窗位，凌虛俯眺，就會見柴山的蔥蘢之後，峰迴路轉，中山大學的校園，醒目的紅磚樓層依山傍海，一路蟠上坡去。如果是夜航，就只能從點點暖黃的燈光去想像紅樓高下的地勢了。

自從高鐵風行西岸，高雄與臺北之間的空運就日漸縮減，班次降到個位數目，除了出國的遠客之外，北飛臺北的乘客已成「稀客」，機場的大廳人影寥寥。西子灣的上空只留下了鳥聲寂寂。至於海上，近年由於上海復位，深圳崛起，高雄鯨吞貨櫃的排名已從第三降到第六，恐怕還會下滑。踏波進出的那些「康泰納」（container）巨舶，也不如我從香港初來時那麼旗號繽紛，汽笛相聞了。

人事雖然寂寥一些，造化仍然多情如昔。每年到十一月，西子灣的豔紫荊從不爽約，依然在斜坡的車道旁繁花競發，穠葩襯著密葉，花是紫帶著嫣紅，葉則荷綠更深一層，色調配得十分典雅，總令我記憶深處迴蕩李商隱的情韻，覺得它想提醒我一些什麼，也許就是「紫荊情結」吧？此花正是香港的市花，總難免聯想到十年的香港歲月。到了它的季節，不但高雄盛開，就連對海的香港和深圳，像約好了一般，也都是錦繡滿樹，令行人看熱了眼。中正大學的校園裡，有一條紫荊大道，令人豔羨。六龜附近的荖濃溪旁有一條填高了的堤道，夾道兩排紫荊樹，車行其間，似乎在檢閱瑰麗的儀隊。一開始以為這種驚喜的奇蹟，當如曇花一現，轉瞬即止，沒想到受寵若驚的凡眼轉了好幾瞬，那幻景仍未消失，竟然維持了將近半公里才終於收鏡，讓車中人回過神來。

可惜中山大學的校園裡，木棉太少，不成氣候。要享受木棉花烘頰的豔遇，得去高雄市立美術館，或者開車上高速公路，去楠梓的一段左顧右盼，急色一番。倒是長廊夾峙的中庭，一排四株參天的菩提，綠蔭蔽天，老根盤地，心形的翠葉郁郁交映，心尖迎風飄搖，令樹下人感到造化庇佑的幸福。畢竟佛祖是在其下徹悟了的。周夢蝶也曾來樹下與我論詩，後來他的詩也就裝框安在樹身。每年到了五月，滿樹的叢葉落盡，大約一星期就換上了新衣，綠油油的春意煥發。電視臺來為我錄像，此景必不錯過。

相思樹並不很多，不如東海大學與中文大學那麼茂密。榕樹倒是不少，武陵宿舍後面的坡道上，老榕樹互蔽叢生成林，仰面則不見天日，俯視則滿地蟠根，氣根之密，像是長髯垂胸，整片坡道陰暗得像隧道，靜得可聞巨木的呼吸。

另有一種欖仁樹，坡上或平地都有，在文學院西側的步道旁有一整排，而教授宿舍後面的坡上也有好幾株，所以無論我在步道或宿舍散步，都會得其嘉蔭遮庇，並訝其生長之快，生意之強。我來西子灣這些年，這些樹顯然長高了許多，有些已齊四樓。到了冬天，繁葉轉成深赤，陽光下有點透明，闊大的落葉像是焦乾而蜷曲，便有爬山的行人紛來撿拾，據說可以入藥療肝。宿舍後面的欖仁樹高大而又繁密，濃蔭散布之廣，幾乎不漏天光雲影。我認識的樹不多，但此樹早記其名，因為聽來像是「懶人」，而當年在臺大上課，也是文學院外有一株欖仁，樹影就落在我的窗座。

中山的校園，生態不惡。翠亨宿舍右轉上坡，蜿向大學後山出口之處，有一株魁梧的茄苳樹，俯臨在全校上空，不但出類拔萃，翠葉迎風，也可稱「拔翠」。樹幹之粗，兩個大漢不能合抱，因此樹上掛牌，說明此樹體魄之偉，為全省茄苳之魁。我每天開車去學校，必定繞樹而轉，無論怎麼仰瞻，都難窺其項背。只恨此身非鳥，不能飛到頂上去看個清楚。在茄苳旁邊還有一株也頗高大的雨豆樹，葉細而密，狀如雨點，頗有詩意。我就把樹下的夜間閱覽室題名為「雨豆屋」。

2

西子灣除了濤聲和風聲之外，還有其他天籟可聽。蟬聲聒噪，《水滸傳》說，連魯智深都受不了。我倒覺得其聲雖然單調，卻少起伏，久之可以充耳不聞，偶爾發覺，也可以當作夏午的背景音樂，可以催眠，不必追究，也無法禁止。高雄在南回歸線以南，暑炎最長，蟬噪有時會拖到十一月才歇業。

約在十年以後，一群白鸚鵡侵入西子灣的領空，占據了最高的樹頂，威脅到所有的羽族。其呼喝刺耳之中透出驃悍，一樹磔磔，眾禽默默。一時白鸚鵡在樹頂起伏不定，像一群「白幫」在護地盤，令人心慌意亂。有一度牠們霸住了幼珊窗外的樹梢，擾攘不已。

最可愛的應該是綠繡眼了。此鳥俗名叫做「日本白眼」（Japanese White-eye），其實牠並非白眼蔑人，而是眼睛周圍有一道白色的眼圈，襯得眼睛分外明顯。絨毛綠中帶黃，身材十分嬌小，只有十公分長。生性活潑而合群，話多卻清脆，常在我宿舍飯廳窗外的枝頭起落跳縱，像幼兒園上學那樣，又像是一群音符起伏，不願受五線譜的約束。後來我終於有機會跟牠親近，因為有朋友送了我家一隻剛生的幼雛，像一個失母的小女嬰。我們餵牠，牠就依偎在人掌中，慢慢啄食。久之牠就把我存當成了媽媽，常愛蜷在她虛握的拳中憩息。所謂「小鳥依人」，並非常見。以前我家養過的小鸚鵡，要牠高興才肯來就你，最多是停在你指上，卻不容你從容撫弄牠羽毛，更不會投身你掌中。最後，這隻綠繡眼無意中被我家的門縫壓死，令全家難過了很久。

西子灣的白頭翁和燕子也不少。燕子在新文學院的屋角築窩，所以附近常見燕影掠空，多的時候會見到六七隻穿梭飛巡，覺得很有詩意。英文成語說：「一燕不成夏」

（One swallow does not make a summer），中國的燕子卻是春之使者，又是故園的象徵。在我新文學院五樓的研究室外面，常有好幾隻燕子來憩在窗臺。我不敢驚動牠們，只能在百葉窗後窺探。一隻燕子的體長約為十七八公分，比綠繡眼大一倍，仍然嬌小。翅膀又尖又長，尾部中分如叉；背羽深藍近黑，額頭和咽喉呈棕色，腹部色淺近白。停下來時實在不算好看，古代形容武將，常云「燕頷虎頸」，是威武之相。但是一飛起來，卻輕靈迅捷，瀟灑極了，轉彎尤其渾無痕跡，翩舞過處，即興變幻的不規則橢圓，令幾何學家也只能驚歎，不能追蹤。里爾克說詩人正如天鵝，在岸上步態可笑，可是一下水多麼優雅。燕子不也一樣嗎，一升空就無虛不入，無巧不能，自由得可羨。《水滸傳》有個好漢叫浪子燕青，名字不是亂取的。

有一次大颱風過後，我踏著滿地的亂葉斷枝去研究室，忽見門楣上面棲著一隻小貓頭鷹。我啞然失笑，說現在的咕咕鐘怎麼越做越好，竟像真的一樣，說著還向牠揮一揮手。不料牠毫無表情，卻忽然振翅，向長廊盡頭飛去。我回過神來，開門入室，發現面海的百葉窗頁上頹然垂下一物。近前再看，其物黝黝，並不是俐落地掛在窗下，而是不規則的多角體，半懸半纏在百葉的吊索上，赫然竟是一具乾癟僵硬的蝙蝠屍體。我大為震撼，發現風災的受難者並不止人類。這種事，無論是愛倫坡或彭斯，大概都會入詩的；當時卻被我錯過了。

西子灣並非全為人而設，除了草木蟲禽，還有較大的動物愛來此地。松鼠身手的矯健，不下於燕子，但是可遇而不可尋，偶爾現身一瞥，背影立刻沒入樹蔭深處。最常見的是狗與猴。閩南話的「猴」與廣東話的「狗」同音，不知古代是否如此。校園的野狗至少上百隻，大半都還好看，有些可能原有主人，卻因故流亡在野。常常三五成群懶散地臥憩在屋後或坡底，不知牠們究竟如何維生。

猴子卻沒有這麼本分，常常從壽山下來覓食，膽子越來越大，就公然掠食了。女生常遭牠們奇襲，奪去手提的食物。就算男生向牠們吼叫驅逐，有時還逡巡不走。走廊上的垃圾箱常被翻倒，狼藉滿地。有時候電梯門開處，一頭悍猴就赫然在門外，老神在在，直著眼睛跟你對視，女生常給嚇得尖叫。有一次我在新文學院三樓上課，一頭猴子忽然衝進門來，一躍而上連椅的桌面板，再躍、三躍，就像太平洋戰爭逐島奇襲的登陸部隊。只是那猴子體格較大，可能是壽山的獼猴王吧，完全不畏人群，一番恣縱之後，竟然在後排的連椅桌面坐定，炯炯地熟視著全班。一時女生歇斯底里，男生猶豫不決。我卻火大了。好大膽的臭猢猻！敢來攪我的局，踢我的館！說時遲，那時快：頓悟我手中的麥克風可當武器，便大步向惡客走去，一面湊近麥克風大吼：「滾出去！」憑猴子的智慧，恐怕還識不破我的洪音並非全靠丹田的元氣，還以為此人肺活量如此驚人，不如避之則吉。牠果然退了出去，猴頭，猴腦，加猴尾。全班鬆一口氣，迸出大笑。

3

我的教書生涯幾乎長達半個世紀，如果不計在美國的四年，則包括師範大學十年，政治大學兩年，中文大學十一年，中山大學二十二年，在西子灣的悠長歲月約占其半。但前後我與校園的關係卻可分為兩段：在臺北時我的住家在校外，跟同事、學生的接觸較少；但是到了香港、高雄，我就整個投入了校園，家人也是第一次住進教授宿舍，先是感到新奇，繼而感到親切。這經驗對於吾妻我存，更是深刻。她的性格開朗外向，很快就成了人緣不錯的「余師母」，添了不少新朋友。以前我和同事、學生的關係，她不過略知一二，而且都是聽我口述，雖覺有趣，卻不夠真切。余家進駐校園之後，她的友誼反而比我廣闊，見聞也比我的更「生活化」，因此她生動的「野史」頗能補充我冠冕的「正傳」，兩者併在一起，不少同事就變得立體而且具體了。

來中山的前六年，除教兩門課外，還有雙重的行政工作，所以中午就不回宿舍吃飯。同時因為兼管外文研究所，為了接近碩士班的研究生，就常會到所裡的大閱覽室，跟學生一同午餐，吃的是最簡單的便當。久之便成了所裡的傳統：要見余老師，只需自備便當，十二點以後去閱覽室的小圓桌旁等待便可。

最早我是在院長室裡午餐，由文姐購買便當，有時幼珊也會買來陪我同吃。後來發現獨食無聊，而父女相對吃一樣的便當，也不太有趣，漸漸就發展到師生同桌的場面。

師生同桌之趣要形成傳統，不能靠生硬的制度，得靠緣分。做老師的，尤其是身為所長，不能無緣無故地忽然找幾個「愛徒」來陪自己吃飯，那太不自然了。反過來，學生來找老師，卻是天經地義。午餐桌永遠在那裡，老師準時會出現，想要就教或聽「講古」的學生，只要帶一盒便當去，就可以從容親炙了。另一方面，做老師的也有自己的經驗與感想，或者趣事與近聞，或者無傷大雅的笑話，或者剛剛遠遊歸來，想與寶貝學生同樂，而在課堂上不便發揮，免得亂蓋誤了正課，但在同桌進食之際，卻大可天馬行空，水銀瀉地。

在導師制度之外，這種不落痕跡，自然形成的師生共餐，意不在饕餮，言不必及義，話題進展如滾雪球，笑聲猝發如打噴嚏，乃正課以外師生之緣的至高境界。雖然「食不言」乃夫子養生之戒，而一張嘴一面要進食一面又要吐話，忙得像進出口的碼頭，似乎有礙健康，但是說者語妙天下，聽者笑得開心，獨樂樂何如眾樂樂，不但可以促進師生情誼，也有助於校園文化。

初來中山的十年，我常出國參加國際筆會，帶回各國的紀念品，也常在午餐桌上與研究生共賞或共嘗。她們舔著鹽，淺淺嘗一口墨西哥帶回來的龍舌蘭酒，又苦著臉勉強咀嚼又鹹又腥的芬蘭鹿肉乾。馬來的芒果乾頗受歡迎，榴蓮乾只有膽大的人敢試。捷克的提線傀儡，俄國的套層木偶，都引發她們的童心。那時候臺灣旅客的足跡還不像現在這麼普遍，所以我誇張的天方夜譚她們聽得十分出神，好像真隨我去看了西班牙的鬥牛，開普敦的桌山，伊瓜蘇的瀑布。

圍著白色的小圓桌與我共餐的，多為女生。倒不是我排拒男生，而是外文系所甚至整個文學院的學生，都是女多於男，比例約為三比一。希臘神話裡，掌管詩歌，亦即廣義文學的，雖為阿波羅，但古典詩人尋求靈感時祈禱的神明，卻是女神九繆思（the Nine Muses）。時至今日，不但保佑文藝的是女神，就連讀者甚至粉絲也大半是女性了。所以一位老教授兼老作家的磁場能吸來眾多女弟子，也不足為奇了。當年袁枚的四周不也如此嗎？我家雖有四個女兒，但晚年守在老爸身邊的只有幼珊；佩珊任教東海，也不常見面。所以有幾個女弟子繽紛於側，容我大發議論，小發牢騷，偶洩隱衷，甚至言不及義，淪為意識亂流，以博村姑們格格傻笑，而補女兒們天各一方的空虛，也不失為晚年一慰吧。

是的，後來師徒更熟，拘束漸解，我就泛稱她們為「村姑」，而男生來參加時，也就叫「村童」。這稱呼自然是來自英文古典詩中的 shepherd 與 shepherdess。她們覺得有趣，也就接受了。與我共餐的村姑前後至少上百人，她們有時也會帶校外的朋友或家人一齊來，那就更難勝數。其中出席率最高的村姑，該是陳亞貝。我和村姑們接觸漸頻，至於嘻哈程度，就是從她那一班開始，也是在她那一屆臻於高潮。其中的「造化」（chemistry）很難分析，大概跟她尊師的熱忱和人脈的廣闊有關。午間我的便當本來都由所裡的文姐負責，但亞貝出現後，就往往自告奮勇，把採購之勞攬了過去，另外還加上合我味蕾的甜點，而對我的盼望不過是多講些旅遊經，或是文壇學府的掌故逸聞，就算是我提供的甜點吧。

有一次在那小圓桌邊，一位村姑提起，聽說我上星期曾去清華大學的畢業典禮上致詞。我問她們知道我跟沈君山校長的故事嗎，她們搖頭。我便告訴她們：四十多年前沈君山是年輕的歸國學人，在清華大學客座，邀我去他學校演講。那時他不過二十七八歲，我也才三十出頭。我的演講不外是鼓吹現代文學，並朗誦自己的新作為例。前兩排的聽眾有不少理工科的教授，其中一位聽我念出什麼「也想乘一支超光速的火箭／去探大宇宙的邊陲」，忍不住指出，沒有飛行器能夠超越光速。等到我念完〈敲打樂〉，另有一位王教授又指責我此詩侮辱了中國。我沉不住氣，便應以：「不懂詩就不要亂說！」場面頓時僵住，他的太太還上臺來向我致歉。當晚沈君山夫婦陪我坐火車回臺北，我對他們戲言：「你們清華大學真是文化的沙漠，瘋子的樂園！」事隔那麼多年，沈君山在清大校長任滿，即將退休，又再請我去他的學校演講。他在介紹我時忍不住提到當年的一幕，笑問我對清大的印象是否不變。我答以今日的清大校譽日隆，當然早非「文化的沙漠」。沈君山立刻接口：「不過還是瘋子的樂園！」一招逆轉的自嘲，激起滿堂大笑。

4

不久也就輪到亞貝這一屆畢業了，也就是說，她們就得揮別西子灣了，而這一段師生緣也就要告一段落。村姑與村童一走出連接西子灣與鹽埕區的那條隧道，海緣也要告終，去投入茫茫的人海了。以後當然還可以回來，不過不是天長地久，而是做匆匆的過客了。與亞貝同班的陳淑莉、唐慧容，經常同進同出，儼然三位一體。她們往往結夥來敲我的房門，並帶來「小王子」（Le petit prince）的巧克力蛋糕，共享一頓下午茶點。但是走出西子灣後，村姑們也都自奔前程。十多年後，亞貝早已做了兩個女兒的母親，教過兩家高中。淑莉遠去西雅圖的華大，曾回西子灣來；我去華大講學，也曾由她開車，載我和季珊登山看雪。慧容在高雄教過書，後來去了英國，近兩年來，像淑莉一樣，已失去聯絡。

二十二年來，在西子灣上過我課的本科生與研究生，將近千人，至於來旁聽的流動人口，則更難計算。其中也有緣分特長而仍多聯繫的，例如胡志祥和湯惠媛，兩人都在外文系畢業後續讀外文所，而終於結成夫妻。母校給了他們雙重學位與美好姻緣，收他們做了西灣兒女。

另一組三位一體的碩士生，是黃寶儀、賴錦儀、陳宛玲。寶儀畢業後去英國攻文化評論，很快取得博士學位，已經在臺大外文系任教。希望她們三位沒有那麼快散掉，至少去年她們還回西子灣來參加年終的「校友團圓」。其他的金童玉女，啊不，村童村姑，如果不依數據，僅憑印象，這些年來向那張不朽的小圓桌時常報到，頻率較高的，至少還包括林為正、曾建綱、陳耿雄、高統位、余慧珠、呂昀珊、何瑞蓮、張禮文、呂淑女、林嘉瑩……再寫下去就太長了，又不是點名單。還有一位外院常來的村童，叫陳敬勛，是化學系的博士生，報到之頻，投入之深，久之村姑們已不「見外」了。雖是理科的高班生，敬勛外表斯文清秀，常識豐富而略帶羞澀。我見他笑得臉紅，便假裝問他：「你的臉色有必要這麼紅潤嗎？」村姑們大笑。迄今我都分辨不出：他來得這麼殷勤，究竟是為了老教授，還是為了村姑。

休要小看那張著魔的白漆小圓桌，二十年來圍它而坐的食客，人去人來，也不盡是我最後的愛徒，有些還是我早年的及門弟子，今日都各自學有所成，早成了我的同事。鍾玲、蘇其康、王儀君、黃心雅、羅庭瑤、張錦忠，有的在臺大，有的在政大，有的在師大，甚至就在中山，先後都修過我的課；前三位依次還擔任過中山的文學院長。他們還不是我最早的高足，卻是非常資深的村姑村童了。這麼說來，小圓桌閱人多矣：今日它仍然守在外文系的教師休息室裡，為我悠久而溫馨的師生緣默默見證。

有一次我對村姑們說：「想念西子灣就回來看看。不要以為老師就沒有用了：售後服務還多著呢！」村姑們笑問什麼叫「售後服務」，我說：「項目繁多，譬如寫推薦信啊，證婚啦，為小孩子取名字啦！」村姑們一陣傻笑，可是沒等幾年，果然就寄來了緋紅的喜柬。每次我去證婚，都會帶一本自己翻譯的王爾德喜劇《理想丈夫》（*An Ideal Husband*），上臺致詞之後就轉身面向一對幸福的新人，亮出這本絕妙好書，獻給婚紗如霧紅顏若花的新娘，引起滿堂笑聲、掌聲。

5

每隔兩年我都會在外文所講授上下兩學期的「浪漫詩歌」，選修的研究生頗多。浪漫詩當然滿有趣，卻未必好讀，你要是以為都像徐志摩、戴望舒的詩那麼淺易，入口便化，就錯了。認真讀起原文來，文法這一關就很難過：主詞出現了，動詞在何處？代名詞一大堆，所代的名詞能還原嗎？倒裝的句法，理得順嗎？穿插的割裂句，斷處如何承接？平凡的字彙，在古語中作何解？微妙的典故，複雜的比喻，非英語國家專有名詞的發音，這一切，都不容浮光掠影地蒙混過關。如果不能過關斬將，而要奢求該詩的妙悟真情，那就永遠休想登堂入室。所以三小時的長課，會把師生都累倒。但如果真能解惑脫困，嘗到甜頭，也會像胡桃挑仁，螃蟹剝殼，苦盡甘來，還是值得的。學期結束時，我就寫了一首諧詩，發給學生共娛，並出一口怨氣，詩曰：

William Blake is a bore,
Wordsworth is little more.
Coleridge is a freak.
Shelley is humourlessly Greek.
Keats is hopelessly sick.
What's in a Romantic
Except panic and frantic
And, what's worse, Byronic?

去年外交系新編折頁簡介，要我題幾行詩。西子灣朝西，外文系所學不外向西方取經。我就用這聯想謅了幾句如下：

You ask me why we're so carefree.
Because our neighbor is the sea:

Our windows open to the west,
And our minds open to the quest
Of what's in Western Muse is best.

去年的碩士班畢業前夕，王文德、許世展請我題言贈別。我想起唐人五絕的名句：「夕陽無限好，只是近黃昏」，又想外文系既向西方取經，則所習之歷程也可稱《西遊記》，便寫了下面這首小品，讓他們拿去燒在紀念的馬克杯上，和村童村姑的合影併列：

日日西子灣
堂堂西遊記
西灣無限好
西遊長堪憶

失帽記

二〇〇八年的世界有不少重大的變化，其間有得有失。這一年我自己年屆八十，其間也得失互見：得者不少，難以細表，失者不多，卻有一件難過至今。我失去了一頂帽子。

一頂帽子值得那麼難過嗎？當然不值得，如果是一頂普通的帽子，甚至是高價的名牌。但是去年我失去的那頂，不幸失去的那一頂，絕不普通。

帥氣，神氣的帽子我戴過許多頂，頭髮白了稀了之後尤其喜歡戴帽。一頂帥帽遮羞之功，遠超過假髮。邱吉爾和戴高樂同為二戰之英雄，但是戴高樂戴了高帽尤其英雄，所以戴高樂戴高帽而樂之，也所以我從未見過戴高樂不戴高帽。

戴高樂那頂高盧軍帽丟過沒有，我不得而知。我自己好不容易選得合頭的幾頂帥帽，卻無一久留，全都不告而別。其中包括兩頂蘇格蘭呢帽，一頂大概是掉在英國北境某餐廳，另一頂則應遺失在莫斯科某旅館。還有第三頂是在加拿大維多利亞港的布恰花園所購，白底紅字，狀若戴高樂的圓筒鴨舌軍帽而其筒較低：當日戴之招搖過市，風光了一時，後竟不明所終。

一個人一生最容易丟失也丟得最多的，該是帽與傘。其實傘也是一種帽子，雖然不戴在頭上，畢竟也是為遮頭而設，而兩者所以易失，也都是為了主人要出門，所以終於和主人永訣，更都是因為同屬身外之物，一旦離手離頭，幾次轉身就給主人忘了。

帽子有關風流形象。獨孤信出獵暮歸，馳馬入城，其帽微側，吏人慕之，翌晨戴帽盡側。千年之後，納蘭性德的詞集亦稱《側帽》。孟嘉重九登高，風吹落帽，渾然不覺。桓溫命孫盛作文嘲之，孟嘉也作文以答，傳為佳話，更成登高典故。杜甫七律〈九日藍田崔氏莊〉並有「羞將短髮還吹帽，笑倩旁人為正冠」之句。他的〈飲中八仙歌〉更寫飲者的狂態：「張旭三杯草聖傳，脫帽露頂王公前」。儘管如此，失帽卻與風流無關，只和落拓有份。

去年十二月中旬，香港中文大學圖書館為我八秩慶生，舉辦了書刊手稿展覽，並邀我重回沙田去簽書、演講。現場相當熱鬧，用媒體流行的說法，就是所謂人氣頗旺。聯合書院更編印了一冊精美的場刊，圖文並茂地呈現我香港時期十一年，在學府與文壇的各種活動，題名《香港相思——余光中的文學生命》，在現場送給觀眾。典禮由黃國彬教授代表文學院致詞，除了聯合書院馮國培院長、圖書館潘明珠副館長、中文系陳雄根主任等主辦人之外，與會者更包括了昔日的同事盧瑋鑾、張雙慶、楊鍾基等，令我深感溫馨。放眼臺下，昔日的高足如黃坤堯、黃秀蓮、樊善標、何杏楓等，如今也已做了老師，各有成就，令人欣慰。

演講的聽眾多為學生，由中學老師帶領而來。講畢照例要簽書，為了促使長龍蠕動得較快，簽名也必須加速。不過今日的粉絲不比往年，索簽的要求高得多了：不但要你簽書、簽筆記本、簽便條、簽書包、簽學生證，還要題上他的名字、他女友的名字，或者一句贈言，當然，日期也不能少。那些名字往往由索簽人即興口述，偏偏中文同音字最多。「什麼 whay？恩惠的惠嗎？」「不是的，是智慧的慧。」「也不是，是恩惠的惠加草字頭。」亂軍之中，常常被這麼亂喊口令。不僅如此，一粉絲在桌前索簽，另一粉絲卻在你椅後催你抬頭、停筆、對準眾多相機裡的某一鏡頭，與他合影。笑容尚未收起，而夾縫之中又有第三隻手伸來，要你放下一切，跟他「交手」。

這時你必須全神貫注，以免出錯。你的手上，忽然是握著自己的筆，忽然是他人遞過來的，所以常會掉筆。你想喝茶，卻鞭長莫及。你想脫衣，卻勻不出手。你內急已久，早應洩洪，卻不容你抽身疾退。這時，你真難身外分身，來護筆、護表、護稿，扶杯。主辦人焦待於漩渦之外，不知該縱容或喝止炒熱了的粉絲。

去年底在中文大學演講的那一次，聽眾之盛況不能算怎麼擁擠，但也足以令我窮於應付，心神難專。等到曲終人散，又急於趕赴晚宴，不遑檢視手提包及背袋，代提的主人又川流不息，始終無法定神查看。餐後走到戶外，準備上車，天寒風起，需要戴帽，連忙逐袋尋找。這才發現，我的帽子不見了。

事後幾位主人回去現場，又向接送的車中尋找，都不見帽子蹤影。我存和我，夫妻倆像偵探，合力苦思，最後確見那帽子是在何時，何地，所以應該排除在某地，某時失去的可能，諸如此類過程。機場話別時，我仍不放心，還諄諄囑咐潘明珠、樊善標，如果尋獲，務必寄回高雄給我。半個月後，他們把我因「積重難返」而留下的獎牌、贈書、禮品等等寄到臺灣。包裹層層解開，真相揭曉，那頂可憐的帽子，終於是丟定了。

僅僅為了一頂帽子，無論有多貴或是多罕見，本來也不會令我如此大驚小怪。但是那頂帽子不是我買來的，也不是他人送的，而是我身為人子繼承得來的。那是我父親生前戴過的，後來成了他身後的遺物，我存整理所發現，不忍遝棄，就說動我且戴起來。果然正合我頭，而且款式瀟灑，毛色可親，就一直戴下去了。

那頂帽子呈扁楔形，前低後高，戴在頭上，由後腦斜壓向前額，有優雅的緩緩坡度，大致上可稱貝瑞軟帽（beret），常覆在法國人頭頂。至於毛色，則圓頂部分呈淺陶土色，看來溫暖體貼。四周部分則前窄後寬，織成細密的十字花紋，為淡米黃色。戴在我的頭上，倜儻風流，有歐洲名士的超逸，不只一次贏得研究所女弟子的青睞。但帽內的乾坤，只有我自知冷暖，天氣愈寒，尤其風大，帽內就愈加溫暖，髣髴父親的手掌正護在我頭上，掌心對著腦門。畢竟，同樣的這一頂溫暖曾經覆蓋過父親，如今移愛到我的頭上，恩佑兩代，不愧是父子相傳的忠厚家臣。

回顧自己的前半生，有幸集雙親之愛，才有今日之我。當年父親愛我，應該不遜於母親。但小時我不常在他身邊，始終呵護著我庇佑著我的，甚至在抗戰淪陷區逃難，生死同命的，是母親。呵護之親，操作之勞，用心之苦，凡她力之所及，哪一件沒有為我做過？反之，記憶中父親從來沒打過我，甚至也從未對我疾言厲色，所以絕非什麼嚴父。不過父子之間始終也不親熱。小時他倒是常對我講論聖賢之道，勉勵我要立志立功。長夏的蟬聲裡，倒是有好幾次父子倆坐在一起看書：他靠在躺椅上看《綱鑑易知錄》，我坐在小竹凳上看《三國演義》。冬夜的桐油燈下，他更多次為我啟蒙，苦口婆心引領我進入古文的世界，點醒了我的漢魄唐魂。張良啦，魏徵啦，太史公啦，韓愈啦，都是他介紹我初識的。

後來做父親的漸漸老了，做兒子的越長大了，各忙各的。他宦遊在外，或是長期出差數下南洋，或擔任同鄉會理事長，投入鄉情僑務：我則學府文壇，燭燒兩頭，不但三度旅美，而且十年居港，父子交集不多。自中年起他就因關節病苦於腳痛，時發時歇，晚年更因青光眼近於失明。二十三年前，我接中山大學之聘，由香港來高雄定居。我存即毅然賣掉臺北的故居，把我的父親、她的母親一起接來高雄安頓。

許多年來，父親的病情與日常起居，幸有我存悉心照顧，並得我岳母操勞陪伴。身為他的獨子，我卻未能經常省視侍疾，想到五十年前在臺大醫院的加護病房，母親臨終時的淚眼，諄諄叮囑：「爸爸你要好好照顧。」實在愧疚無已。父親和母親鶼鰈情深，是我前半生的幸福所賴。只記得他們大吵過一次，卻幾乎不曾小吵。母親逝於五十三歲，長她十歲的父親，儘管親友屢來勸婚，卻終不再娶，鰥夫的寂寞守了三十四年，享年，還是忍年，九十七歲。

可憐的老人，以風燭之年獨承失明與痛風之苦，又不能看報看電視以遣憂，只有一架骨董收音機喋喋為伴。暗淡的孤寂中，他能想些什麼呢？除了亡妻和歷歷的或是渺渺的往事。除了獨子為什麼不常在身邊。而即使在身邊時，也從未陪他久聊一會，更從未握他的手或緊緊擁抱住他的病軀。更別提四個可愛的孫女，都長大了吧，但除了幼珊之外，又能聽得見誰的聲音？

長壽的代價，是滄桑。

所以在遺物之中竟還保有他常戴的帽子，無異是繼承了最重要的遺產。父親在世，我對他愛得不夠，而孺慕耿耿也始終未能充分表達。想必他深心一定感到遺憾，而自他去後，我遺憾更多。幸而還留下這麼一頂帽子，未隨碑石俱冷，尚有餘溫，讓我戴上，幻覺未盡的父子之情，並未告終，幻覺依靠這靈媒之介，猶可貫通陰陽，串連兩代，一時還不致逕將上一個戴帽人完全淡忘。這一份與父共帽的心情，說得高些，是感恩，說得重些，是贖罪。不幸，連最後的這一點憑藉竟也都失去，令人悔恨。

寒流來時，風勢助威，我站在歲末的風中，倍加畏冷。對不起，父親。對不起，母親。

——二〇〇九年四月

雁山甌水

1

去年年底，溫州市龍灣區的文聯為成立十周年紀念邀請我去訪問。正值隆冬，儘管地球正患暖化，但大陸各地卻冷得失常。溫州雖在江南之南，卻並不很溫，常會降到十攝氏度以下。高雄的朋友都不贊成，說太冷了，何必這時候去。結果我還是去了，因為一幅甌繡正掛在我家的壁上，繡的是我自書的〈鄉愁〉一詩，頗能逼真我的手稿。更因為溫州古稱永嘉，常令人聯想到古代的名士，例如山水詩鼻祖謝靈運，就做過永嘉太守；又如王十朋、葉適、高明，當然還有號稱「永嘉四靈」的徐照、徐璣、翁卷、趙師秀，都是永嘉人。更因溫州還一再出現在有名的遊記和題詩之中，作者包括沈括、徐霞客、袁枚、王思任、康有為、潘天壽、張大千。

天公也很作美。一月十一日和我存、季珊母女抵達溫州的永強機場，剛剛下過冷雨，迎面一片陰寒，至少比高雄驟低十攝氏度。接機的主人說，近日的天氣一直如此。但是從第二天起，一直到十八日我們離開，卻都冬陽高照，晴冷之中洋溢著暖意，真不愧為溫州。我們走後次日，竟又下起雨來，實在幸運。不僅如此，十五日黃昏我們還巧睹了日食。

另一幸事則是，在我演講之後，導遊原本安排是先去北雁蕩，再去南雁蕩，但為擺脫媒體緊跟，臨時改為先去南雁蕩。原先的「反高潮」倒過來，變成「順高潮」，終於漸入佳境。

2

雁蕩山是一個籠統的名詞，其實包括北雁蕩、中雁蕩、南雁蕩，從溫州市所轄的樂清市北境一路向西南蟠蜿，直到平陽縣西境，延伸了一百二十多公里。它也可以專指北雁蕩山，因為北雁蕩「開闢」最久，題詠最多，遊客也最熱中。

我們先去拜山的，是南雁蕩。入了平陽縣境，往西進發，最後在路邊一家「農家小院美食村」午餐。從樓上迴欄盡頭，赫然已見突兀的山顏石貌，頭角崢嶸地頂住西天。情況顯然有異了。不再是謙遜的緩緩起伏，而是有意地拔起，崛起。

在粗礫橫陳的沙灘上待渡片刻，大家顫巍巍地分批上了長竹筏，由渡夫撐著竹篙送到對岸。仰對玉屏峰高傲的輪廓，想必不輕易讓人過關，我們不禁深深吐納，把巉岩峻坡交給有限的肺活量去應付。同來的主人似乎猜到吾意，含蓄地說，上面是有一險處叫「雲關」。

三個臺客，卻有九個主人陪同：他們是浙江大學駱寒超教授與夫人，作家葉坪，文聯的女作家楊暘、董秀紅、翁美玲，攝影記者江國榮、余日遷，還有導遊吳玲珍。後面六位都是溫州的金童玉女，深恐長者登高失足，一路不斷爭來攙扶，有時更左右掖助，偶爾還在險處將我們「架空」，幾乎不讓我們自逞「健步」。就這麼「三人行，必有二人防焉」，一行人攀上了洞景區。

雁蕩山的身世歷經火劫與水劫，可以追溯到兩億三千萬年前。先是火山爆發，然後崩陷、復活、再隆起，終於呈現今日所見的疊嶂、方山、石門、柱峰、岩洞、天橋與峽谷，地質上稱為「白堊紀流紋質破火山」。另一方面，此一山系位於東南沿海，承受了浙江省最豐沛的雨量，尤其是夏季的颱風，所以火劫億載之後又有流水急湍來刻劃，形成了生動的飛瀑流泉和一汪汪的清潭。

我們一路攀坡穿洞，早過了山麓的村舍、菜圃、淺溪、枯澗。隔著時稀時密的杉柏與楓林，山顏石貌蝕刻可觀，陡峭的山坡甚至絕壁，露出大斧劈、小斧劈的皴法，但山頂卻常見黛綠掩蔽，又變成雨點皴法了。有些山顏石紋沒有那麼剛正平削，皺得又淺又密，就很像傳統的披麻皴。這種種肌理，不知塞尚見了會有什麼啟發？

除非轉彎太急或太陡，腳下的青石板級都平直寬坦，並不難登。南雁蕩海拔一千兩百五十七公尺，不算很高，但峰巒迴旋之勢，景隨步移，變幻多端，仍令人仰瞻俯瞰，一瞥難盡其妙。雲關過了是仙姑洞，忽聞鐵石交叩，鏗鏗有聲。原來是騾隊自天而降，瘦蹄嘚嘚，一共七匹，就在我們身邊轉彎路過，背簍裡全是累累的石塊。騾子的眼睛狹長而溫馴，我每次見到都會心動，但那天所見的幾匹，長頸上的鬃毛全是白色，倒沒見過。

騾隊過後，見有一位算命的手相師在坡道轉角設有攤位，眾人更慫恿我不妨一試，並且圍過來聽他有何說法。那手相師向我攤開的掌心，詮釋我的什麼生命線啦，事業線啦，感情線啦都如何如何，大概都是揀正面的說，而結論是我會長壽云云。眾人都笑了，我更笑說：「我已經長壽了。」眾人意猶未盡，問他可看得出我是何許人物。他含糊以答：「位階應該不低。」眾人大笑。我告訴大家，有一次在北京故宮，一位公安曾叫我「老同志」，還有一次在鄉下，有個村婦叫我「老領導」。

過了九曲嶺，曲折的木欄一路引我們上坡，直到西洞。岩貌高古突兀，以醜為美，反怪為奇，九仞懸崖勾結上岌岌絕壁，搭成一道不規則的豎橋，只許透進擠扁的天光，叫作洞天，是天機麼，還是危機？我們步步為營，跨著碇步過溪。隆冬水淺，卻清澈流暢。不料剛才的騾隊又迎面而來，這次不再是在陡坡上，而是在平地的溪邊，卻是一條雜石窄徑。騾子兩側都馱著石袋，眾人倉皇閃避，一時大亂，美玲和秀紅等要緊貼岩壁才得倖免。

終於出得山來，再度登筏回渡，日色已斜。礫灘滿是卵石，水光誘人，我忍不住，便撿了一塊，俯身作勢，漂起水花來。眾人紛紛加入，撿到夠扁的卵石，就供我揮旋。可惜石塊雖多，真夠扁圓的卻難找。我努力投石問路，只能激起三兩浪花。其他人童心未泯，也來競投，但頑石不肯點頭，寒水也吝於展笑。掃興之餘，眾人匆匆上車，向兩個半小時車程終點的北雁蕩山火速駛去。

3

當晚投宿響嶺頭的銀鷹山莊。抵達時已近七點，匆匆晚餐過後，導遊小吳便迫不及待帶我們去靈峰窺探有名的夜景。氣溫降得很快，幸好無風，但可以感覺，溫度當在近零攝氏度的低個位數。我存和我都戴了帽子，穿上大衣，我裹的還是羽毛厚裝，並加上圍巾，益以口罩。暖氣從口罩內呼出，和寒氣在眼鏡片上相遇，變成礙眼的霧氣。前後雖有兩支手電筒交叉照路，仍然看不分明，只好踉蹌而行。

終於摸索到別有洞天的奇峰怪岩之間，反襯在尚未暗透的夜色之上，小吳為我們指點四周峰頭的曖昧輪廓、巧合形態，說那是情侶相擁，這是犀牛望月，那是雙乳倒懸，這是牛背牧童，而勢如壓頂的危岩則是雄鷹展翅。大家仰窺得頸肩痠痛，恍惚迷離，像是在集體夢遊。忽然我直覺，透過杉叢的葉隙，有什麼東西在更高更遠處，以神祕的燦爛似乎在向我們打暗號，不，亮號。這時整個靈峰園區萬籟岑寂，地面的光害幾乎零度，只有遠處的觀音洞狹縫裡，欲含欲吐，氤氳著一線微紅。但是浩瀚的夜空被四圍的近峰遠嶂遮去了大半，要觀星象只能伸頸仰面，向當頂的天心，而且是樹影疏處，去決眥辨認。哪，東南方仰度七十附近，三星朗朗由上而下等距地排列，正是星空不移的縱標，獵戶座易認的腰帶。「你們的目光要投向更高處。」我回頭招呼望石生情、編織故事的小吳和她的聽眾，並為她們指點希臘人編織的更加古老的故事，也是古代天文學家和船長海客的傳說。「獵戶的腰帶找到了吧？對，就是那三顆的一排。再向左看，那顆很亮麗的，像紅寶石，叫 Betelgeuse，我們的星宿叫參宿四。腰帶右側，跟參宿四等距拱衛腰帶兩側的，那顆淡藍的亮星，希臘人叫 Rigel，我們的祖先叫參宿七。腰帶右下方，你們看，又有一排等距的三顆星，是獵戶斜佩的劍，劍端順方向延長五倍距離，就是夜空最明亮的恆星了——正是天狼星。這些星象是亙古不變的——孔子所見是如此，徐霞客所見也如此。」

4

次晨又是無憾的嚮晴天，令人振奮。越過鱗鱗灰瓦的屋頂，巍巍兩山的缺口處，一爐火旺旺的紅霞托出了金燦燦的日輪，好像雁蕩山神在隆重歡迎我們。下得樓去，戶外的庭院像籠在一張毛茸茸泛白的巨網裡，心知有異。美玲、楊暘、秀紅等興奮地告訴我存和季珊，昨夜下了霜。難怪草葉面上密密麻麻都鋪滿了冰晶。跟昨夜的繁星一般，這景象我們在臺灣，尤其久困在城市，已經多年未見了。

雁蕩山的地勢變化多姿，隔世絕塵，自成福地仙境，遠觀只見奇峰連嶂，難窺其深，近玩卻又曲折幽邃，景隨步轉，難盡全貌。正如蘇軾所嘆，不識真面目，只緣在山中。難怪徐霞客也嘆道：「欲窮雁蕩之勝，非飛仙不能。」古今題詠記遊之作多達五千篇以上，仍以《徐霞客遊記》給人的印象最深。徐霞客曾三次登上雁蕩山，首次是在明代萬曆四十一年（一六一三年），當時才二十八歲。大家最熟悉的他的〈遊雁蕩山日記〉常見於古今文選，就是那年四月初九所記。

我們是從鐘鼓二岩之間向西北行，進入靈岩景區的。到雙珠谷附近，就被徐霞客的白石雕像吸引，停了下來。當然是徐霞客，雁蕩山道由他來領路，再適當不過。像高約三公尺，右手捋著長髯，面帶笑意，眼神投向遠方，在峰嶺之間徘徊，又像入神，又像出神。柳宗元所說的「心凝形釋，與萬化冥合」，正是這種境界。徐霞客逝於五十五歲，雕像看起來卻太老了。他去世後才三年，明朝就亡了，幸而未遭亡國之痛。他未能像史可法一樣以死報國，但是明朝失去的江山卻保存在他的遊記裡，那麼壯麗動人，依然是永恆的華山夏水，真應了杜甫的詩句：「國破山河在」。

沿著展旗峰蔽天的連嶂北行，景隨位移，應接不暇，淺窄的眼眶，纖弱的睫毛，怎麼承得起那麼磅礴的山勢，容得下那麼迤邐的去脈來龍？到了南天門，拔地而起的天柱峰逼人左頰，似乎要搶展旗峰的霸權，比一比誰更奪目。岩石帝國一尊尊一座座高傲的重鎮，將我們重重圍住，用峭壁和危崖眈眈俯瞰著我們。

幸好有一座千年古剎，高門楣頂懸著黑底金字的橫匾，「靈岩禪寺」，背負著屏霞峰，面對著崎立爭高的天柱峰與展旗峰，而庭前散布的茶座正好讓我們歇下來，在茶香冉冉中仰觀「雁蕩飛渡」的表演。

順著茶客一齊眺望的方向，我發現一個紅點在天柱峰頂蠕動。三四分鐘後他已經蕩落到山腰，原來是用兩條長索繫腰，不斷調整，並且蕩索蹬岩，一路縋下絕壁來的。然後又發現他上身著紅衫，下身卻著黑褲。終於縋到山腳了，贏得一陣掌聲。

小吳說，這功夫是古代的農夫上山採藥練出來的。雁蕩山產的石斛乃名貴草藥，偏偏生在岌岌的險處，採藥人被迫冒險犯難，只好千鈞一髮，委身長繩，學飛簷走壁的蜘蛛。

話未說完，茶客又轉過頭來，仰對南天門的虛空。這才發現，所謂南天門的兩根參天巨柱——天柱峰頂與展旗峰頂——之間，竟有一痕細絲牽連。原來已有一個人影倒懸在鋼索上，四肢並用地正在攀緣南天門楣，或起立，或前進，或仰臥，或跳躍，或翻筋斗。突然那身影失足倒栽了下來。說時遲那時快，他其實並未離索，只是用雙腳倒扣住繩索。觀眾驚呼聲定，他已抵達半途，正把樹葉紛紛撒下。最後他一揚旗用碎步奔抵展旗峰頂。

頂禮過南海觀音，大家又繞到寺後去看方竹。竹筍初生，竿呈圓錐形，長成後竟變四方形，墨綠色澤非常古雅，節頭有小刺枝，像是塔層。季珊就近一手握竹一手拍照，可見其枝亭亭挺立，只比她的手指稍粗。我要她們母女多多攝影，備日後遊記之用。四百年前徐霞客早在日記中如此記載：「十五日，寺後覓方竹數握，細如枝。林中新條，大可徑寸，柔不中杖，老柯斬伐殆盡矣！」他當日所見，是能仁寺中方竹，離靈岩寺不過十里。我握著「徑寸」的一截黛綠，幻覺是在和徐霞客握手。有竹為證，我怎能不繼他之後，續一篇雁蕩遊記呢？

沿著靈岩寺旁的石徑右轉登山，不久便入了小龍湫溪谷，到了湫腳。不出所料，落差六十公尺的瀑址只有細股涓涓在虛應故事。只有層層岩脈，重重山巒，將一片岑寂圍在中間。應該是理想的回聲谷吧，我不禁半合雙掌於兩頰，形成喇叭，突發阮籍之長嘯。想必驚動了靜定已久的神靈，一時山鳴谷應，餘韻不絕。沒料到最好的音響效果便是造化，這一聲楚狂、晉狂的長嘯激起了同遊的豪興，大家紛紛也來參加，簡直成了竹林七賢。日遷說，曾經聽我在演講時吟過古詩，要我即吟一首。我便朗吟起蘇軾的〈念奴嬌〉來。大家聽到「一時多少豪傑」，一起拍手，我乘興續吟「遙想公瑾當年……」把下半闋也吟完，效果居然不錯。近年我發音低啞，無復壯歲金石之聲，不免受挫。也許是昨夜睡熟，天氣晴爽，又飽吸了山中的芬多精，有點脫胎換骨，更因為初入名山，受了徐霞客的感召，總之那天的長嘯朗吟竟然恢復了沛然的元氣，頓覺親近了古人，回歸了造化。繼我之後，葉坪也即興吟了一首七絕歡迎我來溫州，又朗誦了駱夫人四十年前寫給丈夫的一首新月體情詩，引來再驚空山的掌聲。

雁蕩山開山鑿勝，始於南北朝而盛於唐宋。東晉的謝靈運曾任永嘉太守，他癖在遊歷，又出身豪門，僮奴既眾，門生亦夥，出門探勝尋幽，往往伐木開徑，驚動官府。不過當時他遊屐所及，多在中雁蕩山，而北雁蕩山之洞天福地還深藏未通。雁蕩諸山在遠古火山爆發後由酸性岩漿堆積而成，其後又歷經流水侵蝕而呈今貌。北宋的科學家沈括早已指出：「予觀雁蕩諸峰，皆峭拔險怪，上聳千尺，穹崖巨谷，不類他山，皆包在諸谷中。自嶺外觀之，都無所見，至谷中則森然干霄。原其理，當時為谷中大水沖激，沙土盡去，唯巨石巍然挺立耳。如大小龍湫……之類，皆是植土龕岩，亦此類耳。」直到二〇〇五年，聯合國才將此山評選為「世界地質公園」。是以今日遊客朝山，已得現代建設之便，遠非當年徐霞客歷險苦攀能比。

從小龍湫的下面可以搭乘電梯直上五十公尺出來，就接上貼著絕壁的鐵欄棧道，下臨幽深的臥龍谷，可以指認小龍湫的源頭。我攀上欄杆俯窺深谷，害同遊的主人們嚇了一跳。

下午我們就徑去大龍湫，明知隆冬不能奢求水旺，也要去瞻仰那一躍一百九十七公尺的墜勢。先是經過所謂剪刀峰，想像步移景換，變成玉蘭花、啄木鳥、熊岩、桅杆峰、一帆峰，等等的幻象。終於抵達飛瀑注成的寒潭，只見一泓清淺，水光粼粼，可撐長筏。徐霞客第一次來時，正值初夏，「積雨之後，怒濤傾注，變幻極勢，轟雷噴雪，大倍於昨」。但此刻，崖頂水勢不大，落姿舒緩，先還成股，到了半途，就散成了白煙輕霧，全不負責，要等臨到落地之前，才收拾攏來，灑出一陣纖纖雨腳，仍然能令冒雨戲水的季珊和陪伴的女孩子們興奮尖叫。這鏡頭，咔嚓之間，全被國榮和日遷快手捉住。我避過瀑腳，施展壁虎功貼著瀑壁的深穴遊走，直到路盡才停。日遷也跟下來。不料瀑布鼓動的險風陣陣也貼著穴壁襲來。我戴了毛線紅帽，裹著厚實羽衣，仍不勝其瑟縮。

峰高嶂連，雖然是大晴天，暮色仍來得很快。整座湫谷一時只留下我們的跫音，此外萬籟都歇。過了伏虎峰，我們一路踏著石徑南行，只見千佛山並列的峰頭接成迤邐不斷的連嶂，屏於東天。晴豔的落照反映在岌岌的絕壁上，十分壯觀，把我們的左頰都烘得暖融融的，那排場，好像雁蕩山脈在列隊說再見。

5

雁蕩山有「海上名山」、「寰中絕勝」、「天下奇秀」之譽，號稱「東南第一山」。從北雁蕩、中雁蕩、西雁蕩到南雁蕩，盤盤囷囷，郁郁磊磊，這一整座龍脈世家，嵯峨帝國，拱衛了昔日的永嘉，今日的溫州，只開放東海之岸，讓甌江浩蕩出海。只就北雁蕩山而言，山水之錯綜複雜，景象之變幻無限，就已令古人題詠再三，猶嘆其妙難窮。但是在一切旅遊圖冊中，從未見提到晚明的王思任（1574-1646），實在可惜。此人也許不是徐霞客那樣的大旅行家，但遊興之高，遊記之妙，絕對也是古今罕見。他的文筆汪洋恣肆，匪夷所思，感興之強烈，即使放在現代散文裡，也可誇獨特。在〈小洋〉一文中，他極言山高石密，溪流曲折，有「天為山欺，水求石放」之句。他的長文〈雁蕩山記〉如此開篇：

> 雁蕩山是造化小兒時所作者，事事俱糖擔中物，不然，則盤古前失存姓氏，大人家劫灰未盡之花園耳。山故怪石供，有緊無要，有文無理，有骨無肉，有筋無脈，有體無衣，俱出堆累雕鑿之手。落海水不過二條，穿鎖結織，如注錫流觴，去來臬腳下。昔西域羅漢諾拒那居震旦大海際，僧貫休作贊，有「雁蕩經行雲漠漠，龍湫宴坐雨濛濛」之語。至宋時構宮伐木。或行四十里，至山頂，見一大池，群雁家焉，遂以此傳播。謝康樂稱山水癖，守永嘉，絕不知有雁蕩。沈存中以為當時陵谷上蔽，未經洗發。

第一句就很有趣，說此山是大地小時候的玩具，山中每一景都是捏麵人所挑糖擔子賣的糖製人物；不然就是開天闢地以前無以名之的巨人族，浩劫之前花園中的盆景之類。這兩個比喻，前者以小喻大，後者以大喻小，奇想直追《格列佛遊記》。「劫灰」一詞尤其暗合雁蕩山火山地質的身世。「落海水」一句應指餘脈入海，形成外島與港灣。「見一大池」句釋雁蕩山名由來。「康樂」指謝靈運封號。「存中」是沈括的字。王思任這篇遊記，長三千八百餘字，為古來罕見，至於想像之生動，文采之倜儻，更是可驚。直到文末，作者意猶未盡，又誇此山：「吾觀靈峰之洞，白雲之寨，即窮李思訓數月之思，恐不能貌其勝。然非雲而胡以勝也？雲壯為雨，雨壯為瀑，酌水知源，助龍湫大觀。他時無此洪沛力者，伊誰之劈哉。」隆冬入山，山猶此石，但水勢不盛，瀑布溪澗的壯觀，只能求之於古人的記遊。我的溫州主人們安慰我：夏天可以再來。

我對溫州的年輕遊伴們說：溫州之名，在臺灣絕不陌生，臺北市南區的不少街道，久以溫州及其所轄的縣市命名，其中包括瑞安街和泰順街。我有不少文壇、學府的朋友，都住在溫州街的長巷岔弄。他如青田、麗水、龍泉、永康等街，也都取之於溫州的近鄰。至於散文大家琦君，名播兩岸，更是溫州自豪的鄉親。

溫州人好客，美味的餛飩常溫客腸。我為他們的文聯盛會演講，又去當地聞名的越秀中學訪問。他們帶我和我存母女先後參觀了永昌堡、髮繡、甌繡、甌塑。我特別向甌繡的「省級大師」林緹致意，感謝她把我〈鄉愁〉一詩的手跡刺成甌繡。有一天他們特地帶我去參觀謝靈運遺址「池上樓」，憑弔「池塘生春草，園柳變鳴禽」的千古名句，並承「博雅茶坊」主人伉儷接待，得以遍賞白糖雙炊糕、燈盞糕、芙蓉糖、凍米糖之類的名點。

6

一月十五日，不拜山了，改去朝海。四十多座島嶼組成的洞頭縣，浮列在東海上等待我們。七座的休旅車上了「靈霓北堤」，車頭朝向東南，以高速駛過茫茫的海面，一邊與海爭地，要填來擴充市區，一邊插竿牽網，培育螺蛤之類，養殖海產。沒料到海闊堤長，過了霓嶼和狀元坳，跨越了許多橋後，才抵達洞頭島。當地縣政府的邱顧問帶我們一行攀上陡峭的仙疊岩，俯眺東海。在蒼茫的暮靄中，他向南指指點點，說對面近海的一脈長嶼也叫「半屏山」，那方向正遙對臺灣，「像和你們高雄的半屏山隔海呼應」。又說洞頭縣民會講閩南話，原是福建的移民。此時岩高風急，濁浪連天，令人不勝天涯海角、歲末暮年之感。指顧之間，夕照已烘起晚霞，主人說不早了，便帶大家回車，準備去市內晚餐。車隨坡轉，我戀戀回顧酣熟的落日，才一瞬間，咦，怎麼日輪滿滿竟變成了月鈎彎彎，缺了三分之二，唯有金輝不改。驚疑間，過了五秒鐘才回過神來。「是日食！快停車！」大家一齊回頭，都看見了，一時嗟嘆連連，議論紛紛。這才想起，溫州的報上已經有預告，說今天下午四點三十七分日環食會從雲南瑞麗開始，而於四點五十九分在膠東半島結束，至於大陸其他地區，則只能見到日偏食，甚至所謂「帶食日落」。果然，在我們的車窗外，越過掩映的叢叢蘆葦，幾分鐘後，那豔金帶紅的「日鈎」就墜入暮色蒼茫裡去了。想此刻，月球上不管是神或是人，一定也眺見地球的「地食」了吧？

溫州簡稱甌，甌江即由此入海。河口有大小三島，最裡面的最小，叫江心嶼，隔水南望鹿城市區，北鄰永嘉縣界。王思任的遊記〈孤嶼〉說：「九斗山之城北，有江枕曰孤嶼，謝康樂所朝夕也。嶼去城百楫，東西兩山貫耳，海潭注其間，故於山名孤嶼，而於水又名中川。」臨別溫州前一日，伴我和妻女共登雁蕩的主人，加上文聯的曹凌雲主席，又伴我們遊島。

天氣依然晴豔，像維持了七日的奇蹟。碼頭待渡，我們的眼神早已飛越寒潮，一遍遍掃掠過島上的地勢與塔影。最奪目的是左右遙對的東塔、西塔。左邊的西塔就像常見的七層浮屠，但是東塔，咦，怎麼頂上不尖，反而鼓鼓的有一團黑影？日遷、國榮、美玲一夥七嘴八舌，爭相解釋，說那是早年英國人在塔旁建領事館，嫌塔頂鳥群聒噪，竟把塔頂毀掉，不料仍有飛鳥銜來種子，結果斷垣頹壁中卻長出一棵榕樹，成了一座怪塔。

登上江心嶼，首先便攀上石級斜坡，去探東塔虛實。果然是座空塔，一眼就望穿了，幻覺古樹老根，有一半是蟠在虛空。江心孤嶼，老樹還真不少。南岸有一棵，不，應該說一座老榕樹，不但主幹上分出許多巨柯，每一柯都霜皮銅骨，槎枒輪囷，可以獨當一面，蔽蔭半空，即連主幹本身也不容三五人合抱，還攀附著粗比巨蟒的交錯根條。園方特別在其四周架設鐵欄圍護。如果樹而能言，則風翻樹葉當如翻書頁，該訴說南北朝以來有多少滄桑，訴說謝靈運、李白、杜甫，以迄文天祥如何在其濃蔭下走過。園中還有棵香樟，主幹已半仆在地上，根也裸露出半截，卻不礙其抽枝發葉，歷經千春。其側特立木牌，說明估計高壽已逾一千三百年。

遊園時另有一番驚喜，不，驚豔，真正的驚豔，因為她依偎在牆角，毫不招展弄姿，所以遠見渾然不覺，要到近處才驀然醒悟，是蠟梅！樹身只高人三兩尺，花發節上，相依頗密，排列三層，內層赧赧深紫，中層淺黃，外層輻射成鱗片，作橢圓形。傲對霜雪，愈冷愈豔，真是別樹一幟的絕色佳人。我存湊近去細嗅，季珊近距去攝影。我也跟過去一親薌澤，啊，何其矜持而又高貴，只淡淡地卻又自給自足地輕放幽香。那香，輕易就俘虜了所有的鼻子與心。同遊有人要我唱〈鄉愁四韻〉，更有人低哼了起來。

島上古蹟很多，除江心寺外，尚有文信國公祠、浩然樓、謝公亭、澄鮮閣等。江心寺壁上有不少題詞，王思任〈孤嶼〉文中述及：「方丈中留高宗手書『清輝』二字，懦夫乃有力筆。」我對文天祥祠最是低迴，在他青袍坐姿的塑像前悲痛沉思，鞠躬而退。祠中憑弔忠臣的詩文不少，我印象最深的是乾隆年間秦瀛所寫七律中的兩聯：「南渡山川餘一旅，中原天地識三仁。誓登祖逖江邊楫，憤激田横島上人。」

謝靈運公認為山水詩起源，所詠山水如〈登池上樓〉、〈遊南亭〉、〈遊赤石進帆海〉、〈晚出西射堂〉等，多在溫州一帶；至於〈登江中孤嶼〉一詩，描寫的正是江心嶼。但這些山水詩中，記遊寫景的分量不多，用典與議論卻相雜，則不免病「隔」。因此像「孤嶼媚中川，雲日相輝映，空水共澄鮮」之句，已經難得。我常覺得，中國水墨畫中對朝暾晚霞，水光瀲灩，往往無能為力；西方風景畫如印象派，反而要向中國古典詩中去尋求。

——二〇一〇年二月

佛羅倫斯記

唯美之旅

將近兩百年前，拜倫去國，自放於歐陸，在義大利流留最久，尤其在威尼斯。其間他兩訪佛羅倫斯，對文藝復興的藝術並不重視，卻說美術館中遊客太擠，深以為苦。佛羅倫斯遊客之多，似乎一直延續至今，因為今年八月，我也在擁擠之列。不過我的心情，進香多於遊樂。佛羅倫斯之地，是我的唯美之旅：那許多久仰的繪畫、雕塑、建築，都在中世紀那名城之中。

不到一百年前，徐志摩遊學歐陸，把佛羅倫斯的義大利文原名 Firenze 譯成「翡冷翠」；大家豔羨不已，認為絕美。其實這譯名根本不合真相，因為佛羅倫斯在鳥瞰之下，鱗次櫛比，起伏綿延著一片陶紅的屋頂，看得人眼熱頰暖，根本不冷，更不翡翠。四野的森林倒是綠意怡人，但是整個市區沒有現代的摩天大廈來唐突中世紀，或冒犯文藝復興，真不失和諧典雅。

八月初我和家人從各地飛去義大利，在里伏諾上了郵輪「交響樂」號（Sinfonia），在西地中海漫遊了七天，停靠的港口包括蒙地卡羅、瓦倫西亞、依比沙、突尼斯、卡塔尼亞、那頗利，最後仍在里伏諾上岸，去佛羅倫斯小住一星期。我們預定的一家所謂「公寓旅館」，不偏不倚，正在懷古念舊的市中心。門高廳敞，二樓磁磚鋪地，挑高略如當代的三樓，卻有古色古香雙扉開闔的電梯轆轆可乘，否則也有寬坦的鐵梯三十八級可上。我們（亦即二老）和季珊住的套房，樓中有樓，上面的一半懸空，另有樓梯可扶纜索而上。上面的半樓又房中有房，可住三人。季珊好奇，挑了上樓；我們就住在下樓：長桌上有一大盤，累累盛滿了蘋果、葡萄、李子、水蜜桃、葡萄柚。青葡萄飽滿新鮮，粒粒可口。紫透的李子熟而不酸，出人意外。水蜜桃則軟硬適中，汁味俱勝。滿盤豐收，視覺上是西洋畫理想的「靜物」。滿口甘冽，味覺上令饕餮客有身如牧神之感。這一盤口福，三人在早餐前先嘗，足足享用了三天。

除此桌上尚備 La Badessa 白酒一樽，高腳的玻璃杯一對。壁燈輝煌，設計別致，有巴洛克風。壁高而寬，各掛人物油畫，為文藝復興體，眼神灼灼，有意無意地隨我們轉瞳。

豪華亮麗的窗帷長垂直落，高可三人。衣櫥、書櫃之類，不但堅厚，而且順手。鑰匙應手開關，毫不遲鈍；體貼的是，為防客人遺失，還繫上了流蘇花穗。下樓主臥室一隅通廚房，面積不大，卻玲瓏緊湊，爐灶、冰箱、微波爐、洗碗機、高腳凳，一應俱全。杯壺盤碟，刀叉匙杓之類，各有抽屜，不但成套成組，而且都有烙記，一時我們喜出望外，醒悟這裡原來應是鐘鳴鼎食之家。準此，則當年梅迪琪望族必更豪貴，可想而知。

更高興的是，我們的長巷 Via dei Servi，一端朝著西南，盡頭有樓巍然矗起，天為之窄，視覺的印象是耐看好看的低調橘色，那便是遠近共仰、出現在一切封面上的 Duomo 大教堂了。

米翁晚作

我們不遠千里來遊佛羅倫斯，志在烏菲琪美術館，不過珊珊從美國預約的入場是在八月十日，所以到佛城次日，我們便就近去參觀大教堂了。Duomo 的全名是 Cattedrale di Santa Maria del Fiore，大圓頭頂上更拔起的頂閣（cupola）獨領風光，全名為 la cupola di Filippo Brunelleschi。排隊等候進場的長龍令人裹足，我們就退而求次，買票進了大教堂對面的珍藏美術館，所謂 Opera Museum，發現裡面的展品出乎意料地豐富。

在一樓轉上二樓的半梯平臺上，供著米開朗基羅晚年的傑作，也就是鎮館之寶「聖慟」像（The Duomo pietà）。這一組雕像不像梵蒂岡也名為 pietà 的那尊那麼廣為人知。梵蒂岡那尊是米翁二十六歲的少作，線條柔美，韻律流暢，聖母與耶穌的體態都很年輕，母子同命之情簡直賦白石以心腸。但是他晚年的同題之作卻哀沉得多，不但耶穌的面容布滿滄桑，垂頭喪氣，四肢無力；而且右邊來相扶的是抹大拉的瑪麗亞，左邊來相托卻半隱於背景的才是聖母。更特別的是，站在耶穌背後，黯然俯視著他的老者尼可代慕斯（Nicodemus），原是法利賽人，後來皈依，並協助耶穌的喪葬。據說米開朗基羅將尼可代慕斯的面容雕成自己的相貌，原意是用這件雕像來做自己的鎮墓之寶。米翁晚年自傷老去，常陷入深沉的憂鬱，對這件苦雕了八年的力作竟感力不從心。他面對這塊大理巨石，發現不但太硬，而且質地不純，鑿刀一攻堅，火星就四濺，終於揮錘痛搗，灰心放棄。此刻岌岌然充塞我眼前的未完成作品，注意看時，才發現耶穌已無左腿，而臂也有兩截是斷後重接。聖母的面容也尚未雕好。據說是事後，另一雕刻家班第尼（Francesco Bandini）與米翁徒弟卡加尼（Tiberio Calcagni）合力修補而成。

館中所展藝品當初都是大教堂及覺陀鐘樓外壁的飾物，後來才收來戶內珍藏。其中有浮雕五十四件：六邊框者二十六件，菱形框者二十八件，琳琅四壁，印證的全是古希臘的文化生活。所有浮雕都以人像為主，其姿態或背景則表示其發明或貢獻。

例如六邊框的一、二、三號，主題便是上帝造亞當，再由亞當肋下抽出夏娃，於是亞當耕田，夏娃織布。第四框是牧人的祖師耶巴（Jabal）。第五框是彈琴樂人的祖師猶巴（Jubal）。第六框是鐵匠始祖土巴甘（Tubal Cain）。第七框是農人始祖諾亞（Noah）。文明一路展開，乃有十四號迪大勒（Daedalus）創始的飛行與科技，二十號是雕刻的始祖費迪亞斯，二十四號是邏輯與辯證的開山祖柏拉圖與亞里斯多德，二十五號是樂聖或詩聖奧費厄斯，二十六號是幾何與算術的大師歐幾里德和畢達哥拉斯。

菱形框一號的浮雕是希臘神話第一代的農神薩騰（Saturn）；二號至七號則分別是朱彼特，卻穿著基督教僧袍，手持十字架與高腳杯，象徵信仰；戰神 Mars 狀若騎士；日神阿波羅戴上金冠，手持權杖與日輪；愛神維納斯掌控著一對戀人；眾神之使者墨赳立（Mercury），帶著黃道的雙子宮；月神就座於海潮，右手托一座噴水池。其他菱形的主題則有些與六邊形重複，有些是表揚美德，例如信仰、慈悲、謹慎、正義、節制、堅決、懺悔、婚姻等等。

聖母抱聖嬰的畫像或雕像，該是西洋藝術最普遍的主題了，但是聖嬰往往顯得不夠稚氣，甚至有些老氣，難稱可愛。大教堂美術館此室門楣上半圓拱形的浮雕，皮沙諾（Andrea Pisano）的作品 Madonna col Bambino 所雕的聖嬰卻稚態可掬：聖母用右手食指在他胸口呵癢，他的雙手卻作勢要把她的手推開。這溫馨的一景予我莫大的驚喜。神聖的場面未必要排斥歡悅。同樣地，館藏波迪賈尼（Pagno di Lapo Portigiani）的「母與子」，耶穌依偎在年輕而滿足的母親懷裡，手捧白球，憨稚可哂。母子的面容都流露著幸福的光采，似有似無的含著笑意。我仰瞻久之，不忍離去。

館中另有一間巨室展出兩大雕塑家同題的傑作：德拉羅比亞（Luca della Robbia）與杜納泰洛（Donatello）的連環浮雕，半依半靠在高壁上，叫做「唱詩班」（Cantoria）。掩映在廊柱之間，載歌載舞洋溢著喜悅的，或是成群的麗人，或是一夥孩童，唱著奏著聖經《詩篇》第一百五十首，傳為大衛王所作：呈現的古樂器也即《詩篇》所述的長號、豎琴、簫瑟、鐃鈸。其中德拉羅比亞所作以柔美完整取勝，杜納泰洛所和以粗獷不羈見長，形成阿波羅與戴奧耐塞斯對立的風格。兩種風格我都欣賞，但是杜納泰洛更引我聯想，因為法國現代的「野獸派」一名與他有緣。當時馬諦斯、佛拉曼克等在一九〇二年「秋季沙龍展」的畫作，中間有一件悅目的雕品，被評論家認為「杜納泰洛為百獸所困」乃有此惡名。

啊，烏菲琪

烏菲琪美術館乃西洋藝術的一大寶藏，展品以繪畫為主，雕刻為輔。包羅的時代始於十三世紀，終於十八世紀，而以文藝復興最為鼎盛。館在老皇宮與阿諾河之間，與河上的老橋（Ponte Vecchio）偏斜相對。八月十日，到佛羅倫斯第四日，我與家人終於持預訂票列隊於人龍，非常興奮。古人過屠門而大嚼，聊以自慰，我們今天卻能入屠門而大嚼，喜悅之情，唯二十年前在荷蘭看梵谷大展能相比。

館藏文藝復興畫最富，其中又數波提且利（Sandro Botticelli, 1444-1510）所作最多，近二十件。波提且利在佛城之全盛期，正當達芬奇離開佛城去了米蘭，而波萊沃羅（Pollaiuolo）與維羅凱俄（Verrocchio）也相繼而去，最後他的靠山，梅迪琪家的勞倫佐（Lorenzo de Medici），又告逝世。其間他以「聖母與聖嬰」為題的作品風行一時，但是他賴以傳後迄今的，卻是以異教希臘神話為主題的兩大名畫：〈維納斯之誕生〉與〈春之寓言〉。

〈維納斯之誕生〉取材於義大利詩人波利齊亞諾（Poliziano）之作品，畫的是維納斯自浪花誕生，踏著貝殼，一路隨波濤飄到塞普路斯。圖左有男女相擁，正是吹她到岸的西風之神柔拂（Zephyr）和微風女神奧萊（Aura），看得出兩仙都口吹靈氣。於是玫瑰繽紛漫天飄落，和千層疊浪的動感相應，形成輕快的節奏。圖右有一麗人在岸上展開華衣迎接；她自己穿的是綴滿花朵的銀袍，可能就是高雅三女神（the Three Graces）之一。中間的主角當然就是愛神，豐濃而迤邐的金髮一路披肩而下，一手護胸，一手掩私，正是含羞的肢體語言，天人合一得恰到好處。

〈春之寓言〉簡稱為〈春〉（Primavera），是一幅巧組人體的群像，也是靈與肉、神與形互為表裡的哲理抒情詩。畫中有六女二男，加上一位不分性別的天使：人體與真人大小相當，因此觀眾的臨場感也更真切，害得我們時而近視，時而遠觀，進退為難。密密的金橘林中，被春之氣息所召，西風之神柔拂自天而降，正俯身要抱克洛麗絲（Chloris），後來就娶了她，賦她以催花之力。她回望風神，果然口吐野花。她左邊的麗人披著銀袍，頗似〈維納斯之誕生〉裡在岸上迎接的那一位，應該就是花神 Flora 了。滿地點綴的雜花野菌，和樹上的累累金橘相映成趣。

畫面正中央，頭向右側，左手按裙右手召喚的麗人，該是愛神：不但神情悠然自得，不像在〈維納斯之誕生〉中那麼惘然若失，還帶羞澀，而且顯得高出其他神仙，簡直君臨仙界。其實她只是立足點較高，但仔細看時，林中地面卻是平的。所以畫中竟有兩個平面：上面的樹頂保持水平，下面的地平卻向觀眾傾側過來，好讓愛神站得高些、顯些。此外，愛神的眉眼，左右其實不齊，不過觀眾並不覺得。如果我們頭向右側，就不會覺得有何不妥；但是如果我們向左歪頭，就會驚覺她右邊的眉眼高出左邊許多，簡直怪相！原來藝術能補現實之不足，所以李賀敢說：「筆補造化天無功。」

畫面真正的焦點、亮點，是在左邊三人舞：高雅三女神，面貌姣好，神情從容，體態高眺而富彈性，兼具豐盈與修頎之美，薄紗輕掩之下，肌膚仍不失冰清玉潔，白皙晶瑩。倒是腰身並不強調纖細，反而有點富裕。其實這倒是文藝復興時期的美感，在拉菲爾、達芬奇、狄興筆下也是如此。三女神的舞姿也多變化，手勢高舉則越首，平舉則齊胸，低扣則過腰，真是婀娜而不亂，轉側而不失呼應。畫面極左是天帝朱彼特的使者墨赳立，戴帽佩刀，腳穿帶翼筒履，卻背著眾女神，只顧舉著卡杜錫魔杖，去勾樹頂的金橘。

〈維納斯之誕生〉與〈春之寓言〉已為全世界的藝迷與觀眾所寵愛，說明義大利的文藝復興已為西方的人體美下了定義，立了典範，使人驚豔而又豔羨。這典範比好萊塢的豐乳纖腰或是時裝展的高眺偏瘦，又不相同，因為從早期的聖母與愛神一直到近期的雷諾瓦或莫地里安尼畫面的世間女子，腰身大半是偏於富裕。至於文藝復興與美之典範的溫婉端莊，也不同於好萊塢的輕佻或伸展臺的冷傲。另一方面，男性的剛毅與俊美也由繪畫與雕刻來立像：上帝的威儀、耶穌的悲苦、墨赳立的倜儻、大衛王的堅毅，無論在教堂、畫廊、廣場或卡片上，都到處可見。在佛羅倫斯最常見的四張臉，是耶穌、大衛、維納斯、但丁。

另一現象使我感到驚訝，便是以文藝復興之高雅，竟有許多名作以暴力為主題。波提且利早年創作了一套雙折的繪畫，主題是猶太女俠朱帝絲（Jrdith），為救自己被圍攻的危城，夜入敵營，把亞述大將霍洛弗尼（Holofernes）斬首，提回城去。左圖示亞述王內巴切乃沙（Nebuchadnezzar）發現大將身首異處，大驚失色。右圖示女俠得手後持刀而回，女俠頭頂霍洛弗尼的斷頭在後追隨。另一佳例是且利尼（Benvenuto Cellini）的銅雕傑作〈波修斯〉（Perseus），顯示希臘英雄屠妖之後，左手高舉妖頭，右手執著寶刀，身姿非常英武。又一佳例仍是雕品，便是著名的〈萊阿可昂〉（Laocoön）主題取自荷馬與魏吉爾的史詩：據說萊阿可昂是特洛伊的祭司，力勸本城不可將希臘人留下的木馬拖進城去，又把鏢槍擲入木馬的肋下。此舉得罪了智慧兼藝術之神雅典娜；當時萊阿可昂正率領兩個兒子在祭拜海神波賽登，雅典娜便派遣了兩條巨蟒上岸來，將父子三人一起纏住，窒息而死。那件雕品要表現的，正是父子臨難奮死掙扎的神情；西元前二世紀由三位藝術家（Agesandrus, Athenodorus, Polydorus）用一整塊大理石雕成，直到一五〇二年才在羅馬出土，引起極大轟動，後來由梵蒂岡收藏，更導致藝評家溫克曼（J. J. Winckelmann）與萊辛（G. E. Lessing）的不同詮釋。我在烏菲琪意外發現這件名作，十分興奮，瞻仰久之，奇怪觀眾竟然沒有爭相圍觀。後來才知道那只是佛羅倫斯雕刻家邦迪耐利（Baccio Bandinelli）的仿製。

烏菲琪的館藏豈容一日匆匆覽盡？波提且利的作品獨占五室，觀之猶未盡興，全館四十多間展室，名家名作多達五百多件。藝術家絕大多數是義大利人；來自他國的，如艾爾．格瑞科、冉伯讓、哥耶、魯本斯、委拉斯開斯、德拉庫瓦等等，往往只得一幅。鎮館之寶大半是義大利文藝復興的名畫名雕，全靠梅迪琪家族訂製於前，捐贈於後。這許多代的政經豪門，不但財力雄厚，而且品味高超，始能建立烏菲琪不朽的傳統。不知臺灣的億萬金主，亦有志見賢思齊否。

仰攻穹頂

歐洲各地的大教堂、博物館、宮殿、古堡，自中世紀以來蔚為大觀、壯觀、奇觀，往往有賴宗教的信仰。這許多大建築，從精心設計到辛苦完成，往往曠日持久，不是始建者生前能夠竣工。例如科隆的雙塔大教堂，從十三世紀起建，一直到十九世紀完工，斷斷續續，竟拖了六個世紀。「成事不必在我」，小我的信仰令個人以有緣能夠共襄盛舉為幸。科隆的大教堂雄鎮全城，就名 Dom。佛羅倫斯的「百花聖母瑪麗亞大教堂」也簡稱 Duomo，來自同一語根。

Duomo 始建於一二九六年，到圓穹上面的頂閣（cupola）完工，已是一四三四年。其間參與工程的名家有好幾位，包括畫家覺陀。頂閣則由文藝復興早期最傑出的建築兼雕刻家布魯奈勒斯奇（Filippo Brunelleschi）建造。整座大教堂的風格兼有羅馬式與哥德式的特色，而最奪目的八邊形圓頂，土紅的底色用八道白弧瓜瓣一般地把穹隆等分，遠望很像皇冠，則有文藝復興崇尚理性的氣象。

既有穹頂又有頂閣，當然有梯級可通，怪不得 Duomo 外面的廣場上總是排著有意登高的人龍。第三天我也加入了這條緩遊的長龍。進入了大教堂，有一道邊門引遊客上階，開始四百六十三級的攀登。我喜歡登高，在愛丁堡登過兩百英尺兩百八十七級的史考特紀念黑塔，在中山陵登過三百九十二級的陵階，在泰山曾從南天門攀到絕處的玉皇頂，在樂山也自大佛的腳趾仰躋到佛頭。登高，是響應風雲的號召，接受地心引力的挑戰，是要高攀神話和傳說。登高，是測驗自我的體能和意志，唯一的獎品是望遠，把天涯逼到地角，逼地平線一再讓步，報復它不懈的緊囚。

高雄市區左岸大廈我的寓所在八樓，而西子灣文學院的研究室則在五樓。早在減碳運動之前，我已習於攀階，不乘電梯，久之也不氣喘了。不過腳下這四百六十三級天梯卻不容我一鼓作氣，過了百級就不免一再停步小駐，讓腳力更健的「登友」匆匆超越。我發現自己稍息時並不喘氣，只是脈搏加速呼吸轉促而已。倒是越我而上的不少中年遊客，聽得出已經累得噓噓咻咻，不由自已。一家七口，女婿為政、四女季珊、外孫飛黃、孫女姝婷，一路陪我共攀，直到穹頂。我存和珊珊到了這裡，就止步不再上去。穹頂是狹窄圓徑，俯視是大教堂的正廳，只見點點黑頭，仰視則壁畫四合，如升天國。

不過此刻氣喘汗沁的登高隊伍，卻無心細賞內穹，只想再接再厲，鼓其餘勇，冒出戶外，去重見天日。全佛羅倫斯在外面，不，下面等著呢，爬吧，這最後的一程！石級步步，越高越窄，同時也越陡，考驗當然也越嚴。更要命的，是轉折越多，變成螺旋回升，簡直步步都得向立體的褶扇輻湊狹柄去找落腳，啊，托趾之點。真是步步為營，只准踏實，不堪踩虛。一步之虛，就成大錯。三代同遊之壯舉，勢必草草收場，無窮的煩惱，怎麼能善後？這種險境，大概芭蕾舞女的腳尖舞才可以過關吧？此刻必須全神貫注，不但落趾要準，而且兩臂還得左支右扶，巧加配合。

奇蹟一般，我終於擺脫了踉蹌，投入風吹日麗的戶外，深呼吸開敞無阻的空間。縱目所及，整座佛羅倫斯城匍匐在我們腳底，沒有僭越的摩天樓在唐突風景，只見磚紅低調的密集屋頂，半覆在複窗千眼的白牆之上，緩緩起伏如層層疊浪。腳痠之苦，此刻，用眼暢來補償。登高所以望遠，望遠所以懷古，這是時空忽然恣享的豪奢。所以這就是托斯卡尼啊，那下面曾經是文藝復興，千門萬戶，那些縱街橫巷，輻輳廣場，曾響過達芬奇、覺陀、波提且利的步音，梅迪琪家車過的轟動。

高攀塔樓

Duomo 內腑（nave，俗稱本堂或正廳）南側外，嵯峨矗起一座鐘樓，狀如沒有尖頂的方尖塔，名為「覺陀之塔」，義大利人叫做 Campanile di Giotto。塔高八十四點七公尺，建築上是佛羅倫斯的哥德體，一三三四年由覺陀親自設計並監工，只建到第一層的飛簷。覺陀身後由名畫家畢沙諾（Andrea Pisano）等人接手，終於在一三五九年竣工：一切均按覺陀的設計，包括三層拱頂細柱窄框的長窗，只有塔頂不照原定的尖頂而改為方正凸邊的平頂，更顯得典雅莊重。

覺陀之塔也有梯可爬，共四百一十四級，比 Duomo 穹頂只少四十九級，怎能放過不登呢？如果不登，豈非厚布魯（奈勒斯奇）而薄覺陀？在來佛羅倫斯之前，我但知世有覺陀而不知有布魯，因為「覺陀之圓」太有名了。據說當年教皇要找一位藝術家來裝飾教廷，派人向覺陀討一件他作品的樣品。覺陀當使者之面用紅漆隨手畫了一個圓圈。使者驚問：就這點麼？覺陀說：帶去好了，且看教皇能否參透吾意。錢鍾書在《圍城》裡就用過這典故。

於是兩天之後，又鼓餘勇再度登高。這次只有女婿為政一路陪我了。雖然石級較少，登者也不像爬 Duomo 的那麼熱門，但地心引力（也就是城隍菩薩了）也並不缺席，照樣扯人後腿。同樣也是越到高處，階級越窄越陡，螺旋的隧道也越逼迫。更要命的是如此透天烏道並非單行，而是雙向，不但登者力攀欲上，還有既登者踉蹌尋路要下來，真的是摩肩接踵而且是狹路相逢，不能魯莽撞人更不能糊塗讓人撞。落趾要慎，正如下棋落子要慎，卻由不得你沉吟。

好在覺陀之塔有三層敞窗，可以在平臺上憩息片刻，喝口礦泉水。就在這時，一個廣東人讚我「好勇」，又有一斯文中年亦操粵音，前來問我是否「余教授」，且說三十年前在中文大學修過我的「現代文學」，交的報告經我詳批，如何得益云云。說罷更招太太和兩個男孩來「認師」。又問為政是誰，為政笑答：I'm his son-in-law。

再登絕頂，環繞一周，接受風景迢遞的獎賞，腳力賺來的，由饞眼享受，深感此登不虛。帥呀，向布魯和覺陀都致敬過了，對得起文藝復興的天才了吧，回去臺灣也有吹牛的本錢了。高臺多長風，汗已吹涼，不如下去會合家人吧。

但丁故居

佛羅倫斯對文藝復興的貢獻，並不限於藝術，而也包括文學，因為廣義的西方現代文學（相對於拉丁文的羅馬文學），正是由但丁，佛羅倫斯之子，率先推動的。是但丁，在一般作家仍習於用拉丁文寫作的傳統下，把他的母語佛羅倫斯的方言提煉為詩的載體，寫出靈魂在人性與神性之間、歷經地獄、煉獄到天國的掙扎、奮發與得救，成為現代最偉大的史詩。一入佛城，但丁博大的精神、鷹隼矍鑠的面貌便處處可見，不但大理石像高供在聖克羅且的廣場和烏菲琪畫廊的中庭，而且《神曲》的名句也處處立牌釘在《神曲》中提到的地點，包括〈煉獄〉第八章涉及的老橋（Ponte Vecchio）和〈天國〉第十五章涉及的但丁路一號（Via Dante Alighieri 1），竟達三十二處。

到佛城第二天下午，我們按著地圖，在卵石砌成的巷弄中找到了但丁的故居（Casa di Dante）。地址是聖瑪格麗妲街一號（Via Santa Margherita 1），當地的傳說是但丁的出生當在這一帶的某一座屋裡，但是今日所謂的故居其實是建於一八七五年，原址本為中世紀的一座古塔；到了一九一〇年，佛羅倫斯市政府為要營造中世紀街景的風味，又再加以修復。專家爭論不已，唯一的共識只能確定就在這一帶而已。聳立在遊客面前的是一幢三層磚屋，臨街的牆上懸著方正的海報旗，紅底上的白圓圈裡有但丁的側像，下面供著但丁的半身銅像。在巷中遇見一隊遊客，為首的嚮導高揚著領旗，卻不是來拜但丁。我不由得想起多年前在德國的呂貝克，和黃維樑參觀湯默斯曼的紀念館，觀眾寥寥；我告訴維樑或能得詩，第一行就是：「所謂不朽，就是禮拜三只來了三個遊客……」

那一天在但丁故居見到的遊客倒並不寥寥，但也不算濟濟。《神曲》三卷各為三十三章，加上序詩共為百章。論觀點則其中的宇宙論、天使論、神學均以湯默斯·阿奎納斯的系統為據。論人物則不但引述古羅馬史，還包括義大利近代史與當代史，甚至涉及但丁自己的朋友與敵人。但丁認為他那時的教會已經違背了神旨，簡直就是「娼妓」，因此〈地獄篇〉的途中他竟見到七位教皇。所以《神曲》所述雖然是靈魂神往上帝的歷程，應該以天人合一為主題，實際上由於刻劃生動，卻十分人間世，於世道人心，頗著墨針砭。然而但丁絕對不僅是志在移風易俗的道學家，而更是正視人生洞察人性的藝術家，所以艾略特強調：「但丁與莎士比亞平分天下：無人堪居第三。」

我們在故居的陳列館中低迴了大約一小時；那地方規模不大，收藏也欠豐，只能稱陳列館，難稱博物館。陳列館共有七間，依次是但丁當年的佛羅倫斯，但丁的早年，但丁在佛城的政治生涯（1301-1311），但丁的流放生涯（1311-1321），但丁的圖像，但丁的遺物。

詩人的遺物不僅在佛城，因為他被故鄉放逐，二十年不得歸來，死在拉凡納（Ravenna），也就葬在他鄉。我逐室參觀他的文物，一面懷念詩人黃國彬，三大卷《神曲》的中文譯者。三十多年前他為了要譯這部偉大的史詩，曾從香港來義大利留學一年，一面學習義大利文，一面也就親近但丁的遺跡餘韻。窮二十載之功，他終於用中文為但丁招魂。

佛羅倫斯既為文藝復興之古都，兼又氣候晴美，風景絕佳，自然吸引北方的作家，尤其是苦於肺病的一些。十九世紀初，英國女詩人巴蕾特（Elizabeth Barrett）與白朗寧（Robert Browning）便常住在此城，她更在此逝世，有墓地可以憑弔。小說家勞倫斯也奔赴晴爽的南國來此，並寫成名著《亞倫之杖》（*Aaron's Rod*）。另一位女作家喬治•艾略特也兩度來佛羅倫斯，不但同情義大利人的復國悲情，還寫出像《羅摩娜》（*Romola*）這樣的、以十五世紀的佛城為背景的歷史小說。最有名的也許是雪萊了：他盛讚此城為「流亡之都」（Capital for Exiles），其實這稱呼也可含負面的意義，因為當年放逐但丁，而且不准生前還鄉的，正是此城。雪萊的名詩〈西風頌〉也是他住在此地時寫成的，採用的三行一節連鎖體，就地取材，正是取自但丁的《神曲》。雪萊自述其靈感來自「佛羅倫斯近郊阿諾（the Arno）河畔之森林，當天颳起狂風，氣溫又暖又爽，水氣滙集，下注而成秋雨」。

回望名城

八月十二日，臨別佛城的前一天，在飛黃建議下，一家七人帶著依依不捨的心情，搭乘公共汽車去東北郊外的費耶索雷（Fiesole）。晨風涼爽，蟬聲迢遞，二十分鐘後便抵達費鎮的車站，正當坡道的起點。冒著嚮晴天的豔陽，沁著微汗，我們憑直覺循著盤旋的坡道一路朝上攀登，希望能到絕頂，去恣覽腳底那名貴而高雅的文藝古都，好把深心的記憶停格在美的焦點。在兩處三叉路口都選對了捷徑，我們一面艱苦地盤旋，一面間歇地停步，越過松杉的陰影，夾竹桃、繡球花的豔姿，怯怯窺望隱士居一般的庭院與樓窗，暗暗嘆羨，是誰家的神仙眷屬，竟能高棲在佛羅倫斯中世紀的紅塵之上，偶睜天眼俯視人寰？我心中有一絲奢望：也許銜環銅獸睥睨的高門會忽然敞開，好客的樓主會笑迎我們進去……於是一段奇遇就展開了，說不定竟是梅迪琪豪門的支系呢。

費耶索雷在西元前原是伊楚利亞、然後又是羅馬帝國的重鎮，後來因為佛羅倫斯興起，在二十世紀漸告衰落，直到十五世紀才因梅迪琪家族的支持與本鎮藝術家的奮發得以新生。在遠古時代，它早已受到希臘文化的影響，尤其是間接從義大利南部的希臘屬地所傳來，所以鎮上的考古博物館迄今仍展示希臘的陶罐與銅雕。至於羅馬的遺跡則見於博物館後已廢千年的半圓形露天劇場（Teatro Romano），二十二排的弧形石座可容三千觀眾。我一路逐排縱落到坡下的圓心，對我存母女喊話，共鳴撼耳仍非常羅馬。

最後我們攀上了坡頂，走到了深庭大院的疏處，籬樹鐵欄的缺口，可以一覽無阻地俯眺佛羅倫斯。比起三天前在百花聖母大教堂穹頂的高瞻遠矚，此刻我們的眼界又超越得多了。但見好幾公里下面，除了身影魁梧頭角崢嶸的幾尊大教堂、宮殿與塔樓之外，其他一律四五層建築的橘頂白壁，起伏不大卻波陣壯闊，直覺上只彷佛白瓷盤裡盛著琳琳琅琅的琥珀和瑪瑙，映著豔陽，令人目迷而神馳，不能收心。其間蜿蜒隱現的一帶鈍綠，該是阿諾河了，上面數得出六座橋來。河水向西流，要過比薩才出海。排樓盡處，沿河北岸鬱鬱，應該就是雪萊當風得詩的森林了。

腳下這美麗而高雅的名城，也曾歷經浩劫與危難，並非一直嫻靜如此。在中世紀她歷經了戰亂，包括諸侯與黨派的內戰，加上與鄰邦甚至教廷的鬥爭。一三四八年的黑死病更難倖免：薄迦丘的名著《十日談》（*Decameron*），講的就是當年有十位貴公子與淑女，為避瘟疫逃來郊外的費耶索雷，在山上十日，每日每人講一個故事，共得百篇之多。儘管如此，佛羅倫斯，文藝復興的名城故都，仍舊挺過來了，而且挺立得那麼壯麗而安穩，只因她是全人類文藝的寶庫，那麼多偉大的藝術家、建築家、作家、詩人，用天才和毅力支撐著、簇擁著她，不讓她散掉，不容她倒下。更可貴的是梅迪琪望族，富而有品，貴而下士，一代接一代，為天才的火炬加油添薪。

——二〇一一年一月

清明七日行

西湖重遊

接受了浙江大學的邀請，在清明節前五天由高雄直飛杭州，開始六天的訪問。聯絡人是浙大傳媒與國際文化學院的陳強教授，筆名江弱水。早在八〇年代末期，弱水就以卞之琳先生私淑弟子的身分和我通信，後來又因我和卞先生是現代詩同道，而成為有我參加論文審查的博士生。他的慎思明辨貫通了中西古今的詩藝，有《古典詩的現代性》與《中西同步與位移——現代詩人叢論》兩書可以印證。非但如此，他的小品文也寫得風趣生動。去年五月他來臺學術訪問兩月，事後出版了《陸客臺灣》文集，對此行所見的世情與人物，正敘側寫，均有可觀。

浙江大學的邀請，我很快就接受了，原因是多重的。首先，聯絡人是弱水，此行一定會妥善安排，他的品味我當然放心。其次，我上回去杭州，是在二〇〇四年五月，先在同濟和復旦兩校演講，然後由喻大翔教授陪我們夫妻去遊杭州，那頭也由弱水接待。不過比這一切更早的，是小時候住在南京，就曾隨父母來過這風雅的錢塘古都。那時我究竟幾歲，已不記得，倒是後來常聽父母提起；總之這件事久成我孺慕的一幕。

但是我去杭州，另有一個動機，就是成全吾妻我存的尋根之旅。我存的父親范賚先生，也就是我從未見面的岳父，在抗日戰爭爆發的第三年春天，因肺疾歿於四川的樂山。時為一九三九年三月二十八日，他才三十九歲，留下哀傷而無助的三個女人，我存的外婆、母親與八歲的我存，去面對不知該如何應變的國破家亡。後來的情形，只有在我存和她母親的零星回憶和當年僅存的一本相簿裡去拼湊梗概：她的父親籍貫江蘇武進，南京東南大學畢業，留學法國，回國後在浙大任教，抗戰初期帶家人一路逃難去大後方，終因肺病惡化而滯於樂山。

一九九六年十一月，我去四川大學訪問，事後與我存專程南下樂山，憑著當年葬後留下的兩張地圖，想去按圖索墓。畢竟事隔半個多世紀了，「再回頭已百年身」，物是人非麼，不但人非，抑且物非了，瞻峨門外，大渡河邊，整座胡家山上早已變得滄桑難認，哪裡找得到那個孤墳？

但是回過頭來，浙江大學幸而猶在，不但猶在，而且校譽更隆，全國排名，長在前列。乘我前去訪問，一定會發現可貴的資料，可助拼圖。此意向弱水提出，他說那是當然。

三月三十日的黃昏，弱水在蕭山機場接機，把我們安置在西湖北岸的新新飯店別館，提醒我說：「七年前你和喻大翔來，也是住在這裡，」又說：「民初的報人沙孟海遇刺，也在這間。」一夜色蒼茫，寬大的陽臺上只見隔水的長堤上柳影不絕，燈光如鍊。我們果然置身杭州了。

次晨弱水和他的太太楊嶺來帶我們去遊湖。這才發現，昨夜所見的柳堤原來是白堤，而所隔的煙水只是北裡湖，還不是西湖的主湖。四人沿著北山路東行，弱水背湖仰面，為我們指點山上矗立的保俶塔。終於走到白堤東端的斷橋殘雪，弱水說，相傳《白蛇傳》中許仙就是在這裡邂逅了白娘子。橋上有一木亭，匾書「雲水光中」，十多年前簡錦松遊湖，見題詞含有我名，曾攝影相贈。那天遊客不少，更多晨運的市民，就在亭前相擁起舞，一片太平盛世氣象。不知當年父母帶我來遊，是否也這般旖旎風光。杭州人得天獨厚，傳統特長，一道堤上有多少故事，一聲櫓裡有多少興亡，真令我不勝豔羨。去夏我和家人遊佛羅倫斯，也不勝低迴，但是杭州的風流儒雅，似乎更令我神往。蘇堤與白堤，岳墓與秋瑾墓，靈隱寺與香積寺，雷峰塔與六和塔，這一切牽人心腸的地標，甚至是引人夢遊的座標，又何遜於佛羅倫斯與威尼斯？

正是春分已過，清明待來，柳曳翠煙，桃綻絳霞，令人不由想起袁宏道讚歎的「斷橋至蘇公堤一帶，綠煙紅霧，瀰漫二十餘里；歌吹為風，粉汗如雨，羅紈之盛，多於堤畔之草，豔冶極矣！」那天春晴料峭，日色淡薄，白堤上遊人雖多，卻無什麼歌吹，近午時倒是令人有些出汗。天上不時可見老鷹盤旋，遊人卻不怎麼在意，後來越飛越低，才發現是有人在堤上收線，原來竟是風箏。於是彩蝶翩翩，也會降落到女孩子手上來，我也接到一隻，只有巴掌大小，竟能曼舞湖上的風雲。弱水說這季節西湖的風勢正好放風箏，否則不可能這樣收放自如。

弱水又說：「走累了吧，不如上船。」四人便上了一條白帆布棚遮頂的遊船，相對而坐，遊起湖來。船夫興致很好，帶有本地鄉音的普通話也斯文親切。記得他只是撐篙，並不搖槳，過了張岱的湖心亭，過了詩人禪意的三潭印月，把我們放在小瀛洲滸。小船再來接渡，就把我們撐回堤上去了。

這就是我三月底的杭州之行：西湖之緣雖得以續，也只能淺嘗即止，步堤倚舷，不滿一天。湖上風平浪靜，岸上歲月悠悠，我的深心卻不得安寧。那麼長遠的記憶啊，民族的、家族的、童年的、悲壯的、倜儻的、纏綿的、方寸的此心怎麼容得下理得清呢？湖邊一宿，別說杭州通判的「水光瀲灩晴方好」了，就鑑湖女俠的一句「秋風秋雨愁煞人」，都令我客枕難安。

當天晚上，我在浙大紫金港校區的蒙民偉國際會議中心演講，題目是〈美感經驗之互通——靈感從何而來〉。我用不少投影來印證，講了一個多小時。開場白就以我與杭州和浙大的因緣切入，說明小時候就隨父母來過此城，又說不但杭州是我存的出生地，而且浙大是我岳父任教的學府。六百多師生報以熱烈掌聲。由於聽眾太擠，向隅的百多位只能另闢一室以屏幕聽取。所以我事先還特別去另室致意一番。

我的講座是以「東方論壇」的名義舉行，並由羅衛東副校長主持；胡志毅院長介紹。講前有一簡短儀式，把客座教授的聘書頒贈給我。這麼一來，我不是有幸成為岳父范賚教授的同仁了嗎？

更高興的，是浙大事先已蒐到有關我岳父的資料，也在那場合一併相贈。我存的尋根之旅遂不虛此行了。根據那些信史，我岳父短暫的一生乃有了這樣的輪廓：

范賚，字肖岩，江蘇武進人，一九〇〇年出生。東南大學畢業，留學法國，卒業於巴黎大學理科植物系。一九二八年起任教於浙江大學，為農學院園藝副教授，每月薪資由一百六十大洋調整為兩百四十大洋。一九二九年至一九三一年曾代園藝系主任。長女我存生於一九三一年杭州市刀茅巷。當時浙大的農藝場、園藝場、林場、植物園等占地多達七千多畝。范教授帶學生臨場生物實習，曾遠至舟山群島東北端的小島嵊山。

皖南問俗

皖南三日行，越來越深入江弱水的故鄉。他是青陽人，對皖南一帶的地理、人文十分熟悉，一路為我們指點名勝古蹟，並佐以歷史的背景，涉及朱元璋與太平天國的種種尤其生動。他對古典詩詞的記性不下於李元洛，歷數皖南滄桑之際，更常引詩為證，真是難得的導遊。

四月四日，我們駛入了青陽縣朱備鄉的龍口小村，到了一條清溪的橋邊。弱水請晨虎停下車來，並逕自按下車窗，向臨街店舖叫了一聲「表嫂」。我只道皖南民風淳厚，招呼親切。那婦人教我們把車開到西邊的院子裡，不久就來我們圍坐的白石圓桌，擺滿花生瓜子之類，泡上今春第一杯明前茶，態度之親切自然，儼若家人。原來她真是弱水的表嫂！我們鬆了一口氣，就在樹下悠悠享受茶點，一面聆聽小溪的急湍清流潺潺漱石而去。

我們再度上路，轉晴的陽光在九華山下的平原上迎接我們。昨天下午，參加池州杏花村詩會的各地詩人，在九華山中困於陰濕的雨霧，更苦於腳下的滑泥，對於黃山之行實在難寄厚望。此時的九華山——不，我們已轉到了九華後山——在轉晴的遠景之中，巨幅的石壁半露筋骨，半掩在蒼鬱的林木之下，筆墨豐沛，令人想到黃賓虹蓬勃的畫面。九華後山青黛連綿的陣式，倚老兼而倚天，莊重得令人起敬，但是山麓的平疇上，一望無邊，黃豔豔令人目眩，一排排密密麻麻的隊伍，黃旌黃旗擎得那麼整齊的，卻是生氣鮮活的油菜花田。對比之下，很像肅容端坐的老輩膝下，嬉戲著，囂鬧著那麼一大群孩童。

弱水領著我們越陌度阡，步入菜花深處，近前嗅時，一片花香襲人如潮，飽飫肺腑。我存和我不禁懷念四川田疇的土埂，縱橫交錯，蜂忙蝶亂的情景。九華山迤邐青陽縣境，弱水引我們深入這一片魔幻的花香，等於不落言詮地帶我們探入他童年的夢境。細圓柱形的綠莖，像精靈世界的廊柱，把盛開四瓣的黃花托到高齊人胸，滿田的活力與生機，把春天鬧得不可收拾，誰說皖南就不是江南呢？至少施閏章、黃賓虹、胡適之，一定不會甘心吧。

花已如此，人豈不然。皖南的三日車程，這樣的油菜花田不斷拍人臉頰，令我們左顧右盼，簡直應接不暇，更想起當年自己做村童的時候，也曾經坐擁一畝畝的黃金，富可敵城。那天正是清明節前一日，繽紛的春色倒也不讓菜花獨占。嫣然羞赧的桃花，白得患潔癖的玉蘭，纓絡成串的櫻枝，加上山茶、迎春和海棠，而只要近水，更婀娜著翠霧一般的倩柳。童年的記憶在都市的塵灰中久已失色，那幾天竟又甦醒了過來。

車過九子岩景區大門，我們停下來稍息。弱水正為大家指點風物，忽見簷影燕尾之下，襯著九華山披麻皴法的遠景，有一塊米色整石，長近三丈，像剖成一半的不規則橢圓，覆蓋在青草場上。石上坐著幾個女孩，約莫十三、四歲，正在談笑。後來又有一個女孩，似乎更小，卻領著一個四、五歲的小童爬上石頂。我們覺得有趣，便向巨石走去。這才看清原先的四個女孩一律短髮垂頸，額前全留著瀏海，半蔽的臉蛋都圓渾飽滿，兩頰紅潤，眼神靈活。顯然都是住在附近的中學生，在星期天的下午，泡在一起，懶懶地享受著彼此的活力和稚氣。弱水和她們搭訕起來，又問她們讀幾年級，原來都是「朱備中學」的初中學生。

這些逍遙的村姑，問答之間毫不矜持，也略無羞怯。弱水終於問她們，課本上有未讀過〈鄉愁〉?回答是有。弱水指著我說：「作者就在這裡。」她們笑得有點不信。弱水說：「不信，你們就下來合照張相，去問老師好了。」她們果然動搖了，一起溜下石坡，來跟我們合影。

我們重新上路，我卻十分感動。真羨慕這些無憂的孩子，後有九華巍巍的靠山，前有春色無際的油菜花田，功課壓力顯然還輕，青春的活力一時還揮霍不盡，夢的翅膀還沒有長齊，鄉愁更無從說起。弱水告訴我，這一帶曾經是朱元璋大將常遇春備兵之地，後來又跑過長毛，躲過日寇。但目前皖南這一帶，包括宣州、池州、徽州等地，顯然都安寧而且小康：九子岩那幾個女孩的一幕，給我的保證勝過整本宣傳的小冊子。

滄桑感當然還是有的。抵達杭州的次晨，弱水和他的太太楊嶺帶我們遊西湖，只說他們是長干同里。之後在皖南的三日車程，他倒是講了不少故鄉的事。在龍口見過了他的表親，終於在一泓清洌的湖邊停車，他介紹該地叫牛橋，令人不禁聯想到牛津、劍橋。接著他若有所思，說當年他就是在這水底和未來的妻子相會。怕我們不解，他又說這一帶原是山坳間的村墟田疇，後來築湖，便落到波下去了。這真是寫詩的好題目，也可見所謂鄉愁不全來自地理，也是歲月的滄桑造成。

皖南三日，活動很多，難以細說。池州的詩會上見到不少大陸的詩人，見到舒婷和陳仲義尤其高興。媒體訪問，總愛問我以前去過安徽沒有。我差點要說沒有，卻記起了一件事情，證明和安徽還是有緣的。那是一九四六年仲夏，抗戰勝利次年，我才十八歲，和母親搭了一艘小火輪，從重慶順流東下，出三峽，泊武漢，回南京的途中，也曾在安慶上岸。後來在〈塔〉一文中，我如此追敘：「艤泊安慶，母子同登佛寺的高塔，俯視江面的密檣和城中的萬戶灰甍。塔高風烈。迷濛的空間暈眩的空間在腳下，令他感覺塔尖晃動如巨桅，而他只是一隻鷹，一展翅一切雲都讓路。」

我告訴記者，那佛寺正是迎江寺，而塔，正是振風塔。

黃山詫異

徐霞客，華山夏水的第一知音，造化大觀的頭號密探，早就嘆道：「薄海內外無如徽之黃山，登黃山天下無山，觀止矣！」他是最有資格講這句絕話的，因為千岩萬壑，寒暑不阻，他是一步步親身丈量過來的，有時困於天時或地勢，甚至是一踵踵、一趾趾，踉踉蹌蹌，顛顛躓躓，踢躅探險而跋涉過來的。

黃山不但魁偉雄奇，而且繁富多變，前海深藏，後海瘦削，三十六峰之盛，不要說遍登了，就算大致周覽而不錯認，恐怕也不可能。既然如此，淺遊者或為省時間，或限於體力而選擇索道的捷徑，也就情有可原了。何況索道有如天梯，再陡的斜坡也可以凌空而起，全無阻礙，再高傲的峰頭也會為我們轉過頭來，再孤絕的絕頂也可以親近，不但讓我們左顧右盼，驚喜不斷，而且憑虛御風，有羽化登仙的快意。騎鶴上揚州，有這麼平穩流暢嗎？古人遊仙詩的幻境也不過如此了吧？

一切旅程，愈便捷的所見愈少。親身拾級而上迂迴而下的步行，體會當然最多也最深，正是巡禮膜拜最「踏實」的方式。所以清明節前一天，我們終於進入黃山風景區的後門，亦即所謂「西海」景區丹霞峰下。此地的海是指雲海，正是黃山動態的一大特色。我們夫妻二人，浙大江弱水教授，弱水的朋友楊晨虎先生（此行全靠他親駕自用的轎車），都是黃山管委會的客人，由程亞星女士陪同登山。

車停山下，我們在太平索道站上了纜車，坐滿人後，車升景移，遠近的峰巒依次向我們扭轉過來，連天外的遠峰，本來不屑理會我們的，竟也競相來迎，從俯視到平視，終於落到腳底去了。萬山的秩序，尊卑的地位，竟繞著渺小的我們重新調整。靠著纜索的牽引，我們變成了鳥或仙，用天眼下覷人寰。李白靠靈感召致的，我們靠力學辦到了。

三點七公里的天梯，十分鐘後就到丹霞站了。再下車時，氣候變了，空氣清暢而冷冽，驟降了十度。這才發現山上來了許多遊客。午餐後我們住進了排雲樓賓館，準備多休息一會，在太陽西下時才去行山，也許能一賞晚霞。

山深峰峻，松影蟠蟠，天當然暗得較快。迎光的一面，山色猶歷歷映頰。背光的一面，山和樹都失色了。真像杜甫所言：「陰陽割昏曉」。折騰了一天，又山行了一兩里路，是有些累了。回到排雲樓，剛才喧嚷的旅客，不在山上過夜的，終於紛紛散去，把偌大一整列空山留給了我們。我們繼承了茫茫九州最莊嚴的遺產，哪怕只是一夜。「空山松子落」，靜態中至小的動態，反而更添靜趣、禪趣。

真像歌德所言：「在一切的絕頂。」萬籟俱寂，只有我的脈搏，不甘吾生之須臾，還兀自在跳著。那麼，河漢永恆的脈搏，不也在跳著麼？不逝者如斯乎，不舍晝夜。我悄悄起床，輕輕推門，避開路燈，舉頭一看，原來九霄無際的星斗，眾目睽睽，眼神灼灼，也正在向我聚焦俯視。猝不及防，驟然與造化打一個照面，能算是天人合一麼，我怎麼承受得起，除了深深吸一口大氣。太清、太虛仍然是透明的，礙眼的只是塵世的濁氣。此福不甘獨享，回房把我存叫起來讀夜。

第二天四人起個大早，在程亞星的引導之下，準備把黃山，至少是後海的一隅半角，瞻仰個夠。程亞星在黃山風景區管委會已經任職十七年，她的丈夫更是屢為黃山造像的攝影家。有她在一旁指點說明，我們（不包括弱水）對黃山的見識才能夠免於過分膚淺。她把自己在一九九九年出版的一本文集《黃山情韻》送了給我：事後我不斷翻閱，得益頗多。

導遊黃山的任何小冊子，都必會告訴遊客，此中有四絕：奇松、怪石、雲海、溫泉。此行在山中未睹雲海，也未訪溫泉，所見者只有黃山之靜。儘管如此，所見也十分有限，但另一方面印象又十分深刻，不忍不記。

語云：看山忌平。不過如果山太不平，太不平凡了，卻又難盡其妙。世上許多名山勝景，往往都在看臺上設置銅牌，用箭頭來標示景點的方向與距離，有時更附設可以調整的望遠鏡。在黃山上卻未見這些：也許是不便，但更是優點。因為名峰已多達七十二座了，備圖識山，將不勝其煩，設置太多，更會妨礙自然景色。黃山廣達一百五十四平方公里，山徑長七十公里，石階有六萬多級，管理處的原則是盡量維持原貌，不讓人工干擾神功。我去過英國西北部的湖區，也是如此。

黃山之富，僅其靜態已難盡述，至於風起雲湧，雪落冰封，就更變化萬殊。就算只看靜態，也要嘆為觀止。黃山的千岩萬壑，雖然博大，卻是立體的雕刻，用的是億年的風霜冰雪，而非平面的壁畫，一覽可全。陡徑攀登，不敢分心看山，就算站穩了看，也不能只是左顧右盼，還得瞻前顧後，甚至上下求索，到了盪胸決眥的地步。那麼鬼斧神工的一件件超巨雕刻，怎能只求一面之緣呢？可是要繞行以觀，卻全無可能：真是人不如鳥，甚至不如猿猴。所以啊爾等凡人，最多不過是矮子看戲，而且是站在後排，當然難窺項背，更不容見識真面目了。所以連嶂疊嶺，岩上加岩，有的久仰大名，更多的是不識、初識，就算都交給相機去備忘，也還是理不出什麼頭緒。山已如此，更別提松了。

我存拍了許多照片，但是很難對出山名來。這許多石中貴胄，地質世家，又像兄弟，又像表親，將信將疑，實在難分。可以確定的，是從排雲樓沿著丹霞峰腰向西去到排雲亭，面對所謂「夢幻景區」，就可縱覽仙人晒靴與飛來石。前者像一隻倒立的方頭短靴，放在一方方淡赭相疊的積木上，任午日久晒。後者狀似瘦削的碑石，比薩斜塔般危傾在懸崖之上，但是從光明頂西眺，卻變形為一隻仙桃。此石高十二米，重三百六十五噸，傳說女媧煉石補天，這是剩下的兩塊之一。它和基座的接觸，僅似以趾點地，疑是天外飛來，但是主客的質地卻又一致，所以存疑迄今。

從排雲樓沿陡坡南下，再拾級攀向東北，始信峰嵯峨的青蒼就赫然天際了，但可望而不可即，要跟土地公的引力抗拒好一陣，才走近一座像方尖塔而不規則的獨立危岩。可驚的是就在塔尖上，無憑無據地竟長出一株古松來。黃山上蟠蜿的無數勁松，一般都是幹短頂齊，虯枝橫出，但這株塔頂奇松卻枝柯聳舉，獨據一峰。於是就名為夢筆生花。弱水免不了要我遙遙和它合影，我也就拔出胸口的筆作出和它相應的姿勢，令弱水、晨虎、亞星都笑了。

到了始信峰，石筍矼和十八羅漢朝南海的簇簇鋒芒，就都在望中了。所謂十八羅漢，也只是約數，不必落實指認，其中有的危岩瘦削得如針如刺，尤其襯著晴空，輪廓之奇詭簡直無理可喻。上了黃山，我的心理十分矛盾。一面是神仙吐納的空氣，芬多精的負離子是城市十多倍，松谷景區負離子之濃，可達每立方公分五萬到七萬個，簡直要令凡人脫胎換骨。加上山靜如太古，更令人完全放鬆，放心。但另一方面，超凡入聖，得來何等不易，四周正有那麼多奇松、怪石等你去恣賞，怎麼能夠老僧入定，不及時去巡禮膜拜呢？

奇松與怪石相依，構成黃山的靜態。石而無松，就失之單調無趣。松而無石，就失去依靠。黃山之松，學名就稱「黃山松」，為狀枝幹粗韌，葉色濃綠，樹冠扁平，松針短硬。黃山多松，因為松根意志堅強，得寸進尺，能與頑石爭地。原來黃山的花崗石中含鉀，雷雨過後空中的氮氣變成了氮鹽，能被岩層和泥土吸收，進而滲入松根，松根不斷分泌出有機酸，能融解岩石，更能分解岩中的礦物與鹽分，為己所用。因此黃山松之根，當地人叫作「水風鑽」，為了它像穿山甲一樣，能尋隙攻堅，相剋相生，把頑石化敵為友。所以八百米以上的絕壁陡坡，到處都迸出了松樹，有的昂然挺立，有的迴旋生姿，有的枝柯橫出，有的匍匐而進，有的貼壁求存，更有的自崖縫中水平抽長，與削壁互成垂直，像一面綠旗。

這一切怪石磊磊，奇松盤盤，古來的文人高士，參拜之餘，不知寫了多少驚詫的詩篇，據說是超過了兩萬首，那就已將近全唐詩的半數了。我也是一位石奴松癡，每次遇見了超凡的石狀松姿，都不免要恣意瞻仰，所以一入黃山就逸興高舉，徘徊難去。尤其是古松槎枒糾虯，就像風霜造就的書法，更令人觀之不足。下面且就此行有緣一認的，略加記述。

鳳凰松主幹徑三十公分，高齡兩百載，有四股平整枝椏，狀如鳳凰展翅，十分祥瑞，其位置正當黃山的圓心，近於天海的海心亭。黑虎松正對著夢筆生花，雄踞在去始信峰的半途，望之黛綠成陰，虎威懾人，據說壽高已四百五十歲。連理松一根雙幹，幾乎是平行共上，相對發枝，翠蓋綢繆，宛如交臂共傘的情侶：弱水為我們攝了好幾張。豎琴松的主幹彎腰下探，枝柯斜曳俯伸，似乎等仙人或高士去撥弄，奏出滿山低調的松濤。

送客松和迎客松在玉屏峰下，遙相對望，成了遊客爭攝的雙焦點。送客松側伸一枝，狀如揮別遠客的背影。迎客松立於玉屏樓南，東望崢嶸的天都，位據前海通後海的要衝，簡直像代表黃山之靈的一尊知客僧。他的身世歷劫成謎，據說本尊早被風雪壓毀，枝已不全，今日殘存的古樹高約十米，胸徑六十四公分，從一九八三年起派了專人守護。第十位守樹人謝宏衛自一九九四年任職迄今，就住在此樹附近的陋屋之中，每天都得細察枝椏、樹皮、松針的狀況，並注意有無病蟲為害。嚴冬時期他更得及時掃雪敲冰，解其重負。他曾經一連四、五年沒回家過年：松而有知，恐怕要向他的家人道歉了。此樹名滿華夏，幾已神化。程亞星告訴我們：一九八一年有挑夫歇於其下，一時興起，在樹身去皮刻字，因此坐牢。

黃山之松，成名者少而無名者多，有名者多在道旁，無名者鬱鬱蒼蒼，或遠在遙峰，可望而不可即，或高據絕頂，拒人於險峻之上，總之，無論你如何博覽遍尋，都只能自恨此身非仙，不能乘雲逐一拜訪。松之為樹實在值得一拜：松針簇天，松果滿地，松香若有若無，松濤隱隱在耳，而最能滿足觀松癖者的美感的，仍是松幹發為松枝的蟠蜿之勢，迴旋之姿，加上松針的蒼翠成蔭，簡直是墨瀋淋漓的大手筆書法，令人目隨筆轉，氣走胸臆。

——二〇一一年八月

故國神遊

五月中旬去西安講學。那是我第一次去陝西，當然也是首訪西安，對那千年古都神往既久，當然也有莫大的期待。結果幾乎撲了一個空。當然那是我自己淺薄，去投的又是如此深厚的傳統，加以為期不滿五天，又有兩場演講、一場活動，所以知之既少，入之又淺，談不上有何心得。「五日京兆」嗎？從西周、西漢、西晉一直到隋唐，從鎬京、咸陽、渭城到長安，其中歷經變化，史學家甚至考古學家都得說上半天。自宋以來，其帝國之光彩就已漸漸失色，所以輪到賈平凹來寫《老西安》一書時，他的副題乾脆就叫作「廢都斜陽」了。

從頭到尾，今日西安市中心的主要景點，例如鐘樓、鼓樓、碑林、大雁塔等，都過門而未入。倒是聽西安人說，鐘樓與鼓樓正是成語「晨鐘暮鼓」之所由，而古人買東西得跑去東大街和西大街，因此而有「買東西」一詞。最令我感動的是，西安還有一處「燕國志士荊軻墓」。矛盾的是，我對這古都雖然所知不多，所見更少，可是所感所思卻很深。這麼多年，我雖然一步也未踏過斯土，可是自作多情地卻寫過好幾首詩，以長安為背景或現場。

我在西安的第一場演講就叫作「詩與長安」：前面一小半多引古人之作，例如李白的〈憶秦娥〉、杜牧的〈將赴吳興登樂遊原〉、白居易的〈長恨歌〉、辛棄疾的〈菩薩蠻——書江西造口壁〉，和《世說新語》日近長安遠之說。

後面的大半場就引到我自己所寫涉及長安的詩，一共七首，依次是〈秦俑〉、〈尋李白〉、〈飛碟之夜〉、〈昭君〉、〈盲丐〉、〈飛將軍〉、〈刺秦王〉。我用光碟投影，一路說明並朗誦。〈秦俑〉頗長，從古西安說到西安事變，從桃花源說到十二尊金人和徐福的六千童男女；中間引入《詩經．秦風》四句，我就曼聲吟誦出來，頗有立體效果。〈尋李白〉有讚謫仙三行：「酒入豪腸，七分釀成了月光／餘下的三分嘯成劍氣／繡口一吐就半個盛唐」，入選許多選集。〈飛碟之夜〉用科幻小說筆法想像安祿山的飛碟部隊如何占領長安。〈昭君〉諷刺，衛青與霍去病都無法達成的事，竟要弱女子去承擔。〈盲丐〉寫我自己在美國遠懷漢唐盛世的苦心，結尾有這樣兩句：「一枝簫哭一千年／長城，你終會聽見，長安，你終會聽見」。〈飛將軍〉為漢朝的名將李廣抱不平，其事皆取自《史記》。〈刺秦王〉也本於《史記》，但敘事則始於荊軻謀刺失敗，傷重倚柱時的感慨。這些事，凡中國的讀書人都應知道，而這些詩，凡中國的心靈都會共鳴。行知學院禮堂上坐滿的兩千五百人，雖欠空調，卻無人離席。

另一場演講在西安美術學院，題為「詩與美學」，情況也差不多。更值得一記的，是該校活潑的校風與可觀的校園。在會議室與長廊上，一排排黑白的人像照吸引我左顧右盼，屢屢停步，只因照中人都有美學甚至文化的地位，就我匆匆一瞥的印象；至少包含蔡元培、陳寅恪、魯迅、胡適、徐悲鴻、朱光潛、梁思成、林徽音、蔡威廉（蔡元培之女）、林文錚（蔡元培女婿，杭州藝專教務長）；外國人之中還有法蘭克福學派主角的哲學家馬爾庫色。

至於校園何以特別可觀，卻只消一瞥就立可斷定。遠處縱目，只見一排排一叢叢直立的方尖石體，高低參差，平均與人相等，瞬間印象又像碑林，又像陶俑。其實都不是，主人笑說，而是「拴馬樁」。走近去看，才發現那些削方石體，雕紋或粗或細，頂上都踞著、棲著、蹲著、跪著一座雕品，踞者許是雄獅、棲者許是猛禽、蹲者許是圉人、跪者許是奴僕，更有奴僕或守衛之類跨在獅背，千奇百怪，難以縷陳。人物的體態、面貌、表情又不同於秦兵的陶俑，該多是胡人吧，唐三彩牽馬的胡圉正是如此。主人說這些拴馬樁多半來自渭北的農莊。看今日西安市地圖，西北郊外漢長安舊址就有羅家寨、馬家寨、雷家寨等六、七個寨，說不定就來自那些莊宅；當然，客棧、酒家、衙門前面也需要這些吧。

正遐想間，主人又說，那邊還有不少可看，校園裡有好幾千椿。我們夫妻那天真是大開眼界：這和江南水鄉處處是橋與船大不相同。

我去西安，除了講學之外，還參加了一個活動，經「粥會」會長陸炳文先生之介，認識了于右任先生（1879-1964）的後人。右老是陝西三原縣人，早年參與辛亥革命，後來成了黨國大老，但在文化界更以書法大師久享盛譽。他是長我半個世紀的前輩，但是同在臺灣，一直到他去世，我都從未得識耆宿。我更沒有想到，海峽兩岸對峙，儘管歷經反右與文革的重大變化，陝西人對這位遠隔的鄉賢始終血濃於水，保持著敬愛與懷念。因此早在二〇〇二年，復建于右任故居的工作已在西安展開，七年後正值他誕生一百三十周年，終於及時落成。

右老乃現代書法大家，關中草聖，原與書法外行的我難有聯想。但是他還是一位著名詩人，在臺所寫懷鄉之詩頗為陝西鄉親所重。有心人聯想到我的〈鄉愁〉一詩，竟然安排了一個下午，就在「西安于右任故居紀念館」內，舉辦「憶長安話鄉愁」雅集，由西安文壇與樂界的名流朗誦並演唱右老與我的詩作共二十首。盛會由右老姪孫于大方、于大平策畫，我們夫妻得以認識右老的許多晚輩，更品嘗了于府精美的廚藝，領略了右老曾孫輩的純真與禮貌。

對這位前輩，我曾湊過一副對聯：「遺墨淋漓長在壁，美髯倜儻似當風。」為了要寫西安之行，我讀了賈平凹的《老西安》一書。像賈平凹這樣的當代名家，我本來以為不會提到意識對立而且已故多年的右老。不料他說于右任曾跑遍關中搜尋石碑，幾乎搜盡了陝西的魏晉石碑，並「安置於西安文廟，這就形成了至今聞名中外的碑林博物館」，他又說：「西安人熱愛于右任，不僅愛他的字，更愛他一顆愛國的心，做聖賢而能庸行，是大人而常小心。」最後他說：「于右任、吳宓、王子雲、趙望雲、石魯、柳青……足以使陝西人和西安這座城驕傲。我每每登臨城頭，望著那南北縱橫井字形的大街小巷，不由自主地就想到了他們。」

賈平凹這本《老西安》寫得自然而又深入，顯示作者真是性情中人。書中還有這麼一段，很值得玩味：「毛主席在陝北生活了十三年，建國後卻從未再回陝西，甚至隻字未提過延安。這讓陝西人很沒了面子。」我在西安不過幾天，偏偏碰上了毛澤東「在延安文藝座談會上的談話」七十周年紀念，不但當地還有紀念的活動，北京的《詩刊》也發表了特輯。為何尚不切實反省，真令人嘆息。

西安之行，雖然無緣遍訪古蹟，甚至走馬看花都說不上，幸而還去了一趟「西安博物院」，稍稍解了「恨古人吾不見」之憾。博物院面積頗廣，由博物館、薦福寺、小雁塔三者組成。我存十多年前已來過西安，這次陪我同來，也未能暢覽她想看的文物，好在我們還是在此博物館中流連了近一小時。秦朝的瓦當、西漢的鎏金銅鐘、唐朝的三彩騰空騎馬胡人俑、鎏金走龍等，還是滿足了我們的懷古之情與美感。我存在高雄市美術館擔任導覽義工已有十六年，去年還獲得文建會的服務獎章。她對古文物，尤其是古玉，所知頗多，並不太需要他人解釋，幾次開口之後，內地的導覽也知道遇見內行了。

另外一件事，她就不陪我了。先是在開花的石榴樹蔭下，我們仰見了逼在半空的小雁塔，我立刻決定要攀登絕頂。導遊的是一位很帥氣的青年，他說，很抱歉，規定六十五歲以上的老人不准攀爬。我在世界各地旅行，幾乎無塔不登，兩年前我在佛羅倫斯登過的百花聖母大教堂和覺陀鐘樓都比眼前這小雁塔高，我怎麼能拒絕唐代風雲的號召呢？於是我對導遊說，何妨先陪我爬到第三層，如果見我餘勇可賈，就讓我一路仰攻到頂如何。他答應了，就和炳文陪我登上第三層，見我並無異狀，索性讓我放步登高。一層比一層的內壁縮緊，到了十層以上，裡面的空間便逼人愈甚，由不得登高客不縮頭縮頸，收肘弓腰，謙卑起來。同時塔外的風景也不斷地匍匐下去。這時，也沒人能夠分神去扶別人了。如是螺旋自拔，不讓土地公在後拽腿，終於鑽到了塔頂。全西安都在腳底了。足之所苦，目之所樂，登高三昧，不過如此。我總相信，登高眺遠，等於向神明報到，用意是總算向八荒九垓前朝遠代致敬過了。諸公登慈恩寺塔之盛事，不能與杜甫、岑參同步，也算是虛應了故事，寫起遊記來至少踏實得多。

導遊歷史熟稔，談吐不凡，看得出胸懷大志，有先憂後樂的氣概，令我油然想到定庵的警句：「我勸天公重抖擻，不拘一格降人才。」問其姓名，答曰「繼偉」。我對他說：「將來我還會聽見你的名字。」

這次去西安，錯過的名勝古蹟太多，只能寄望於他日。但是其中竟有一處平白錯過，尤其令我不釋。那就是在唐詩中屢次出現的「樂遊原」。最奇怪的是：每次我向西安人提起，反應總是漠然，不是根本不知其處，就是知有其處卻不在乎。也有人說：這地方有是有，還在那兒，可是你去不了。

李白的詞〈憶秦娥〉，後半闋云：「樂遊原上清秋節，咸陽古道音塵絕；音塵絕，西風殘照，漢家陵闕。」王國維讚其後兩句，曾說：「寥寥八字，關盡千古登臨之口。」此地所謂「登臨」，登的是樂遊原，臨的是漢家陵闕。杜甫七古〈樂遊園歌〉詠當時長安士女春秋佳節登臨之盛，前四句是：「樂遊古園崒森爽，煙綿碧草萋萋長。公子華筵勢最高，秦川對酒平如掌。」亟言其地勢之高，視域之廣。詩末兩句則是：「此身飲罷無歸處，獨立蒼茫自詠詩。」能夠讓人「獨立蒼茫」當然是登臨勝地。

到了晚唐，又有一對傷心人，也是李、杜，來此登高懷古。李商隱的〈樂遊原〉非常有名：「向晚意不適，驅車登古原。夕陽無限好，只是近黃昏。」杜牧有兩首七絕詠及其地，〈登樂遊原〉說：「長空澹澹孤鳥沒，萬古消沉向此中。看取漢家何事業，五陵無樹起秋風。」另一首〈將赴吳興登樂遊原〉又說：「清時有味是無能，閑愛孤雲靜愛僧，欲把一麾江海去，樂遊原上望昭陵。」

前引盛唐與晚唐各有李、杜吟詠其地。樂遊原在長安東南，詩人登高所望，都是朝西北，那方向不論是漢朝的五陵或唐朝的五陵，都令人懷古傷今，詩情與史感餘韻不絕。初唐的王勃有〈春日宴樂遊園賦韻得接字〉一詩，因為是春遊，而大唐帝國正值發軔，就沒有李、杜甚至陳子昂俯仰古今之嘆。

我去西安，受了李、杜的召引，滿心以為可以一登古原，西弔唐魂漢魄，印證自己從小吟誦唐詩的情懷。結果撲了一個空。西安的主人見我不甘死心，某夜當真為我驅車，不是去登古原，而是到西安東南郊外，一處上山坡道的起點，昏暗的街燈下但見鐵閘深閉，其上有一告示木牌，潦草的字體大書「西安樂遊原」。如此而已，更無其他。

——二〇一二年八月

龍尾臺東行

壬辰龍年的最後幾天，我家有了一次緊湊的臺東行，相當意外，比我們一早預期的要有趣。所謂我家，指的是定居高雄二十六年的二老和二女幼珊，加上佩珊來自臺中，珊珊和女婿為政來自康州，季珊來自溫哥華。至於第三代的飛黃和姝婷，則留在康州上學。

從二〇〇六年起，我們三代同遊都是共乘郵輪。海上行宮的宏偉便捷，九人共乘的朝夕相對，加上沿途靠港的異國風光，固然是太平盛世的賞心樂事，但是一再而三，其興奮也不免遞減。「天堂久住亦尋常。」所以這次就改成陸上行了。行程由住在臺灣的幼、佩二珊上網敲定，一路都很順利。

二月四日清早八點三刻，南迴火車的風火輪終於為我們推進。一過枋山，便告別海峽，開始進出隧道，像一尾迅猛的穿山甲。不由人不感激當初開山的天兵，不，地兵地將。隧道有長有短，短的一手不能遮天，長的要過很久才肯把天再吐出來。好像東岸的山海太神奇了，一時還捨不得讓我們放眼飽享。如此欲展故遮，逗弄了我們半個多小時，一直到大武才揭開謎底。太平洋的浩蕩藍水球，終於豪爽地轉向我們。臺灣，像一條大鯤終於為我們擺尾轉身：這乾坤大挪移我在飛機上也見過，那動感更為壯觀。

我們在臺東站下車，就去租車行領到預訂的日產八人座休旅車，由幼珊駕駛，沿著太平洋岸向西南而行。進了臺東大學的知本校區，在人文學院前面的一面大牆旁停下。牆上高懸著燒陶字體的詩碑，展示的是我的詩〈臺東〉，二〇〇九年一月揭幕。典禮上有人要我自誦一遍。此詩共為八段，每段二行，主題是強調臺東雖為偏僻外縣，遠離繁華，卻坐擁山海，親近造化。此地我只引其前三段，以見其詩意之天真，語言之淺易，連小學生也能領會：

城比臺北是矮一點
天比臺北卻高得多

燈比臺北是暗一點
星比臺北卻亮得多

街比臺北是短一點
風比臺北卻長得多

揭幕現場我先自誦一遍，以助暖身。到了第二遍，每段我就只誦前一行，後一行就由臺東人齊聲誦答，效果很好，主客也都很 high。所以朗誦之道不在配樂配舞，而在臨場創意。

下午三點是民宿入住的時間。天色漸晚，幼珊就設定導航系統駕著休旅車盤旋上山，去找今晚預訂的民宿。這件事，我存與我在英國、蘇格蘭、法國、西德都前後做過。民宿近年在臺灣已漸流行，比起西歐的傳統，規模並不很遜色，但立意卻不相同。英、法、德各國的民宿都是屋主的子女已長大離家，留下空房，可供旅客當晚一宿，次晨一餐，即所謂B&B（bed and breakfast）。如屋主空房供宿在六間以內，就可免稅。臺灣的所謂民宿，則多為另建旅社，純為營利，因此主人有時並非坐鎮現場（non-resident）。我存與我有幸住過蘇格蘭南部一處B&B，叫做 Burnfoot Farm。晚間得與女主人在她客廳聊天，並共閱她家人的照相簿；翌晨她又帶我們參觀她家的牛棚，得識哪一頭母牛叫 Mary，哪一頭叫 Amy。問她附近古蹟，她便熱心推薦「哈德連長城」（Hadrian's Wall），說那是羅馬殖民時代哈德連皇帝，為防禦北方「蠻族」皮克特人而建的百里矮牆。她家 Burnfoot

Farm，其中 burn 乃蘇格蘭語，意為小溪，所以全名可譯「溪口農莊」。我們一宿難忘，後來幼珊留學英國，擬去蘇格蘭一遊，我們就鄭重囑她務必去這農莊。她去了，很滿意。下次如有機會再遊蘇格蘭，我們一定重去問津，再探這異國的桃花溪口。

話說臺東之行，頭一天下午將暮，我們的休旅車入山既深，終於抵達知本郊外的「林道客棧」，受到笑帶酒窩的女主人歡迎。那是四房一棟的寬敞瓦屋，白牆之上棟梁裸露如筋骨，屋後雜樹森森，前院有飄忽的桂香。女主人不住民宿，卻和我們親切聊天，陪了我們很久。一切都頗便利，只有晚餐得下去人間解決。餐後再回山上，把車停在屋後坡上，忽然有人叫起來。大家隨她仰對冬空，看到人間一切所謂景點都無法提供的壯觀。四野光害大減，冬夜以黑絨的襯底展出它無上的珍藏：仰度頗高的東南天庭上，獵戶座顯赫的家譜閃耀在宇宙的額頭，左翼的參宿四閃著紅輝，右翼的參宿七耀著青芒。緊追著獵戶的，是天狼，諸天最亮的恆星。獵戶緊追的，是火眼金睛的金牛。我為家人解釋了半天，大家終於不耐頸痠而回到人間。正如乘飛機到了雲層之上才悟出：下面的氣候多變不過是一層障眼法，上面的晴藍才是永遠不變的。入山夜觀星象，才悟出此身常恨被都市所矇騙。

第二天是大晴天，我們竟二上都蘭山。四個女兒聽說半山闢有平臺，列有十多座詩碑，其中有一座也刻了老爸的詩，有意去參觀一下。這一次由佩珊駕車，上坡路半途錯過了右轉，徒勞無功。下山後還去問派出所，答以不知山上有此地標。後來想起文化處應該知道，乃打手機去問，答以半途右轉始能找到。佩佩在陡坡上一番上下曲折，終於抵達。平臺四周及入口附近，具名刻詩的作者，除我之外還包括白靈、陳義芝、席慕蓉、詹澈，及胡適的父親胡鐵花。可惜平臺四周的八座詩碑大半被蔓草遮蔽，竟要撥草尋徑才得見詩，令人相當失望。想是主管機關建設之餘，既欠宣傳，又無心永續經營。

下午我們去投宿的是「白石牛海景民宿」，地處杉原沙灘，遙望蒼黛的都蘭山色。入住之後發現陽臺正對著綠島，近得好像海波相接。不久夜色四合，反襯出綠島變成燈火二三，杉原右側的小野柳海峽也傳來燈火六七，還是漁火呢。貪看夜色，我們餐後就著外面的廊燈下起一種四色爭路的新跳棋來。擲的骰子是一塊六面方體的海綿，落得不穩常會轉面，滾成別的數目，令大家尖叫。玩了一個多小時，贏家是我存，餘人也都盡興。

約好次日一早起身去迎日出，可惜夜間下了雨，次晨是個薄陰天，細雨霏霏，飄忽無定，綠島方向晨曦偶現即淡，完全夠不上朝霞絢爛的日出盛典。失望之中我們還是踱去沙灘，一腳高一腳低地踩過密網罩住的珊瑚礁徑，直到早潮拍岸的太平洋邊。層積的雜礫誘惑人漂水花。我素來自負漂水高手，有「入水為魚出水為鳥」六起六伏的可傲紀錄。四個女兒不是俯身尋石提供較扁的圓片，就是自揀自地也試漂一番。我連漂了三塊，都石沉大海。珊珊供應的幾塊之中，有一塊又扁又圓，比臺幣五十元要大一圈，而色調深灰耐看。我捨不得漂，就留下了，現在靜臥在左岸家中的桌上，像太平洋贈我的一件小禮品，也可充那天日出盛典未能兌現的一個補償。

白石牛民宿的主人，倒是與客同屋，就住在自家透天三層的頂樓，充分做到B&B。早飯熱騰騰的麵包，是女主人前夕所烘焙，飲品有咖啡或茶。我存和我在東莞受寒傷風，仍在服中藥，所以我們點了花茶。男主人則布桌送餐，不辭奔走，十分好客。

太平洋波平浪靜，海天相接之處牽曳著一條瀟灑而抒情的水平線。無論我們從白石牛的陽臺，或倚著金樽車站的步道欄杆，縱目所見的太平洋其實水分二色。近岸的港灣，汀渚水淺，呈湖綠色，潮水一陣接一陣捲上沙灘，噴濺白沫，旋生旋息。遠處的洋面下，黑潮的暖流潛湧，則一望莫測其深，淼淼茫茫，無非是鈷藍巫藍更皓藍。無論從美國乘貨輪回臺灣，或者乘郵輪去阿拉斯加、挪威、西地中海，載著我的鄉愁或遊興的，都是這種誘人的深藍。

第三天參觀了「臺灣史前文化博物館」，覺其甚具規模，展品及說明都見用心。我存久任高雄市立美術館義工導覽，看得自然更留心。

龍尾的臺東行，駕車的只有幼珊、佩珊，老爸無須再操勞了，倒令我懷念多年前兩度在美，千里縮地，全由我一手掌控。為政、珊珊、季珊沒有臺灣的駕照，事前也未想到辦國際駕照，所以無從輪替。為政是此行唯一的壯漢，所以行李之類的重負都有賴他擔當。

同時我也懷念，二十年前初來高雄，南部的名勝，甚至窮鄉僻壤的無名之勝，凡車輪能到之處，王慶華都意氣風發，為我嚮導，車輪不到之處，就領著我攀爬。現在他竟也過六十歲了，久矣我們已未同暢逍遙之遊。

——二〇一三年四月八日

太魯閣朝山行

1

馬蹄踢踏的前七天，我們有一程朝山之行，前後三日。第一日中午飛到花蓮，入市內領到一輛七人座 Serena 休旅車，正好坐滿我一家七人：飛黃和姝婷留在康州大學，和去年一樣，未來。

第一日下午匆匆駛入太魯閣國家公園，天色已晚，不敢流連太久，便去訂好的民宿入住。

夜色中，最先歡迎我們的，是犬吠。主人大聲喝止。便換了一隻黑紋的花貓來磨蹭客腿。後來主人告訴我們，他家一共有五隻狗，五隻貓，至於家人，也是五位。這才是真正的民宿：旅舍就是主人的家。

這家民宿是一排整齊的平房，樸素之中不失乾淨與舒適，最可喜的是燈光明亮，浴室寬坦。我們一家七人，分住三房，地板是陶磚，可以赤腳而行。那天風大，很冷。我們在外面的大草地上，仰見木星，雖極璀璨，卻不閃爍。夜間大家在餐廳打一種「猜牌」，其底牌均為名家所繪，多屬超現實主義風格，意識亂流，動人遐想。主人的兩個女兒，米妮觀戰，米琪發牌，十分可愛。

入夜更冷，深恐一床羽絨被不夠禦寒，又向女主人要了一床。不料羽絨果然夠暖，就備而未用了。熄燈後，天花板尚有微光，不致全黑。第二天還是大晴天，朝霞豔麗照進室來。這才發現，原來是天窗，十分驚喜。

早餐清淡簡單，有大杯豆漿，來配芭樂，煮蛋，香腸，番薯，麵包，生菜。大家一夜熟睡，清晨空氣又純淨，更吃得津津有味。餐廳牆壁下有長窗，上有兩排氣窗，當真窗明几淨，高軒自有逸興。壁上大書「樂山」兩字。我存抗戰時期遷蜀，曾居樂山七年，倍感鄉情親切。主人夫妻卻念成 Yao Shan，顯然是取仁者樂山之意了。

主人名叫吳廷書，謙遜坦率，有古隱士之風。女主人也安詳親切，與主人天然默契。問吳先生樂山民宿的地理位置，他說屬於「太魯閣國家公園」管轄，但在轄區北境。我又問他治安如何，他笑答說，一向寧靜。又問他一個蠢問題，是否也去外國度假。他說沒有，要照顧「樂山民宿」，簡直沒空。

早飯後我們收拾行李，裝上休旅車。仰見半輪下弦月，瑩白當空，朝陽雖已金豔，仍未減卻清輝。只可惜市井之人忙得只顧紅綠燈交眨，甚至只顧低頭收看手機，把造化的神奇天機，竟然都錯過了。

主人送我們到車旁，主客話別，有些依依。我問他的隱居究有多大。他瀟灑地朝山坡上一揮手，說一直到山頂。順著他的手勢，我瞥見的是滿坡的竹林與雜樹，幾隻雨燕正斜斜向上飛去。後來核對地圖，推想這一帶應該是在清水山下。

2

第一天因為暮色逼人，匆匆來去，第二天上午就專程深入，去探太魯閣的肺腑和關節。這一探，簡直是探險，不僅路窄而彎，下臨深谷，而且危石絕壁當空，雨後或逢地震，落石岌岌難防。小落石每是大落石的前兆，毒蛇、毒蜂更是屢見。同時海拔愈高，氣溫愈低，氧氣稀薄，氣壓降低，易患「高山症」。因此園方沿途設站，為行人發放白漆鋼盔。我們錯過幾站，被迫只憑血肉之軀、赤露之頂去試運氣。

車到錦文橋，紅柱高擎的牌坊下，車隊首尾相銜，東西橫貫公路便從此西去，而潺潺奪路的立霧溪，上下游落差一千公尺，日夜不休，正向東瀉來。從此西去，海拔愈來愈高，地勢愈來愈險，岩石愈益托大，天空愈益縮小，正是古代畫家夢寐以求的奇景絕勝。光有石還不算，得有活水來激發太古元始的靜趣。王思任的警句：「天為山欺，水求石放」用來形容太魯閣險中寓美之奇，再真切不過。此情此景，令我又想到我少年時順流而下的巴東三峽。不過此際正值歲末，雨水不多，立霧溪也不可能漫漫順谷而下，所以倒可以想像成一串岸促水淺的三峽：當然太魯閣不聞砧聲，也無猿啼，更不會有船夫逆流而拉縴，但是三峽也不會像太魯閣這樣把絕壁憑空鑿出了一連串的隧道。有些隧道是傳統的首尾貫通，有些在向溪流的外側僅以疏疏的水泥立柱支撐：貫通的該是山的迴腸，側空的就是山的肋骨了。

似乎還嫌山客的眼睛不夠忙，隔著中間的澗谷，對面的大幅絕壁，不僅來龍去脈，或縱或橫或斜迤，暴露出元氣沛然的大斧皴法，更赫然開出了巖洞，大小不一，深淺有異，就是所謂的燕子口了。可讓燕子像烏衣武俠一般出沒的水簾洞，我在巴西的伊瓜蘇大瀑布曾見識過，其數卻不如太魯閣之多。

「山從人面起，雲傍馬頭生。」李白的名句忽來脣邊，尤其是上一句，最切合太魯閣了。東西橫貫公路是向造化爭地，硬討過來的一線文明，像一條陸上的運河，通車而非通船，貫通了臺灣海峽和太平洋。自其虛者而觀之，則又像一條曲折的腰帶，繫在多少皺褶的峻坡甚至絕壁上；若用地圖思考，就成了一道幾何美學的等高線。

為了打通中央山脈重重的關節，穿越花崗岩頑固的帝國，當年與石爭地，犧牲了多少開山的壯士。「地崩山摧壯士死，然後天梯石棧方鈎連」！今日安枕在豪華的遊覽車上，旅客們不但應讚嘆造化的神奇，更應向榮民的亡魂默禱致敬。其實道旁雖有低欄防護，畢竟逼近危崖，只見峰迴岩轉，不知輪托何處。何況頭頂岌岌的落石，一時失衡，就會禍從天降。真是一程過癮的自虐。

東西橫貫公路是一把刻骨的雕刀，絕情地向陡坡的筋骨挑剔出來的穴道。「山從人面起」雖為修辭之誇張格，仍不足狀其逼迫，因為有些段落的山壁不但逼人臉頰，而且低壓在人頭頂，不但是絕壁，簡直成了倒壁，咬牙切齒，極盡威脅之勢。

那天我們受盡威脅。峰迴路轉，穴閉洞開，驚多於喜。往往一個突轉，陰陽乍變，和驟遇的山貌打一個照面，車中人不約而同猛發尖叫。我們把自己都交給車，不，交給開車的佩珊。就這麼，一路探到天祥才回花蓮。

3

第二天我們投宿的是花蓮市西南方壽豐鄉的葛莉絲莊園。其地不在海邊，也不在山上，卻不乏園林之趣。半下午我們入住其中，英國式的下午茶已端上遮陽傘蔽蔭的圓桌，在等待飢渴的高雄客了。一人份包括一塊肉桂香味的鬆糕，一塊爽口甘津的檸檬糕，和三種花茶。肉桂糕嫌韌。我吞下了檸檬糕，並佐以薰衣草茶，情調有點像我譯過的《不可兒戲》。

莊園大而平坦，水氣沁人的明媚池塘曲折成趣，卻容得下兩個島。島上、塘邊樹陰綠意不斷，白鷺棲息其間，禪意悠悠，一隻鴨子往來其間，也俗得可愛。我們兩代人：我存和珊珊、幼珊、佩珊、季珊，再加上兩個男人（大女婿栗為政和我），終於懶慵慵地或坐或臥，憩息在原色木板鋪成的看臺上，只等時間到了，去鎮上晚餐。

吉安鄉、壽豐鄉這一帶土地平曠，暮色來時，近山巍巍，半已昏暗，但遠峰峻嶒仍在受日，不甘沉淪，仍在近山環翠的疏處，露出半頂俯窺著我們。這種野趣，城裡人當然是久違了。民宿在臺灣各地興起，一方面固然因為羨慕西歐工業之餘猶能享受田園，另一方面在本島殘山剩水的環境裡，深愧對不起皇天后土，又渴望重溫田園的孺慕，窮中作樂，不，富而不樂，民宿成風，也算是一種懷古悔過的輓歌。

理想的民宿，該是整潔、樸素、自然、健康、方便，而又親近造化。若是過分舒適，刻意裝飾，甚至山珍海味，亭臺樓閣，就太五星級了，其罪反如豪宅。

我們在葛莉絲莊園的民宿，頗有親近自然的風雅品味。設備近於日式：玄關脫鞋，林低近地，紙窗拉門，石池入浴，木架踏腳：後門推出去是窗明几淨的水榭敞軒，可以在水光中茗茶下棋。池中頗多錦鯉，夜裡偶聞撲剌。

遊客有好幾家，車輛散停於落羽松間，松針滿地，踏之簌簌有聲，視之鏽紅有色。此行就地租車，但真正掌駕駛盤的，僅幼珊與佩珊：她們輪流開車，不在駕駛盤後的一位，就調整衛星圖，或負責核對地圖。美、加回來的三位：為政、珊珊、季珊，既無臺灣駕照，又無應付機車經驗，就免役了。至於我這位老爸，年輕時曾經載了全家縱橫北美洲，近年只開近途，這次就算要搶方向盤，顯已不孚眾望，遂被架空了。

——二〇一四年三月十三日

談文論劍

今日華山論劍，實為華夏論文之盛會，海內海外來了許多學者、作家，他日想當傳為美談。不過盛會開在西安，卻又令我不能心安，因為從遠古以來，這一帶冠蓋雲集，從鎬京到咸陽，從咸陽到長安，從絲路的起點到戰爭的終點，多少英雄都在此興衰起落。真不愧杜甫的名句：「秦中自古帝王州」，蘇軾的感歎：「一時多少豪傑」。

其實豪傑之多，豈僅限於一時。政治、宗教、戰爭、文化，無論立功立言，都不斷有豪傑出現，令我們，至少令我，自愧不如。僅以文學一項為例，唐玄宗為紀念玄奘而建的慈恩寺，天寶十一載有杜甫、高適、岑參、儲光羲、薛據五位詩人聯袂遊寺，並登寺塔。這也可稱盛會了。當時五人都題了詩，杜甫更和了高適詩體，簡直有點比賽的味道。

過了半個世紀，長安的文壇由韓愈領導，從昌谷來京兆的二十歲少年李賀以詩拜謁，韓愈讀到〈雁門太守行〉「黑雲壓城城欲摧，甲光向日金鱗開」之句，賞其雄健，和皇甫湜一同去看他，並當場要他作詩。李賀援筆立就如素構，成詩〈高軒過〉，中有「筆補造化天無功」之豪句。

其實李賀寫詩，經常苦吟，並非對客揮毫之敏，他騎驢覓句，投之錦囊，回家才聯綴成篇的習慣，在文學史上是有名的。詩話中另一苦吟的詩人賈島，馬上構詩，究竟該說「僧推月下門」還是「僧敲月下門」，沉吟不決，結果衝撞了京兆尹。韓愈幫他「推敲」，認為還是「敲」好。

如果說，只有詩人還不夠熱鬧，那長安多的是酒徒。苦吟而清醒的杜甫就把他們封為「八仙」，說其中一位瀟灑美少年，皎如玉樹臨風。其他七仙之中，還包括賀知章、張旭、李白，加上汝陽王李璡和左相李適之。顛狂的草聖張旭偏偏「脫帽露頂王公前，揮毫落紙如雲煙」。就中李白的酒名最盛，竟稱「古來聖賢皆寂寞，唯有飲者留其名」。又說「但使主人能醉客，不知何處是他鄉」。最可愛的是他的〈月下獨酌〉（其二）之句：「三杯通大道，一斗合自然。但得酒中趣，勿為醒者傳。」李白的醉中樂與屈原的醒中憂形成對照，但看得開的李白與看不開的屈原同樣不朽。拙作〈尋李白〉如此描寫李白：

樹敵如林，世人皆欲殺
肝硬化怎殺得死你

酒入豪腸，七分釀成了月光
餘下的三分嘯成劍氣
繡口一吐就半個盛唐

漢唐之所以動人，當然還因為有英雄。我第一位想到的就是李廣。司馬遷筆下的李廣面對強敵驍勇善戰，對部屬卻後飲後食，寬緩不苛；如此良將，竟不得封侯，後來出師不利，不甘對刀筆之吏，竟引刀自盡。如此一生，誠為一大悲劇，甚且禍延其孫。漢廷之待功臣，實在也太苛了。可悲的是，如此英雄也不免殺戮太過；霸陵是一例，一日坑八百降卒又是一例。所以我在〈飛將軍〉一詩中說：

兩千年的風沙吹過去
一個鏗鏘的名字留下來
他的蹄音敲響大戈壁的寂寂
聽，匈奴，水草的淺處
臉色比驚惶的黃沙更黃
他的傳說流傳在長安

誰不相信，霸橋到霸陵
他的長臂比長城更長
胡騎奔突突不過他的臂彎
柳蔭下，漢家童子在戲捉單于
太史公幼時指過他背影

弦聲叫，矯矯的長臂抱
咬，一匹怪石痛成了虎嘯
箭羽輕輕在搖
飛將軍，人到箭先到
舉起，你無情的長臂
殺，匈奴的射鵰手
殺，匈奴的追兵
殺，無禮的亭尉你無禮
殺，投降的羌人
殺，白髮的將軍，大小七十餘戰

悲哀的長臂，垂下去

英雄似美人，不許世間見白頭。有時候大將軍無力平定匈奴，還得靠美人來維持和平；這正是我寫〈昭君〉一詩的用意：

一出塞無奈就天高地邈
一把慷慨的琵琶
憑她纖纖的手指
撥撥刮刮
能彈壓幾千里的飛沙？
羊群細嚙的黃昏？
馬前掠過了多少雁陣
鞍上的宮人一路回首
為何蹄印盡處
不見了長安的蜃樓？
衛大將軍與霍嫖姚

高盔厚甲都承受不了
那樣沉重的邊恨與鄉愁
卻要這一對娥眉彎彎
在風暴將到的向晚
哦，獨自去承受

我寫這些遠古情景，只是緬懷當時的詩人、飲者、英雄、美人而已。生為南方人，我小時候一直是在長江流域，要到一九九二年才有機會來到北方。但是寫北方的詩卻是在身歷北方之前，甚至有首長詩〈黃河〉也是在見到黃河之前所寫。

大陸的媒體慣於稱我為「鄉愁詩人」，這名稱該是肯定之詞。鄉愁是一切民族共有的情感，但並非限於地理。對於讀書人也好，知識分子也好，鄉愁應該是立體的，更包括歷史的背景，文化的意義，不僅是美食的滿足，方言的親切吧，所以鄉愁不止於同鄉會。我的〈鄉愁〉、〈鄉愁四韻〉等作，藉教科書與歌曲之助，流傳頗廣，但是我還有不少詩，詠的是古人、古事、傳說，雖未直指鄉愁，而所抒之情仍是一種婉轉的懷鄉。例如懷念古代詩人之作，李白、杜甫、陳子昂、蘇軾、李清照等我均有題詠，李白更多達四首，屈原甚至一共寫了九首。詩人以外，我也寫了歷史上或傳說裡的人物：范蠡、荊軻、李廣、昭君、史可法、林則徐、女媧、夸父均在其列。至於詠物詩，古人寫了不少；此體既要狀物真切，又要寄託深遠，並不易寫。我詠物的對象也包括了白玉苦瓜、翠玉白菜、橄欖核舟、唐馬等等。

——二〇一四年八月十六日

第二輯

筆耕與舌耕

以前朋友見面，會對你說：「前幾天讀到你一篇文章。」近年朋友見面，卻對你說：「前幾天看到你上電視。」我聽了不曉得該高興還是悲哀。

一個人文章刊多了，就有人來請你演講。如果寫文章是筆試，演講就是口試了。不過寫文章雖為筆試，卻可以從容作答，還可以查字典、翻書、修改。演講之為口試，靈不靈卻是當場考驗，念了別字，誤引經典，或竟然忘了下文，或發現前後矛盾，都駟馬難追。若是麥克風臨時故障，就得硬碰硬，以血肉之軀作獅子之吼。當然還有所謂「魅力」的問題。臺下幾百雙眼睛灼灼向你，像一匹千眼獸等你去馴服，去喚醒其注意力，令其側耳、傾心，甚至哄堂大笑。有時候去某校的周會上演講，校長會苦笑警告，說孩子們並不很乖，聽講時若是交頭接耳，請多多包涵：意思是，看你的魅力了。

至於上電視，又不同了。觀眾不在眼前，人數不知多少，反應不得而知。倒是現場打燈，既眩又烤。麥克風穿腸掛肚，咬在你貼心的某處。你的家具和滿架書籍會被移山倒海，導播會命令你做各種動作，裝各種姿態。你成了臨時演員。至於你到底說了些什麼，老實說，誰也不在乎，包括觀眾。反正一切都是浮光幻象，十分鐘就過了。所以朋友說看到你上電視，不過表示他有一個印象，你近來頗不寂寞，或者只是不甘寂寞。

在這「變變變，不曉得要變成什麼的時代」，電視上的風光只有十分鐘，講臺上的魅力不過兩小時。倒是一篇文章，一本書籍，作者經過從容的沉思，精心的運筆，讀者經過從容的閱讀，細心的領受，能夠保持十年、百年的價值。

——二〇〇八年五月

趙麗蓮老師墓誌銘（一八九九—一九八九）

安息在此的是一個美麗的靈魂。生前她具有智者的頭腦，仁者的心腸，健美的體格，清澈的語音。她是趙士北與白慧熙的女兒，唐榮祚的妻子，唐鴻光、唐鴻濱、唐楣的母親，但是對於無數的學生、讀者、聽眾，她永遠是眾所敬愛的趙麗蓮老師。無論在教室的內外，無論在退休的前後，無論氣候是晴是陰，無論身體有病無病，這位有教無類的老師永遠娓娓而教，諄諄而誨。她口頭教的雖是國際的英語，身上流的雖有一半是西方的血液，但她的遺言、她的榜樣卻恆在提醒我們：莫忘愛國，莫忘做自尊自豪的中國人。在樂山樂水的福島福地，我們為她建造這安息的墓園，以表最高的崇仰，最深的懷念。

——一九八九年六月

願崑曲芬芳長傳

桃花扇上的桃花點點，原來都是鮮血染成。那血，豔紅而奪目，是由李香君貞烈的額角濺出。在象徵的意義上，那血，也是由史可法忠烈的心中飛迸而出，更是由南明慘烈的喉中噴吐而出。孔尚任生的時候，明朝才亡國四年。侯方域死的時候，孔尚任才六歲。明亡的慘痛，對他的上一代人該是切身的感受，對少年孔尚任當然是餘痛未消。他是至聖先師六十四代的後人，對春秋大義當然是刻骨銘心的。以他的才情之茂，豈能放過這一幕悲劇的史鑑題材？於是以民族苦難為背景，用愛情離合來穿針引線，將文苑、青樓、宮廷、沙場、江湖編織成動靜對照、剛柔互補的一幅巨圖，孔尚任完成了他的曠世傑作。桃花扇上的點點鮮紅，也是他一腔心血的象徵。

《桃花扇》取材於歷史而聚焦於愛情，但畢竟是戲曲而不是歷史，為了成全藝術，並不拘泥史實。侯方域是濁世公子，末代名士，文采有餘而風骨不足，難稱英雄，所以也不是主角。《桃花扇》真正的主角，真正撐得起那把名扇的扇骨，當然是李香君。侯方域未能峻拒阮大鋮於前，又不能放棄試場於後，孔尚任捨其晚節不計，寫到國亡就算曲終。這就是藝術，必須四捨五入。科學才保留小數點後的零頭。

《桃花扇》的本事始於秣陵，終於秣陵，順理成章，當然應由南京的江蘇省崑劇院來演出。早在十年前蘇崑就曾演出此劇的改編版。今年三月在北京保利劇院盛大演出的《桃花扇》，由著名話劇導演田沁鑫精心執導，不但保持了孔尚任原著的文本與精神，而且在舞臺布景、燈光設計各方面融入了西方當代劇場的新技巧，乃使孔尚任的傑作以新的時空觀念重新為南明的悲劇招魂。

在編劇上，田沁鑫從原劇的四十齣中，選出〈訪翠〉、〈眠香〉、〈卻奩〉、〈鬧榭〉、〈撫兵〉、〈哭主〉、〈守樓〉、〈罵筵〉、〈誓師〉、〈入道〉、〈餘韻〉等十一齣，更加濃縮為六齣，才能一個晚上在三小時中把戲演完。如此一來，濃縮版的節奏始於靜態，變成動態，又歸於靜態。另一方面，文場的風雅與武場的壯烈，也取得了平衡。

在舞臺的布置與照明上，蘇崑也請到韓國、日本與大陸的專業高手來助勢，效果十分動人。傳統的出將入相失之平面、單調。田沁鑫靈活運用亮麗的紅框，經營簡潔的矩形空間，來摹擬亭臺樓閣、洞房、兵營、宮殿，不但分割了空間，而且並列了場地，透明之中還呈現了層次。最高明的安排是將仇英所繪的《南都繁會圖》放大，與舞臺的三面長牆等高，人物進出都沿圖而行。仇英的長卷展現六百年前南京的繁華，有「明代清明上河圖」之稱。人物在畫前絡繹走過，乃予人迴廊曲折或江湖路遠之感。

江蘇省崑劇院為演出今年濃縮版的《桃花扇》，隔海聘請我擔任文學顧問，我欣然接受。當年我初讀此劇，也在南京，剛進南京大學的前身金陵大學，身在石頭城下，秦淮河邊，對南明亡國之恨，侯郎與香君愛情之苦，感受很深。那時我只是純情的少年，只會耽讀孔尚任的清辭麗句，根本想不到五十多年後竟然有緣，會在北京聆賞崑曲的妙音。我不過是一個崑曲的「讀者」，豈敢忝列演出的顧問？好在我顧曲雖非周郎，在文學上為之從旁鼓吹，來吸引外行如我者之注意，總還可以。何況我生於南京，理應繼承南京文化的這一筆遺產？

三月中旬我果然去了北京，首演的第一夜和第三夜都凝神坐在保利劇院裡，讓一唱三歎的崑腔，悠揚婉轉的絲竹，讓無動不舞的身段，滄桑賦盡的詞采，將我歷史的鄉愁帶去三百年前的故國，神遊於仇英筆底的《南都繁會》。

梁啟超當年在清華演講「中國韻文裡頭所表現的情感」，提到《桃花扇》時，忘情地吟誦左良玉忽接崇禎自縊的急報，所唱的〈哭主〉一段：「高皇帝，在九京，不管亡家破鼎。哪知他聖子神孫，反不如飄蓬斷梗。十七年憂國如病，呼不應天靈祖靈，調不來親兵救兵。白練無情，送君王一命。」接著又誦史可法在〈沉江〉一齣悲呼的：「撇下俺斷蓬船，丟下俺無家犬。叫天呼地千百遍，歸無路，進又難前。那滾滾雪浪拍天，流不盡湘纍怨。勝黃土，一丈江魚腹寬展。摘脫下袍靴冠冕。累死英雄，到此日，看江山換主，無可留戀。」不知道飲冰室主當年引誦時有沒有流淚，但我少年時初讀這兩段，是流了淚的。半世紀後，那兩晚坐在臺下聽忠臣敗將慷慨悲歌，仍令我愴然涕下。想必三世紀前孔尚任寫到此處，國恨錐心，更是淚水與墨水共流吧。

近年大陸有意重振傳統劇藝，崑曲在臺灣多次演出，不但安慰了懷古的老耳，即在年輕的耳朵之間，也贏得不少知音，成了崑迷。白先勇奔波於兩岸，鼓吹這種最風流婉轉的戲曲，不遺餘力，更進而策畫青春版的《牡丹亭》在各地演出，十分成功。江蘇省崑劇院推出剛柔兼勝的新版《桃花扇》，在傑出導演田沁鑫別具匠心的安排下，更為崑迷添了眼福。繼三月北京的首演之後，新版《桃花扇》又曾在北京與南京登臺；今年秋天還要去韓國，參加「中日韓戲劇節」，明年初更將在香港上演，並遠征瑞士。

《古詩十九首》有句云：「不惜歌者苦，但傷知音稀。」那樣貼心而又饜耳的崑曲，應該成為我們文化生活的現金，而非深鎖博物館裡的古幣。杜甫詩云：「絳脣珠袖兩寂寞，晚有弟子傳芬芳。」願張繼青芬芳長傳，願胡錦芳、石小梅的絳脣珠袖永不寂寞。我期待更多的知音，更熱烈的崑迷。

——二〇〇六年八月二十二日

橫槊釃酒——男廁所的聯想

如果說廁所是公共場所，有時甚至是社交場合，一定會有人嗤之以鼻，斥為不經。其實廁所往往是會場的「轉移陣地」，會場裡說不出口的話，到廁所卻找到了出口。廁所裡傳播男人的小道消息，正如髮廊裡交換女人的珍貴祕密。廁所裡人來人往，川流不歇，當然是公開的；但同時各就各位，各灑各的，又似乎相當隱私。

廁所就是這麼公而不開私而不隱的曖昧場所。最常見的是會議散場，內急的人群湧進，各就各位，一字排開，有如眾馬同漕。這時人人面壁而立，目不斜視，深恐所視非禮，左右近鄰除水聲淙淙之外別無動靜。水旺的人開闔自如，一陣瀉瀑之後，就退位讓賢了。留下細水涓涓甚至滯澀的人，就會成為長龍之首，不但無水可噴，而且龍尾越變越長，越加扭動不安。龍頭也不見得攝護腺有問題，不過一時緊張，遠水更不聽話而已。如果賓主並列，又非熟友，這種相持不下的局面就更加尷尬。有一次我在比利時帶四歲的孫子飛黃上公廁，他急流瀉瀑之後，好整以暇，竟好奇地由下而上，一一瀏覽其他溺客的水勢，令大人們無法逃避，不知所措。

英文有 pissing-while 一詞，可以譯成「一泡溺的工夫」。一泡溺究竟要多久呢？我的孫子應該不出十秒鐘吧。有些人恐怕就需要半分鐘以上了。英文有不少成語與溺有關。The more you cry, the less you'll piss.（淚多則溺少）乃是戲言。Piss in the sea.（滴溺注海）意為略盡綿力，精衛填海。Piss when one can't whistle.（不能吹口哨，只好撒溺）意指接受吊刑。Piss more than one drinks.（喝酒還不如撒溺多）也是戲言。西方人認為酒能催溺，所以把酒店之類叫作 piss-factory，又把酒徒叫作 piss-maker。

從廁所清潔與否，可見一個家庭，甚至一個社會的生活品質。要看一個家庭，不能只看面子的客廳，還得深入廚房與廁所，尤其是廁所。大陸近年經濟發展，生活品質確實提高不少，但直到一九九〇年代後期，我還在邊遠的地區，被迫在公路旁廁所的踏板上「登坑」，簡直不敢俯視。在西方旅行，不潔的廁所倒極少見。在英國中北部，我曾兩度參觀查茨華斯莊宅（Chatsworth Mansion），最令我驚豔的不是璨璨華廈與陰陰園林，而是堂皇大餐廳所附的廁所。置身其中，四顧壁上鑲嵌的瓷磚，精緻典雅，梳妝臺上的裝飾與插花，也有高貴的品味，比起許多客廳來，更令人遊目怡神。廁所竟已如此，其他推想可知。

這樣的廁所雖雅，卻不令人感到不安。令人驚其豪奢而猶豫不敢妄入的，是石崇接待貴賓的香廁。石崇是晉武帝時的豪吏，富逾君王。他家的廁所常備置甲煎粉、沉香汁以解穢，又有絳紗帳大床，茵蓐華麗，還有十多位婢女侍列，據說許多賓客羞得不敢如廁。他和王愷比闊：王府用餳糖和飯拭鍋，石府就用蠟燭來燒飯；王府用赤石脂塗壁，石府就用椒泥；王府用紫絲做步障四十里，石府就用錦繡做步障五十里以應。有一次晉武帝賜王愷一枝珊瑚樹，枝柯扶疏，高二尺許。王愷拿去給石崇看。石崇看了，立刻用鐵如意敲碎，王愷大怒。石崇乃命僕人拿出更高更豔的珊瑚樹六、七株賠他。石崇有愛妾綠珠，孫秀收捕石崇，為奪綠珠，綠珠墜樓以殉。這似乎是一件淒麗的美談，杜牧甚至寫了一首七絕來詠歎。但知道了如此剛烈的美人所殉的，竟是如此富而不仁的豪吏，那美感就很難保持了。

報上說，臺灣有富豪之家，浴缸的水龍頭是金做的。只有低級趣味的人才會豔羨今之石崇吧。三級貧民戶一旦當權，就把錢穿在身上，戴在頭上，其病恐怕不全在法律或道德，更在品味。

——二〇〇六年十一月十九日

不朽與成名

在唐朝的詩人之中，杜牧的成就當然不能比肩李白、杜甫，但是他的好幾首七絕，李白、杜甫也未必寫得出來。其中〈寄揚州韓綽判官〉：「青山隱隱水迢迢，秋盡江南草未凋。二十四橋明月夜，玉人何處教吹簫？」是我的最愛，小時候一讀就已傾心，直到現在。若問我什麼原因，卻又說不出來，只直覺詩境自遠而近，遠景空闊，近景透明，到了詩末，更有餘音裊裊。以「隱隱」、「迢迢」的雙疊起句，更以「盡」呼應「隱隱」，以「凋」、「橋」、「教」、「簫」再三呼應「迢迢」，韻感十分充沛。小時候讀唐詩，不耐煩細看注解。二十四橋究竟是哪二十四座呢，不少版本都詳列了出來，令人掃興極了。知道了那麼多橋名，對詩意有什麼幫助呢？七年前我在揚州遊瘦西湖，當地人才告訴我，所謂二十四橋其實只是一座橋，就叫「二十四橋」，又名「紅藥橋」。我聽後大失所望。小時初讀，還以為真有二十四座橋，月色無邊，橋影遙遙相接，每座橋上有一美人，在風流的韓判官調教之下，簫聲此起彼落，呼應有致，凌波而來呢。原來橋僅一座，玉人卻有二十四位，當然全是歌伎，也就是「楚腰纖細」的青樓中人，而所謂「玉人」也可以是稱判官而已。

不過，詩意雖然如此迷離，意境卻是極其美的。就像「雁聲遠過瀟湘去，十二樓中月自明」與「南朝四百八十寺，多少樓臺煙雨中」一樣，有一種迷幻不定之美。說來說去，真正的贏家還是韓綽，在月色簫聲之中，他的風流形象一直傳到今天。他，不朽了，美名永不磨滅。不過他的不朽並不等於成名。成名的是杜牧，但韓綽跟著不朽。常人要不朽，絕非易事，但詩人的朋友什麼都不必做，就可以隨著詩人傳後。天下竟有這麼上算的事情。可是，同樣列名於名詩，也不一定總是這麼風光。例如綦毋潛，雖然上了《唐詩三百首》的篇名：〈送綦毋潛落第還鄉〉，不管王維寫得多麼委婉，卻再也擺不脫「落第生」的負面印象了。

中國古典詩中，朋友贈答之作特多，反映詩人公開的活動空間，是一男性社會，但不便公開的異性關係，就得隱藏於「無題」、「有贈」之中。同性文友之間，常稱對方為某家老幾。例如李白、高適就稱杜甫為杜二，意即杜家排行老二：乃有李詩〈魯郡東石門送杜二甫〉，高詩〈人日寄杜二拾遺〉。同樣地，王維詩〈渭城曲〉原名〈送元二使安西〉，也即元家老二之意。不過杜甫暱稱杜二，人人皆知，元二是何許人，卻不知其名。

〈渭城曲〉太有名了，元二也因此不朽。但是元二的不朽卻與韓綽不同，因為只知他是元家兄弟，卻未得其全名，所以並非「成名」，只算半隱半現的不朽。杜甫也有〈送元二適江左〉一詩，但是適江左梓州是東行，渭城去安西卻朝西遠征，相距太遠，所以這兩位元二恐非一人。

杜甫有名的五古〈贈衛八處士〉，其中的衛八也不知全名，所以也只算一半不朽，不算成名。我不禁想起，如果是王家的老八，又該怎樣稱呼呢？果然在《全唐詩》中找到高適有一首詩，叫〈贈王八員外〉。這太好笑了，因此也可推論，罵人王八，該是唐朝以後的說法。

白居易的五絕名作〈問劉十九〉：「綠蟻新醅酒，紅泥小火爐。晚來天欲雪，能飲一杯無？」酒香誘客，友情感人，這位劉十九終於有未應召，並不重要，但他收到的召飲簡訊，卻是千古無比的重禮，令天下的饞腸垂涎至今。白居易溫了酒，送了詩，卻成全劉十九詩、酒並享，而且永垂不朽，羨煞了天下的詩友、酒伴。

不過，並非人人入詩皆成不朽。必須詩先不朽然後入詩的人才能跟著不朽；至於無名的詩、平庸的詩，更不提歪詩、劣詩了，即使有所題贈，也不會令受者揚名傳後。就連大詩人的作品，也未必篇篇眾口競傳。李白再三贈詩給岑勛與元丹丘，不但見於〈將進酒〉，還見於〈鳴皋歌送岑徵君〉與〈西嶽雲臺歌送丹丘子〉等篇，真是夠交情了，卻仍不及韓綽判官在「二十四橋明月夜，玉人何處教吹簫」句中那麼風流可羨。倒是「煙花三月下揚州」的孟浩然，與「桃花潭水深千尺」的汪倫，形象生動難忘：孟浩然自己本已有名，無須仰賴謫仙以傳，可是「煙花三月下揚州」的酷態，才能教孟夫子「風流天下聞」，而孟夫子自己的詩卻無如此灑脫。受益更多的恐怕還是汪倫，本身原來不足傳後，只因招待的是李白，外加到岸邊踏歌送行，輕輕鬆鬆，就流芳千古了。至於一飯有恩的老太婆：〈宿五松山下荀媼家〉，一醉難忘的老頭子：〈哭宣城善釀紀叟〉，根本想不到什麼朽與不朽，卻因謫仙感恩題詩，竟以漂母、杜康之姿傳後了。

另一種情況是：詩人的朋友雖然有幸被題詠入詩，但詩中所詠未必是恭維，甚至不幸是嘲弄。例如光、黃之間的隱士陳季常，在蘇東坡的〈方山子傳〉中是一位亦儒亦俠的性情中人，但入了東坡的詩〈寄吳德仁兼簡陳季常〉，就變成一個懼內的丈夫。東坡說他「龍丘居士亦可憐，談空說有夜不眠。忽聞河東獅子吼，拄杖落手心茫然」。從此「季常癖」竟成了怕老婆的婉詞。

最不幸的，是做了詩人的敵人，因而入了他的諷刺詩，永以負面形象傳後。例如三流詩人謝德威爾（Thomas Shadwell）入了朱艾敦的諷刺詩〈麥克・佛拉克諾〉（Mac Flecknoe），就成了庸才麥克・佛拉克諾親點的繼承人，去接荒謬帝國的王位。又如桂冠詩人騷塞（Robert Southey），不但得罪了少年氣盛的拜倫，抑且對精神失常的英王喬治三世歌頌太甚，終於落入拜倫的諷刺長詩《帝闇審判記》（*The Vision of Judgement*），為助喬治三世進入天國而誦頌詩，竟使眾魂掩耳逃難，而自身也被推落湖區，為天下所笑。這樣的受辱難謂「不朽」，更非「成名」，絕非「流芳」，只算「遺臭」。騷塞當然不是大詩人，他的詩倒也並不是一無是處，他的散文作品如《納爾遜傳》更不失為佳作。騷塞之失算在於低估了拜倫的才氣與脾氣，便貿然在歌頌喬治的長詩（題目也是《帝闇審判記》，*The Vision of Judgement*）中先向拜倫挑戰，把他和雪萊稱為「惡魔詩派」，反而激起了拜倫的豪氣，即沿用騷塞原題揮戈反擊，令騷塞在神鬼之間誦詩出醜。拜倫此詩傳後至今，已經公認為一篇傑作，與《唐璜》共同奠定拜倫諷刺大家的地位。騷塞原詩卻已無人問津了。兩詩較力，贏的是好詩。騷塞成了一大輸家，灰頭土臉，比韓綽判官和劉十九，遜得多了。

——二〇〇八年九月

為梵谷召魂

半世紀來，進出我家的客人不計其數，偶爾也有長談甚至留宿的，但是沒有誰會長住下來，更不會因為住得夠久，竟變成了家人。倒是有幾個「非我族類」的外人，天生有緣，先是單來看我，不料來得久了，日漸熟稔、親切，賓主不分，終於住定下來，成了家人。不過戶口簿上沒有他們的名字，而左鄰右舍也從未發現他們的蹤跡。

這種有緣來歸的另類家人，各有各的觸機，各有各的因緣，滴水穿石，終成正果。這種歸化的家人不遠千里而來，有時反而匯入一個家庭的「文化背景」，對於那家的下一代，耳濡目染，不言而喻，在身教、言教之外，另有默化之功。出入余宅的古人不少，可是大半是專來訪我，於我家人不算陌生，卻也不很親近。例如李白、杜甫、李商隱、蘇軾，只能算是我的貴賓，還不足以被家人認親。對我私交頗久的李賀與龔自珍，她們最多點頭微笑而已。外國詩人如濟慈、葉慈等等，她們也不過以禮相待。華滋華斯是一例外，我家的二女兒幼珊和他比我更熟，但其他三姊妹並不如此。真正得我全家熱烈歡迎、視同家人的，不會很多，但至少包括梵谷、披頭、王爾德三位，不，六位。

梵谷來我家最早。我早已知道他，但真正認識卻是因我存之緣。那時我們尚未結婚，她家裡正好有伊爾文．史東所著的《梵谷傳》原文，還有三兩種梵谷的畫冊。馮至的一首十四行詩即名〈梵谷〉，寫得不算很傳神，給我的印象卻非常深刻，只是當時看不到梵谷的畫，無從印證，還是隔了一層。其實當時我連印象派都不清楚，甚至印象派這名稱，還是在季羨林的文章裡初次見到。

我讀罷史東的傳記，大為震撼，竟然決定要譯成中文。正是一九五五年，我在臺大畢業才三年，翻譯的成果不過是三、四十首英詩與漢明威的《老人和大海》。要譯一整本畫家的傳記，不但得懂他的畫風，更得略知他前面和周圍的其他畫家。這三十多萬字的傳記，我是在身心俱疲的困境中發奮譯成的，也就是說，我對梵谷的認識，從初遇到深交，是逐句、逐頁、逐章，圖文參照，琢磨發展的。我的譯文橫寫在白報紙上，初稿改正後經我存直書謄清在有格稿紙上，才由我送去《大華晚報》社逐日連載，幾乎忙了一整年。後來這譯本屢經修訂，由最初的重光文藝出版社到大地出版社，再到今日的九歌出版社，我存一直都參與校對。從一九五七年《梵谷傳》初版到現在，梵谷的靈魂一直和我們常相左右，儼若家人。

一九五八年，我去愛荷華讀書，除了參加詩作坊之外，還選修了兩門課：美國文學與現代藝術。美國文學是我本行，至於現代藝術，則是對於梵谷興趣的延伸。那一年長女珊珊誕生，其後七年，她的三個妹妹也相繼而來。在她們成長的歲月，我家的書架上，總有《梵谷傳》的譯本，封面雖有變換，但文生那憂鬱而深思的眼神，朝夕都灼灼俯對著她們。同時家中的畫冊也逐年增多，其中當然多冊是梵谷的作品，「眼熟能詳」。帶她們出國，美術館中，只要有梵谷的原作，當然也不會錯過。日後珊珊留美，主修藝術史，和家庭背景自然有關。最盛大的一次「朝聖之旅」，可想而知，是一九九〇年不遠千里去阿姆斯特丹，參觀梵谷逝世百年大展，在「梵谷美術館」飽覽了一整個下午，意猶未盡，又去小村奧特羅，在楓林深處的「庫勒・穆勒美術館」回顧梵谷的素描與早年的油畫。最後又和我存帶了幼珊、季珊和痖弦的女兒景苹，去巴黎北郊的奧維，像踏進梵谷的夢土一般，去看那崇人的教堂，那滿田燦豔的向日葵，豐盈的麥穗，更在文生與西奧的雙墓前低徊懷古。

一九九〇該是我家的「梵谷年」，除了遠征荷蘭去朝拜「聖文生」（St. Vincent）之外，行前我還為臺北市立美術館、《中國時報》與荷航合辦的梵谷百年展專輯寫了長文〈破畫欲出的淋漓元氣〉，並以〈寂寞的火山〉為名在北美館發表演講。行後回臺，又就此行的觀感寫了另一篇長文〈壯麗的祭典〉。前後兩文都收入了《從徐霞客到梵谷》一書。迄今我就梵谷之畫已寫過四首詩加上七篇文章，演講梵谷恐怕也已近十次。隔了百年加萬里，我竟一再為梵谷召魂，召來我家，成了家人。

——二〇〇九年十二月十二日

梵谷光臨臺灣

梵谷的畫生前沒人看得起，死後沒人買得起，但他的身後盛名也並非突然鵲起。先是巴黎發現了他，但要越過大西洋在美國引起轟動，卻要等到一九三五年，已經是死後四十多年了。在東方展出則始於日本，時為一九五七，次為南韓，在一九七九。至於華人世界的首展，則由臺北的史博館隆重揭幕。

這次臺北的梵谷大展，正值梵谷逝世一百二十周年，所展作品除〈薊花〉一幅是日本POLA美術館提供之外，其餘的九十七幅都由荷蘭的庫勒．穆勒美術館借來。近百幅的作品之中，多為早期所畫，大半都是素描，偶爾也有油畫。另有九幅油畫，則屬於中期的巴黎與後期的普羅旺斯：如果扣掉臨摹戴拉庫瓦的〈撒馬利亞的善人〉與筆法潦草的〈療養院花園中綻放的玫瑰叢〉，則正式的油畫只得七幅。其中最耐看的，該是〈聖瑞米療養院的花園〉、〈橄欖樹叢〉、〈普羅旺斯夜間的村道〉三幅，精采不遜於觀眾熟悉的梵谷傑作。

行家端詳早期的梵谷

有些觀眾可能有點失望，原因不外：第一，看不到他們最熟悉的名作，例如〈向日葵〉、〈星光夜〉、〈夜間咖啡館〉。第二，認為素描只是草稿、習作，不算正畫。第三，認為荷蘭時期的作品尚在摸索，失之魯拙、陰暗，不算璀璨奪目的代表作。但是比較內行的人，更不提心存藝術史的行家，面對庫勒・穆勒的豐富收藏，就會把握這難得的機會，仔細端詳大畫家早期之作，包括素描與草稿，來追蹤他是如何苦心臨摹，現場觀察，自我鍛鍊，不斷修正，而終於修成正果。「行百里者半九十」：前面的九十里仍是非常重要的掙扎。一分神來，仍然是來自九分汗下。

苦澀孤寂中透出清甘

當然，九分汗下也未必就能保證一分神來。梵谷大智若愚，大巧若拙，天性渾厚而樸實，傳教失敗之餘，滿懷的宗教情操，民胞物與，轉化專注在畫布之上。早期他素描的人物，論職業則多為農民、農婦、織工、礦工，論年齡則多見老人，論相貌則不避醜陋：後面兩項近於他的荷蘭前輩冉伯讓，兩大畫家前呼後應，均能化醜為美，將腐朽提升為神奇，令人感動。他筆下操勞的女人，不是在雪地彎腰負重，就是坐在戶內削馬鈴薯或縫衣。這次所展的縫衣婦，就有七幅之多，都很動人；簡靜惠最愛腳下有花貓陪伴的那一幅，我則歡喜坐在窗邊半側著臉右手引針拔線的老婦那張，並曾在〈捕光捉影緣底事〉一文中拿來和李可染水墨勾勒的〈白描老人〉比較。早期的人像畫中，例如〈戴防雨帽的漁夫頭像〉與戴著頭巾兩手交握的〈坐著的婦人〉半側像，都能在苦澀或孤寂中透出清甘，值得細味。

賞油畫，如在桌上快嚼美餚。看素描或草稿，卻像走進油香火旺的廚房，深入現場去觀察大師傅如何切肉炒菜，備感親切。無論如何，史博館這次的梵谷盛宴，不管是席上或灶邊，都值得好好體會。

——二〇一〇年一月二十九日

粉絲與知音

1

大陸與臺灣、香港的交流日頻，中文的新詞也就日益增多。臺灣的「作秀」、香港的「埋單」、大陸的「打的」，早已各地流行。這種新生的俚語，在臺灣的報刊最近十分活躍，甚至會上大號標題。其中有些相當傖俗，例如「凸槌」、「吐槽」、「劈腿」、「嘿咻」等等，忽然到處可見，而尤其不堪的，當推「轟趴」，其實是從英文 home party 譯音過來，惡形惡狀，實在令人不快。當然也有比較可喜的，例如「粉絲」。

「粉絲」來自英文的 fan，許多英漢雙解辭典，包括牛津與朗文兩家，迄今仍都譯成「迷」；實際搭配使用的例子則有「戲迷」、「球迷」、「張迷」、「金迷」等等。「粉絲」跟「迷」還是不同：「粉絲」只能對人，不能對物，你不能說「他是橋牌的粉絲」或「他是狗的粉絲」。

Fan 之為字，源出 fanatic，乃其縮寫，但經瘦身之後，脫胎換骨，變得輕靈多了。Fanatic 本來也有戀物羨人之意，但其另一含義卻是極端分子、狂熱信徒、死忠黨人。《牛津當代英語高階辭典》（*Oxford Advanced Learner's Dictionary of Current English*）第七版為此一含義的 fanatic 所下的定義是：a person of extreme or dangerous opinions，想想有多可怕！

但是蛻去毒尾的 fan 字，只令人感到親切可愛。更可愛的是，當初把它譯成「粉絲」的人，福至心靈，神來之筆竟把複數一併帶了過來，好用多了。單用「粉」字，不但突兀，而且表現不出那種從者如雲紛至沓來的聲勢。「粉絲」當然是多數，只有三五人甚至三五十人，怎能叫作 fans？對偶像當然是說「我是你的粉絲」，怎麼能說「我是你的粉」呢？粉，極言其細而輕，積少成多，飄忽無定。絲，極言其雖細卻長，糾纏而善攀附，所以治絲益棼，欲理還亂。

這種狂熱的崇拜者，以前泛稱為「迷」，大陸叫作「追星族」，嬉皮時代把追隨著名歌手或樂隊的少女叫作「跟班癖」（groupie），西方社會叫作「獵獅者」（lion hunter）。這些名稱都不如「粉絲」輕靈有趣。至於「忠實的讀者」或「忠實的聽眾」，也嫌太文，太重，太正式。

粉絲之為族群，有縫必鑽，無孔不入，四方漂浮，一時嘯聚，聞風而至，風過而沉。這現象古已有之，於今尤烈。宋玉〈對楚王問〉曰：「客有歌於郢中者，其始曰〈下里〉、〈巴人〉，國中屬而和者數千人……其為〈陽春〉、〈白雪〉，國中屬而和者數十人。」究竟要吸引多少人，才能稱粉絲呢？學者與作家，能號召幾百甚至上千聽眾，就算擁有粉絲了。若是藝人，至少得吸引成千上萬才行。現代的媒體傳播，既快又廣，現場的科技設備也不愁地大人多，演藝高手從帕瓦羅蒂到貓王，輕易就能將一座體育場填滿人潮。一九六九年紐約州伍德斯塔克三天三夜的露天搖滾樂演唱會，吸引了四十五萬的青年，這紀錄至今未破。另一方面，詩人演講也未可小覷：艾略特在明尼蘇達大學演講，聽眾逾一萬三千人；弗羅斯特晚年也不缺粉絲，我在愛荷華大學聽他誦詩，那場聽眾就有兩千。

2

與粉絲相對的，是知音。粉絲，是為成名錦上添花；知音，是為寂寞雪中送炭。杜甫儘管說過：「文章千古事，得失寸心知。」但真有知音出現，來肯定自己的價值，這寂寞的寸心還是欣慰的。其實如果知音寥寥，甚至遲遲不見，寸心的自信仍不免會動搖。所謂知音，其實就是「未來的回聲」，預支晚年的甚至身後的掌聲。梵谷去世前一個多月寫信告訴妹妹維爾敏娜，說他為嘉舍大夫畫的像「悲哀而溫柔，卻又明確而敏捷——許多人像原該如此畫的。也許百年之後會有人為之哀傷」。畫家寸心自知，他畫了一張好畫，但好到什麼程度呢，因為沒有知音來肯定、印證，只好寄望於百年之後了。「也許百年之後會有人……」語氣真是太自謙了。〈嘉舍大夫〉當然是一幅傳世的傑作，後代的藝術史家、評論家、觀眾、拍賣場都十分肯定。梵谷生前只有兩個知音：弟弟西奧與評論家奧里葉，死後的十年裡只有一個：弟媳婦喬安娜。高更雖然是他的老友，本身還是一位大畫家，卻未能真正認定梵谷的天才。

知音出現，多在天才成名之前。叔本華的母親是暢銷小說家，母子兩人很不和諧，但歌德一早就告訴做母親的，說她的孩子有一天會名滿天下。歌德的預言要等很久才會兌現：寂寞的叔本華要等到六十六歲，才收到華格納寄給他的歌劇《尼伯龍根的指環》，附言中說對他的音樂見解十分欣賞。

美國文壇的宗師愛默生收到惠特曼寄贈的初版《草葉集》，回信說：「你的思想自由而勇敢，使我向你歡呼……在你書中我發現題材的處理很大膽，這種手法令人欣慰，也只有廣闊的感受能啟示這種手法。我祝賀你，在你偉大事業的開端。」那時惠特曼才三十六歲，頗受論者攻擊。蘇軾考禮部進士，才二十一歲，歐陽修閱他的〈刑賞忠厚之至論〉，十分欣賞，竟對梅聖俞說：「老夫當避此人，放出一頭地。」眾多舉子聽了此話，嘩然不服，日久才釋然。

有些知音，要等天才死後才出現。莎士比亞死後七年，生前與他爭雄而且不免加貶的班強生，寫了一首長詩悼念他，肯定他是英國之寶：「全歐洲的劇壇都應加致敬。／他不僅流行一時，而應傳之百世！」又過了七年，另一位大詩人米爾頓，在他最早的一首詩〈莎士比亞贊〉中，斷言莎翁的詩句可比神諭（those Delphic lines），而後人對他的崇敬，令帝王的陵寢也相形遜色。今人視莎士比亞之偉大為理所當然，其實當時蓋棺也未必論定，尚待一代代文人學者的肯定，尤其是知音如班強生與米爾頓之類的推崇，才能完成「超凡入聖」（canonization）的封典。有時候這種封典要等上幾百年才舉行，例如鄧約翰的地位，自十七世紀以來一直毀譽參半，欲褒還貶，要等艾略特出現才找到他真正的知音。

此地我必須特別提出夏志清來，說明知音之可貴，不但在於慧眼獨具，能看出天才，而且在於膽識過人，敢暢言所見。四十五年前，夏志清所著《中國現代小說史》在美國出版，錢鍾書與張愛玲赫然各成一章，和魯迅、茅盾分庭抗禮，令讀者耳目一新。文壇的舊觀，一直認為錢鍾書不過是學府中人，偶涉創作，既非左派肯定的「進步」作家，也非現代派標榜的「前衛」新銳；張愛玲更沾不上什麼「進步」或「前衛」，只是上海洋場一位言情小說作者而已。夏志清不但看出錢鍾書、張愛玲，還有沈從文在「主流」以外的獨創成就，更要在四十年前美國評論界「左」傾成風的逆境裡，毫不含糊地把他的見解昭告世界，真是智勇並兼。真正的文學史，就是這些知音寫出來的。有知音一槌定音，不愁沒有粉絲，繽紛的粉絲啊，蝴蝶一般地飛來。

知音與粉絲都可愛，但不易兼得。一位藝術家要能深入淺出，雅俗共賞，才能兼有這兩種人。如果他的藝術太雅，他可能贏得少數知音，卻難吸引芸芸粉絲。如果他的藝術偏俗，則吸引粉絲之餘，恐怕贏不了什麼知音吧？知音多高士，具自尊，粉絲擁擠甚至尖叫的地方知音是不會去的。知音總是獨來獨往，欣然會心，掩卷默想，甚至隔代低首，對碑沉吟。知音的信念來自深刻的體會，充分的了解。知音與天才的關係有如信徒與神，並不需要「現場」，因為寸心就是神殿。

粉絲則不然。這種高速流動的族群必須有一個現場，更因人多而激動，擁擠而歇斯底里，群情不斷加溫，只待偶像忽然出現而達於沸騰。所以我曾將 teenager 譯為「聽愛擠」。粉絲對偶像的崇拜常因親近無門而演為「戀物癖」，表現於簽名、握手、合影，甚至索取、奪取「及身」的紀念品。披頭四的粉絲曾分撕披頭四的床單留念；湯姆・瓊斯的現場聽眾更送上手絹給他拭汗，並即將汗濕的手絹收回珍藏。據說小提琴神手帕格尼尼的聽眾，也曾伸手去探摸他的軀體，求證他是否真如傳說所云，乃魔鬼化身。其實即便是宗教，本應超越速朽的肉身，也不能全然擺脫「聖骸」（sacred relics）的崇拜。佛教的佛骨與舍利子，基督的聖杯，都是例子，東正教的聖像更是一門學問。

「知音」一詞始於春秋：楚國的俞伯牙善於彈琴，唯有知己鍾子期知道他意在高山抑或流水。子期死後，伯牙恨世無知音，乃碎琴絕絃，終身不再操鼓。孔子對音樂非常講究，曾告誡顏回說，鄭聲淫，不可聽，應該聽舜制的舞曲韶。可是《論語》又說：「子在齊聞韶，三月不知肉味，曰：『不圖為樂之至於斯也！』」這麼看來，孔子真可謂知音了，但是竟然三月不知肉味，豈不成了香港人所說的「發燒友」了？孔子或許是最早的粉絲吧。今日的樂迷粉絲，不妨引聖人為知音，去翻翻《論語》第七章〈述而〉吧。

不惜歌者苦，
但傷知音稀。

粉絲已經夠多了，且待更多的知音。

——二〇〇六年十月

傳鐘悠悠長在耳

1

我的中學時代，正值抗戰，又在蜀道難的四川，所以出門一步，無車可乘，只能勞動「脛駒」。所謂脛駒，是我從英文 on Shank's pony 譯來。本是一句笑話，其實無駒，只有腳脛，自嘲以脛代駒，不過是步行的美名而已。戰後進入大學時代，終於有車可乘了，但是兩腳還得起起落落，不是踏地，而是踏在腳鐙上，雖有雙輪之便，一半仍靠自力更生。

那時男孩子而無自行車，就酷不起來。有自行車而是外國貨，那就是酷上加帥，不但縮地有術，而且胯下生風，有中世紀騎士的氣派。一九五〇年我進臺大，是插班外文系三年級的通學生。從城南的同安街沿羅斯福路去學校上課，騎的是一輛英國進口簇新而亮麗的赫九力士（Hercules）。車牌雖然來自希臘的神話，但我騎到順風之時，卻幻覺是哪吒在驅策風火雙輪。就這麼，我似乎把校園裡的自行車，包括東洋老土的鐵牛，通通比了下去。可恨我的虛榮才得意了一個星期，那輛赫九力士忽然失竊。這一打擊真是不小。每天改擠公車上學，我發誓要存足稿費，再買一輛。

那時我向《中央副刊》投稿，每首詩可得稿費五元，約咪咪（未來妻子我存的小名）去西門町看電影吃館子，還可以剩下一塊半錢。不過一輛赫九力士的新車，價高達五百元，正是父親月薪之數。可憐我的嘔心力作，要嘔一百次才能變成「倍加速駛」（Pegasus）的坐騎。早年我成為多產的詩人，跟我的購車大計也有關係。為了增產，不免也寫一些散文、雜論。失去神駒的落荒騎士從此數著累積的稿費，像一個小守財奴，好不容易積到了兩百塊。父母溺愛癡兒，不忍繼續旁觀，終於再捐助三百塊，讓我把第二輛新車，仍是赫九力士，牽回家來。

2

當年我插班讀臺大，曾有波折，幸好有驚無險。原來我在南京的金陵大學只讀了一年半，便因戰雲轉惡，南奔廈門，在廈大外文系寄讀了一學期，又因戰火燃眉隨家遷去香港，成為失學的難民。幸好滯港期間還向廈門大學申請到轉學證書，否則無憑無據，來臺後就不能考插班了。不料去臺大報考的時候，看到各院院長據桌坐了一排，法學院長薩孟武接過我呈上的廈大轉學證書，匆匆一瞥，竟對我嚷道：「這證書上的日期是一九四九年，不是民國三十八年！這件偽證書，非但不能接受，還勸你不要再拿出來！」我大吃一驚，幸好文學院長沈剛伯接過去細看，不慌不忙地笑說：「沒有關係吧？廈門已經易手，日期自然改了公元。」校方終於准我報考。事後回憶，真是幸運。若非沈院長金口救命，我的臺大緣就被法家斷送了！

經此一嚇，我頗不服氣。難道我是偽學生嗎？臺大又有什麼了不起呢？印象之中似乎沒有什麼名教授，難解我對碩學通儒的渴望。秋季班上課之前，接到校方通知，著我們這些外來的插班生某日去「宣誓效忠」，令人不知所措。我沒有去。後來才發現一大批插班生也都沒去。沒去的人於是都上了布告：「……余光中等若干同學著各記小過一次。」

3

儘管開始不很愉快，我的臺大經驗在上課後卻漸入佳境。畢竟傅斯年是校長，精神似可遙接五四，校風當也不至太悖北京大學吧。後來也發現教授的陣容還包括李濟、毛子水、臺靜農、許壽裳、錢歌川等等，而梁實秋甚至還從師範學院過來兼課。外文系本身的教授雖然不算名震遐邇，但是給我頗多啟發，對待學生也頗熱誠。系主任英千里的父親是輔仁大學創校的英斂之；後來又發現他的公子是大陸的著名演員英若誠。英主任在天主教會擁有爵位，兼通英、法雙語，對於中世紀的騎士精神與浪漫時期的文學都很有研究，他的英詩課對我也很有啟迪。同時，他既兼通英文與法文，說起英文如何受法文甚至拉丁文的影響來，更加頭頭是道。不同於後來的留美新科博士，英主任的修養真能深入歐陸的人文傳統，能花一整堂課來分析什麼才是 chivalry。惟一不足的，是他的英語太帶法國口音，不夠不列顛腔，因此同學們愛學他的高盧腔英語來誦詩，以之取樂。

趙麗蓮老師年輕時想必是一位混血美人，但老來嗓音仍然清脆，堂上常念英文《聖經》給我們聽。她主編的《學生英語文摘》影響深遠，教英語的對象也遍及廣播的聽眾。有人說趙元任的名曲〈教我如何不想她〉的「她」就是她，引起同學們幾許遐想。

黃瓊玖老師身材嬌小，對同學十分寬容，很容易親近。她教我們戲劇，曾指導演出。後來我在師大當了講師，每次見面她竟叫我「余先生」，實在太客氣了。

曾約農老師是前清重臣曾國藩後人，年紀大於其他老師。他是湘人，帶有湘音。他蓄有鬍髭，湘音就從鬍子中來。有一次他說古代的哲人大抵貌醜，例如蘇格拉底，又說他自己也醜，所以該有智慧，把全班逗笑了。不知為何，那時大四也要交畢業論文。我後來逕以自己中譯的《老人與大海》提充論文；去年臺大畢業典禮上，教務處送我一件禮物，拆開一看，赫然是當年我呈交曾老師的那本論文，上面並無評語，只寫了小小一個八十分。後來曾老師去臺中籌辦東海大學，每次我去該校，都會想起有哲人餘風的美髯曾公。

另外一位年紀較長的老師，是聞名已久的黎烈文教授。他是法國文學中譯的前輩，又是魯迅喪禮上十二執紼人之一。上他的法文課，發現他的湖南鄉音更重於曾老師。他上課相當低調，很少說到課外的話題。他的鼻音很重，念法文非常傳神。我把自己的第一本詩集《舟子的悲歌》呈請他指教，很快就收到他一頁短信，給我很大鼓勵。

系裡的夏濟安教授，我在校時他還是年輕的講師，教不到我。他對現代文學，尤其是當代美國小說的先知先覺，要等我畢業後才啟發了白先勇、王文興那一班。他對我所譯《老人與大海》頗多鼓勵，但對我那時的詩作並不欣賞。可惜他去世太早，看不到我後來的作品。夏教授中英文修養均高，但口才稍欠，傳到傅斯年耳中，校長親自去他班上旁聽，證實這位老師雖欠繡口，卻不乏錦心，倒令夏教授虛驚一場。

4

在我西子灣研究室臨海的案頭，迄今一直供著一本中型的英文辭典，深藍的硬封面早已磨損，滄桑的容顏像一面古牆。它已經陪伴了我半個多世紀。我三度旅美，十年遷港，都帶在身邊，經常翻閱，因為這本 *Thorndike-Barnhart Comprehensive Desk Dictionary* 不但簡明扼要，排印清晰，而且是師生情誼不朽的紀念：五十六年前吳炳鍾老師贈我的禮品。

吳老師教我們翻譯課，只有一學期，身分應該是兼任講師，年紀只長我們六、七歲。可是在軍界與譯界，他的名氣不小。其實他只上過北京輔仁大學的化學系，並未畢業。學歷如此，竟能來堂堂的臺大教課，當然是因為他英文造詣極高，口譯表現不凡，連蔣夫人都無由挑剔；另一背景是他與英千里同信天主，而且兩代世交，加以系主任比今日有權，可以自由擢才。

吳老師第一次來我們班上，給我們的印象耳目一新。他身材魁梧英挺，著軍便服，行動俐落，反應敏捷，十分帥氣。他蓄平頭，五官清剛，黑框的眼鏡後面目光有神而富自信，開口說話不急不緩，吐字清楚而節奏有度。他顯然是軍人，卻有斯文氣質。等到他說英語時，我們聽覺為之一明，啊，標準的美國北佬腔，流暢而且透徹。這麼年輕的老師，這麼精明，這一課不會有冷堂的。

果然他迫不及待，挑起名人的毛病來了。那名人比他更有名，從五四起便大名鼎鼎了，後來更任過清華與中央的校長，現職是考試院長。吳炳鍾說羅家倫對英文的了解有問題，改正了中央社翻譯的蔣總統與麥帥的《聯合公報》的某一處誤譯，卻自己添了三處誤解。

後來我們才知道，吳老師的本職在陸軍總部，是孫立人司令的祕書，官拜軍文上校。又聽說，中、美軍方重要的國際場合，高級將領發言常由他即席口譯，總是譯得流利而又精確，連長長一串數字都毫不失誤，譯者卻神態從容而氣宇軒昂，真有面子。有一次韓戰的美軍統帥泰勒將軍在臺演講，由吳炳鍾翻譯。將軍講畢向他握手道謝，竟問他西點第幾期。吳炳鍾哈哈一笑，答以他尚未去過美國。

吳老師的英文自修成功，他的專業軍事知識也是苦研加上敏悟，無師自通的。怪不得我們畢業後考入翻譯官訓練班，聯勤總部仍得請他來授我們軍事英語；這才發現他對英文軍事術語有多內行。據說有一次陸總開會，參謀長報告兵棋部署，吳炳鍾竟然站起來指陳安排不當。孫立人氣得拍桌子命他坐下，並因此降他為臨時雇員。隔兩天孫立人已經氣消，要叫他進司令室來有所交代，不料連呼兩聲「吳祕書」，都沒有人應。孫立人走到外間，責問他為何不應。吳炳鍾竟起立答道：「報告總司令，我只是臨時雇員。不是吳祕書。」

那年代電視開播不久，吳老師在電視臺主持一個訪問節目，相當成功。一度他還連續訪問臺北的各國使節，勤練之餘居然能用各別的母語向那些外交官發問，幾個回合下來，竟不露出破綻，令人不得不服。

吳老師對英詩與西方古典音樂都有興趣，於英國詩人最喜拜倫，尤其是那首〈散那凱瑞布〉（Sennacherib）。他說初次讀此詩前兩行：The Assyrian came down like a wolf on the fold/ And his cohorts were gleaming with purple and gold. 以為 cohorts 大概是披風之類，真有氣派，不料竟是指亞述的軍隊而已，令他大為掃興。他見我寫詩，甚至出了詩集，常加鼓勵，並且覺得自己班上竟有詩人，值得高興。他為《學生英語文摘》寫一專欄，也曾主持出題舉辦翻譯比賽，並將我評為冠軍，獎金是五十臺幣。

對西方古典音樂吳老師十分著迷，也相當博聞兼聽。他常帶我去朝風咖啡館與白熊冰室，靠在扶手的藤椅上，悠然閉目，讓協奏曲或交響曲的如歌行板或華彩炫技將心神引向極樂之境。其中他最欣賞的是林姆斯基・科沙柯夫的組曲《天方夜譚》（*Scheherazade*），神往之情也感染了我。日後我去美國讀書，得以暢買原版唱片，第一張便是奧曼地（Eugene Ormandy）指揮的《天方夜譚》，封套面上的阿拉伯美人，面紗半遮，似笑似眄，看不盡神祕的誘惑。每次聆聽，總不禁想到吳老師。

臺大畢業的前後兩三年，吳老師待我亦師亦友，興起便騎自行車來我家，帶我並駕齊驅，不是陪他去理髮，便是一同去泡咖啡館或是上中華路去吃北方麵食。吳老師有些恃才自負，待人接物，舌鋒過處令我想起《世說新語》的〈任誕篇〉。可是他見到我父親，卻執禮甚恭，儼然世家子弟，給足我面子。吳老師英語說得漂亮，能用地道的「洋雞」腔跟美國軍官說笑話，鬥嘴，請客吃飯出手又大方，所以在美軍的校尉之間很得人緣。他好吃西瓜，「瓜量」又大，所以在美軍口裡，以 Watermelon Wu 的綽號聞名。

可是吳上校與自家人卻往往格格不入，甚至會忤上司。臺大畢業後我分配到國防部聯絡局任少尉翻譯官，在總統府三樓上班。有一天在樓梯上遇見戎裝而過的吳上校，他意氣昂昂，告訴我「這幾天正發起活埋李某某中校運動！」我來不及問他怎麼能「活埋」李某，但其人官小架子大，我們都可惡他，聽說會遭活埋，無論如何埋法，都令人暗暗叫爽。吳老師也自知樹敵太多，前途日窄，有一天苦笑對我說：「我得罪人太多，光中，死後你一定要在我骨灰罈上刻上 Excuse my dust 幾個字，然後抱罈一一遍訪吾敵，作為遲來的道歉。」於是輪到我苦笑了。這主意匪夷所思，該入《世說新語》，可是我實在難以達成。至於那些「宿敵」，讀了那一句英文，究竟會一笑泯恩仇呢，還是會一怒逐妄客，倒是不妨一試。

世事多變，師生後來就天各一方了。直到十年前，吳老師從美國回臺，我們才在高雄一家餐館重逢，主人是蘇其康，我的學生，說得上真是三代同席。年近八旬的吳老師看來並不太顯老，他沉思的時候喜歡微抬前臂，兩手以十指針鋒相對地抵住，那姿勢我仍記得。但當年的豪氣、傲氣卻不見了。他只是默然坐在我對面，由美麗的新師母伴著，但對於師生久別重逢的一幕，一點不顯得興奮。眼前的老人，與半世紀前那位元氣淋漓的吳老師、吳上校，似已貌合神離。當然，骨灰罈刻字的囑咐，想必也早忘了吧？

5

可是我沒有忘記。雖然他的笑貌已經從年輕的一代又一代淡出，中年一代還有些人記得他編的英漢辭典。我可沒有忘記：吳老師送我的辭典一直在我的桌上，意義深長地陪伴著我。臺大的黃金歲月，那許多老師和同學，永遠溫馨著我深刻的記憶。可是字限將滿，許多同學不容我一一記述，像翻閱塵封的老照相本。可惜當年我思路狹窄，目光太淺，只一心想做詩人，而未能也去旁系，例如中文系、歷史系、哲學系等，多多旁聽。但另一方面，卻又慶幸外文系功課的壓力不大，而老師之中尚少新銳的留美學者回來鼓吹各種主義與派別，宣揚最新最酷的流行顯學，乃得讓我從容而懶散地追求不著邊際的什麼繆思，幻想有一天自己會寫出驚世之作。

年壽與堅持——「余光中八十大壽學術研究會」致詞

吳校長、蔡教務長、王院長、陳所長、各位學者、各位貴賓：今日研討的盛會如此隆重，參加的人如此踴躍，令我感到榮幸。目前國民年壽平均提高，八十歲的老人並不罕見。古人大驚小怪，說什麼人生七十古來稀，可是現在八十也不稀奇了。不過一個人到了八十歲還在寫詩，寫了詩還有人看，甚至有興趣要來討論，就不很平常了。所以這幾天我不免翻翻文學史，看看究竟有多少重要詩人，到八十歲還在寫詩，至少還健在人世。結果令我頗為失望。次要詩人且不深究，大詩人中只找到王維、韋應物、楊萬里、陸游、劉克莊、袁枚等幾位。其實劉克莊、袁枚恐怕都不算大詩人；清代以來的名家像錢謙益、朱彝尊、沈德潛、趙翼等，都年逾八十，沈德潛甚至九十六歲，但都不足與屈、陶、李、杜相提並論。中國真正的大詩人如屈、陶、李、杜，都在五、六十歲上下；宋朝的大家，例如歐陽修、王安石、蘇軾、黃庭堅等也在六十六歲左右。

臺灣的現代詩人長壽的不少：紀弦、鍾鼎文已過九十，但作品已少見。周夢蝶今年八十七歲，詩興不減。和我同年的詩人還有洛夫、蓉子、羅門、向明、管管，大都尚未放下創作。儘管如此，九十年來中國與臺灣的新詩，恐怕還不能跟繪畫相比，而尤其可驚的，是現代繪畫的大師幾乎都年過八十。王維不但是大詩人，也是大畫家，更是南宗水墨的始祖。在他之後，歷代大畫家年壽達到八十以上的，尚有貫休、李唐、黃公望、沈周、文徵明、藍瑛、董其昌、曾鯨、石谿、朱耷（八大山人）、王時敏、王翬、吳歷、黃慎、蒲華。這份名單已很顯赫，而進入二十世紀，八十歲以上的大師出現更頻：九十歲以下的有吳昌碩（1844-1927）、張大千（1899-1983）、錢松喦（1899-1985）、蔣兆和（1904-1986）、李可染（1907-1989）、陸儼少（1909-1993）；九十歲以上的還有齊白石（1864-1957）、黃賓虹（1865-1955）、黃君璧（1898-1991）、朱屺瞻（1892-1996）、林風眠（1900-1991），盛況真是空前。

同樣地，西方現代藝壇的大師，得享八十以上高壽的，也比比皆是：莫內（1840-1926）、馬諦斯（1869-1954）、畢卡索（1881-1973）、柯柯希卡（Oskar Kokoschka, 1886-1980）、夏卡爾（Marc Chagall, 1889-1985）、克伊利科（Giorgio de Chirico, 1888-1978）都是佳例。其中只有莫內與馬諦斯不滿九十，其他均逾九旬，夏卡爾甚至接近百歲。這盛況，與中國畫壇東西交輝。何以如此，值得藝術史家好好研究。

中西的現代大畫家，有這麼多位老而益醇，實在可佩。當然，夭亡的名家也是有的，例如拉菲爾（1483-1520）、梵谷（1853-1890）、羅特列克（1864-1901）、莫地里安尼（1884-1920），非常巧合，竟然都逝於三十六、七歲。其中梵谷二十七歲才開始創作，只有十年可以發展，但是死前兩年傑作迸發而出，如放煙火，而且在人像、風景、靜物三方面都有成就，一生為藝術殉美，給後世的震撼，恐怕也不遜於長壽的畢卡索。畢卡索（1881-1973）十五、六歲一出手就直追羅特列克，令人吃驚，加以創意不竭而又長壽，可供揮灑的歲月至少七倍於梵谷。上世紀西方現代的畫派，到抽象主義為止，幾乎全都是繞著他的畫室旋轉的。此翁能有如此的大格局，固然由於礦藏豐富，開採有方，但是長壽仍是必要的條件。如果他也像梵谷一樣在三十七歲夭亡，那就來不及發展他中年以後的風格：一生成就便少了古典時期的安詳厚實，變形時期的人像重組，表現主義時期的不平之鳴，田園時期的恬淡諧趣，更不用說後期的雕塑與陶藝。也就是說，若非長壽，畢卡索的一生藝術就不能從容開展，水到渠成，臻於至善。

前述中國現代大畫家能夠充分發揮自己的天才，與壽登耄耋當然有關。其間當然還有幸與不幸，大半取決於政治環境。例如齊白石與黃賓虹，都在五十年代逝世，政治對他們的晚年影響不大。黃賓虹前半生致力於臨摹，五十至七十歲恣遊山水，對景寫生之稿據說多逾萬件，一生創作的高潮竟在八、九十歲之間出現，真是大幸。林風眠早在五十年代便遁世養晦，文革期間屢遭批鬥，終於被囚，七十八歲（1977）才獲准出境赴港，是眾老之中受苦最深的一位。為恐紅衛兵抄家發現，他曾忍痛把不少畫作自行銷毀。至於李可染的藝術，早在中年（1954-1965）已達巔峰，以後在文革的壓力下，作畫變成政治任務，就難保自發的活力了。例如一九六四年的名作《萬山紅遍》，李可染就有這樣的題句：「萬山紅遍，層林盡染，寫毛主席詞意於北京西山。」畫面簡直江山一片豔紅，主題未免太正確了。足見在政治的壓力下，長壽也未必有助藝術。

且容我再回顧年壽與詩人的關係。英國大詩人中，年逾八旬的只有三人：華茲華斯、丁尼生、哈代。華茲華斯的傑作幾乎都在三十七歲以前寫成，四十五歲以後雖然作品絡繹不絕，才氣卻逐漸衰退。分量最重的代表作〈序曲〉，雖然一直修改到七十多歲，但主體的初稿卻早在三十五歲已底定。他的靈感主要來自童年的回憶，難怪濃度會漸遠漸淡。丁尼生的情況卻不然，雖然有論者認為他在四十二歲出版思念亡友哈蘭的長詩〈追悼〉（In Memoriam）之後，即已江郎才盡，他的後半生仍然可稱豐收：一大原因是他對當代的問題仍頗敏感，而對未來不無關切，甚至處理過女權與科技的主題。哈代的演變又異於兩位前輩：三十歲以前他已經是詩人，但小說更受歡迎，從三十二歲到五十六歲，二十多年一直以小說為文壇推崇。小說《落魄玖德》（*Jude the Obscure*）出版後，惡評不斷，指摘他主題頹喪淫亂。哈代從此重拾久疏的詩筆，除了抒情短詩以外，還以拿破崙戰役為主題，完成了格局龐偉的《列代》（*The Dynasts*）史詩劇，贏得論者的肯定，認為他的詩可與小說比美。

三位詩翁的一生長征各不相同：華茲華斯開高走低，由強趨弱；丁尼生發展平穩，未見如日中天，但晚霞也不全輸朝陽；哈代則晨曦雖淡，夕照卻明麗西天。

葉慈的歷程應該是最可羨的了。二十世紀英語世界的兩大詩人，雖然不算特別長壽，卻都年逾七旬，有充分的時間可以從容寫作。艾略特享年七十七歲，比葉慈多了三年，卻稱不上多產，從早年的幻滅到中年的懷疑而終於探討時間與永恆，變與常之間的關係，全部詩作不過四千行。他的晚成大器〈四個四重奏〉是一組苦思冥想的哲理詩，構思十年而成，乃五十五歲之作，其實不算怎麼「晚作」了。葉慈的歷程則大不相同，從早年追隨「前拉菲爾派」的唯美，到中年掙扎於社會與政治的現實，與失戀的無奈，到老境的逼人，靈肉的消長，他的詩藝一直鍥而不捨，困而更進，老而愈醇，一生的開展像不斷上升的拔高（crescendo）。像〈青金石〉、〈班伯本山下〉、〈長腳蚊〉之類的傑作，都在他死前一年內寫成。

對我而言，葉慈的創作成就超過艾略特。艾略特關注的人性，趨於聖人與罪人的兩個極端，葉慈面對的人生卻比較寬廣。艾略特用典較僻較晦，葉慈用典渾不費力。艾略特的語言在文白之間出入，葉慈的語言簡潔而有力，深入而淺出，令人吃驚，怎麼能夠說得這麼直接而又透徹。艾略特對我的啟示，在他高瞻遠矚、條理清暢、文筆典雅的評論，遠多於他的詩。當年我斷然告別現代主義而向新古典另找出路，全虧了他的啟發。葉慈對我的啟示，則全在他的詩本身；至於他自創的迷信系統，我根本用不著。艾略特的貢獻，至少有一半在他的評論：他有一半是「但開風氣」的作者，另一半卻是「為師」的學者。我們不能說葉慈沒有學問，可是只能承認他主要是詩人，而最多十分之一是學者，跟布雷克相似。

由此我又想到中國現代的三位小說家，沈從文、錢鍾書、張愛玲。在大陸改革開放之前，他們都上不了文學史，因為全非「進步」作家。七十年代中期我去香港，在中文大學授「現代文學」，卻把他們的《邊城》、《圍城》、《傾城之戀》列入教材，日後證明我當年這三城的選擇是對的。當然，夏志清的《中國現代小說史》對三人的推崇，當年也加強了我對他們的信心。三人之中，沈從文與張愛玲都非當行的學者：張愛玲曾譯過《老人與海》、《鹿苑長春》等書，也譯過愛默森與梭羅的少數詩篇，但是並不寫評論文章。錢鍾書則大不相同，是真正學貫中西兼通古今的大學者，雖然在長、短篇小說與小品文三方面的創作均有成就，但產量太少，還不能就和沈、張相比。

三人之為傑出小說家，現在回顧文學史，有一點是相同的：既不是左派肯定的「進步」作家，也非新派批評家標榜的「前衛」作家，既無意識形態的斧頭要磨，也無現代主義的實驗要做。艾略特與葉慈也是如此：艾略特早年曾經銳意「前衛」，並得龐德指點，葉慈也從龐德領悟詩藝，但後來他們都回歸秩序與傳統，「在穩定中求進步」，被激進作家視為「保守」，甚至「反動」。

回顧一生，如果要為自己定位，勉強可以說我有三分之二是作家，三分之一是學者，迄今我出版過的詩集與散文集，有三十三本，當然應該列在作家名下。至於評論集與翻譯專書，也已有二十本，則可列在學者名下。譯者是沒有創作的作家，不寫論文的學者，但對文學的貢獻也很重要。如果譯書前有高明的序言，後有踏實的註釋，那就更像學者了。如果我是政大校長，而玄奘與鳩摩羅什竟來求職，同時來申請的還有幾個不大不小的作家，我會毫不猶豫先聘譯學大師。今天在場的彭鏡禧和單德興兩位學者，就是這樣傑出的翻譯家。我在香港有一位詩人朋友黃國彬，為了翻譯但丁的三部《神曲》，足足花了二十年的苦功，而且加上前序後註，做盡了學者的本分。

頗有一些評論家，對我經營幾種文體，竟然各有收穫，表示讚許。其實古人多見詩文雙絕，蘇東坡更擅書畫，而這一切都是在案牘勞形之餘所完成。西湖的遊客，誰不羨蘇堤、白堤呢？白居易也是一生做官。更不用說歐陽修了，做官則入贊中樞，出牧州郡，修史則兼顧唐書與五代，寫作則兼擅古文與詩詞。這樣的功業豈是我們所能奢望？當代做官的人很少能寫文章，而作家與學者最好也別去做官。

早上我接受名譽博士學位，曾說「行百里者半九十」，希望還有十年的機會，能夠認真寫作詩文，經營評論與翻譯。可是別人會說，你都已經八十歲了，還不交功課嗎？對呀，我早該交作業了，早該把詩交給杜甫打分數，把散文交給韓愈看是否及格，把評論交給劉勰，把翻譯交給玄奘。聽說這四個人開過一次會，玄奘說他譯的是梵文，又不是英文，韓愈皺眉說：「他老提什麼繆思，究竟是什麼意思？」大家都覺得很煩惱，後來聽人說政大文學院正要開一個這樣的研討會，如釋重負，就決定讓研討會的眾多傑出學者來代勞了。希望這個會還值得一開，謝謝大家。

——二〇〇八年五月二十四日

心猿意馬：意識亂流

所謂傳後，最簡單的考驗就是作家能否「留言」。一位作家一生究竟出過多少書，百年後並不重要，只要有一句話令人不忘，也就算不虛此行了。

王爾德說一個人一生最長的羅曼史就是自戀：一語道破人性，勝過佛洛依德的鉅著浩繁。所以在企鵝版的《國際名言詞庫》裡，佛洛依德的名言只選了十八句，而王爾德的咳金吐玉卻超過七十五則，多得《詞庫》在他的名下放棄詳列引文的頁碼，而與蒙田、歌德、愛默森、蕭伯納、莎士比亞等量齊觀。

當代的名家這麼多，有多少讀者背得出他一則警句呢？

臺灣每年出書，動輒數萬，其實有一本書早應該出，就是當代作家或名流的妙語警句集錦，不但便於一般作者引述印證，而且銷路必然可觀。出版界不妨動動腦筋。

平時寫文章，不免要講究命題、結構。其實即興下筆，一任意識亂流，自由聯想，妙思最多，也更自然。以下且容我心猿意馬，任筆所之。

1. 辜鴻銘學貫中西，乃民初保守派之怪才，在馬來出生，去歐洲留學，娶日本太太，並任職北洋政府。他的自述只有十二字：「生南洋，學西洋，婚東洋，仕北洋。」比我自述的「大陸是母親；臺灣是妻子，香港是情人，歐洲是外遇」更像短訊。

2. 梵谷一生潦倒，沒沒無聞，死後卻名滿天下，富可敵國。這反諷的落差令人不勝感慨，所以我在演講時曾說：「他的畫，生前沒人看得起，死後沒人買得起。」這句話，王爾德也會羨慕吧？

3. 我也調侃過王爾德的。在我中譯本的《不可兒戲》後記中，我曾摹擬他的口吻對譯者的我說：So you have presented me in a new version of Sinicism? It never occurred to me I could be made so Sinical. 王爾德好用雙關語，我也用以還治其人。Sinicism 意為「中國風味」但與 cynicism（憤世嫉俗）完全同音。料這位唯美才子也未必能針鋒相對回我嘴吧？

4. 四披頭的領袖藍儂也有王爾德的繡口。一九六三年末，四披頭參加御前的慈善綜藝表演，在演唱〈扭又叫〉一曲之前，藍儂上臺對著麥克風說：「最後的一曲要請大家幫忙。廉價座位的聽眾請鼓掌好嗎？其他的人不妨搖響你們的珠寶。」（Will the people in the cheaper seats clap your hands? And the rest of you, if you'll just rattle your jewelry.）當時皇太后與瑪格麗特公主也在場，引起哄堂大笑。

5. 一九七〇年耶誕，葉珊和鍾玲都去丹佛參加「現代語文協會」的年會，晚上三人共燭聊天。我和葉珊笑論詩友作品的風格，說紀弦所使乃「佯狂計」，洛夫是「苦肉計」，某女詩人是「美人計」，某難懂詩人是「空城計」。鍾玲聽得笑聲格格。現在回想，不妨再加「借箭計」（瘂弦）、「托缽計」（周夢蝶）。這些當然純屬無厘頭，如果有人挖苦我，說我復古求新是借屍還魂，所以是「還魂計」，我也會一笑受之。不過此計又像在說夢蝶。

6. 近年書市雖然不振，文藝活動卻層出不窮，演講、評審、慶生、訪問、座談、寫序、同意書、研討會等等，總之不讓你潛心讀書，從容寫作。所以四分之三的時間我都在做「余光中的祕書」，只剩下四分之一勉強做自己。

7. 近十多年來在兩岸三地我又出了許多書，迄今共達近八十種，不但親自末校，而且得提供各種資料，包括照片、年表、新序等等。書出之後，不但「無地自容」，家裡和校裡都再難「安插」，而且又要包裝寄贈文友，不勝其煩。結論是：「我就像一個古老的帝國，終將被眾多的殖民地拖垮。」

8. 年輕時得獎，應該和老頭子一同得，表示你已成名。年老時得獎，應該和年輕人一同得，表示你未落伍。至於中年人，中年人不會得獎，因為多已江郎才盡。

9. 記者說：「有人又在電視上罵你了。」我說：「是嗎？太感動了。這麼多年了，還沒有忘記我，可見我的世界已沒有他，而他的世界不能沒有我。」

10. You may wish me well,/Or you may wish me ill,/But, for God's sake,/Don't take me for a fool!

11. 歐陽修有一首七絕，題為〈再至汝陰〉，雖不很有名，卻巧具匠心；每一句起頭都是顏色。詩曰：「黃栗留鳴桑葚美，紫櫻桃熟麥風涼。朱輪昔愧無遺愛，白首重來似故鄉。」黃栗留即黃鶯。朱輪一句是自謙沒能留下政績。四句形成兩聯，合成天衣無縫。

12. 顏色可以成為短詩的結構，數字也可以。張祜的〈何滿子〉四句就以數字支架：「故國三千里，深宮二十年。一聲何滿子，雙淚落君前。」柳宗元的〈江雪〉四句更以數字領頭：「千山鳥飛絕，萬徑人蹤滅。孤舟簑笠翁，獨釣寒江雪。」千、萬乃數字之至大，孤、獨乃數字之至小，更相對成趣。詩要有趣，必具機心。就連短訊，麻雀雖小，也得五臟俱全。

13. 古詩之妙，往往在善用地名。李白〈峨眉山月歌〉：「峨眉山月半輪秋，影入平羌江水流。夜發清溪向三峽，思君不見下渝州。」四句詩中連用五個地名，卻妙接天然，不嫌其多。

14. 絕句以短為貴，但是有趣的是，只要安排巧妙，在那麼有限的空間，仍然能重複取勝。例如李白的〈靜夜思〉：「床前明月光，疑是地上霜。舉頭望明月，低頭思故鄉。」二十個字裡，「明月」與「頭」各重複一次。元稹的〈行宮〉：「寥落古行宮，宮花寂寞紅。白頭宮女在，閒坐說玄宗。」「宮」字出現三次。其實「寥落」和「寂寞」也是意重。李商隱的〈夜雨寄北〉：「君問歸期未有期，巴山夜雨漲秋池。何當共剪西窗燭，卻話巴山夜雨時？」其中「巴山夜雨」和「期」皆重，也就是二十八字中重了十字。妙在「巴山夜雨」第一次出現，是當下即景，第二次出現卻已是回憶了。莫小看了這七言絕句，比現代電影的蒙太奇竟早了十一個世紀。

15. 我自己也寫過不少迷你小品。三十多年前，柯達公司推出一份精美的月曆，請我逐月為照片題詩，有這麼三首，加起來還不滿七十個字。

水

水是一面害羞的鏡子
別逗她笑
一笑，不停止

海峽

早春的海峽
那麼大的一塊藍玻璃

風吹皺

秋暮

黃昏黃昏你慢慢地燒
落日落日你慢慢地沉
天高高
地冷冷
雁在中間叫一聲

——二〇〇九年七月一日

句短味長說幽默

有不少聰明人認為辭典是拿來查的，不是拿來讀的。此言未必盡然。辭典當然是拿來查的，但是查辭典畢竟跟查火車表、電話簿不一樣，不是一瞥之後就可以放開，因為本來並不想查的字會紛然雜陳，閃進眼界裡來，不知不覺你就會一路掃視下去。字是靜的，句卻是動的，那許多例句都是語言活生生的樣品。普通人和天才都查辭典，只是普通人是為了確定常態，以便守法，而天才是為了尋找常態之外如何變法，如何變通。

英文越好的人，讀辭典越有趣味。而諸多辭典之中，最有趣味的該是諺語、格言、警句、名句的辭典。這一類書英文裡很多，編得也很好，索引更是條列分明，非常方便。至於被引的作家、名人，只要看他們名下的頁碼多寡，便可知他們的錦心繡口有多流傳。照例培根、蒙田、愛默森、歌德、尼采、叔本華、蕭伯納、王爾德等名家項下，被引率最高。他們一開繡口，全世界都側耳傾聽。也有一些例外，像夏沙（Malcolm de Chazal）、杜克維耶（Alex de Tocqueville）、桑塔耶納（George Santayana）等人，在奧登與柯能伯格（Louis Kronenberger）合編的《費伯警句辭典》（*The Faber Book of Aphorisms*）之中頻頻被引，但到了葛若斯編的《牛津警句辭典》裡，不是缺席，便是少人問津。足見品味一事，難有定論。

作家與哲人的著作等身，難以遍覽，就算是挑剩經典的代表作，也非一般人所能精讀。但時間另有折衷的安排，那就是其中的名言警句，不但當時流行，而且後世傳誦，歷久不衰，成了成語、格言。而無論是格言或成語，都必然是短小精悍，言近指遠，言簡意賅，發人深省，耐人尋味。帶這麼一部豐富而雋永的名言辭典去旅行，無論在車上、船上、機上，每讀一則輒能令人深思熟味，像心靈在嚼口香糖，甚至含了一枚橄欖。

其實這一句句的名言妙語。隔著茫茫的時空，正是古來偉人奇士發給我們的簡訊。

去年簡訊徵文的得獎之作似乎情勝於理，偏於抒情。其實過於抒情便成了濫情。在情與理之間，應該還有個平衡點，便是趣。這趣，該是靜觀自得的妙悟、妙趣，與現實人生保持適度美感距離的一點諧趣，亦即幽默感。這種妙悟，傾向感性的可稱情趣，而接近知性的可稱理趣。放眼現代作家，梁實秋、潘琦君、張曉風似乎較富情趣；錢鍾書、吳魯芹、王鼎鈞似乎較富理趣，林語堂、董橋則遊於其間。不過情趣與理趣也往往交流，難於抽刀斷水。

理趣的佳例很多，其中常有普遍的真理，故具哲意。情趣的佳例則常見生動的描述，故具詩意。例如威爾斯之言：「言詞尖刻是幽默生病」（Cynicism is humor in ill health.）該是理趣。巴特勒（Samuel Butler, 1835-1902）之言：「如果巴哈只是蠕動，則華格納就是打滾了」（If Bach wriggles, Wagner writhes.）就是十分的情趣了。同樣地，英諺所謂「幽默乃浪漫之死敵，正如解釋乃幽默之敗筆」（As humor is deadly to romance, so is explanation to humor.）意為人有幽默就不會濫情，而笑話出口無人領會，竟需一再解釋，就等於自討沒趣了。這句話大有道理，但無關生動，所以屬於理趣。相反地，斯威夫特之言：「老人和彗星受人崇敬，出於同理：都有長鬍子，而且自命能預見世變」（Old men and comets have been reverenced for the same reason: their long beards and pretenses to foretell events.），因為形象生動，應該歸於情趣。以下再舉數例，讓看官們自行歸納吧。

1. 一部藝術史，無非復興史。（The history of art is the history of revivals. ——Samuel Butler）

2. 幽默乃紊亂之情緒，在心平氣和時追憶而得。（Humor is emotional chaos remembered in tranquility——James Thurber）

3. 強盜要不到錢就要你命，女人呢兩樣都要。（Brigands demand money or your life, whereas women require both.——Samuel Butler）

4. 我的語言是人人都可招的娼妓，必須把她還原成處女。（My language is a universal whore whom I have to make into a virgin. ——Karl Kraus）

5. 我喜歡乾幽默。卓別林太淋漓了。（I like humor dry. Charles's splashes. ——C. P. Snow）

6. 那女人會說十八種語言，可是不會用任何一種說「不」。（That woman speaks eighteen languages, and can't say No in any of them. ——Dorothy Parker）

英國作家麥格瑞吉（Malcolm Muggeridge）曾說：「幽默幾乎是英國人唯一認真的東西。」這句話本身就是矛盾的調和。英國小品文最講究的就是 wit。此字含義頗廣，可以解為一般的聰明才智，也可解為風趣、幽默、急智，更可引申為三寸不爛之舌，妙思無窮之筆，亦可逕指才子雅人。從培根到約翰生到王爾德，英國作家的脣槍舌劍，鬥智逞能，大半都在搏得 wit 一字。在伊麗莎白時代與浪漫時代之間，文壇的主流幾乎盡在於此。但是要能享受英式幽默，英文的修養必須夠高，因為不少妙趣乃是成語或名言轉化而來，所以如果不知所本何自，只看字面，就領略不到那種累積或衍生的機心。在這方面，現代美國才女作家，詩文兼擅的派克女士（Dorothy Parker, 1893-1967）能提供不少佳例：

You can't teach an old dogma new trick. 這句話可譯成「老教條學不會新招」，但是其妙處來自古諺：You can't teach an old dog new tricks.（老狗學不會新把戲）Dog 長尾巴變成 dogma，簡直妙不可譯。

Salary is no object. I only want to keep body and soul apart.

可以譯成「薪水不在乎。只求靈肉相安」或者「……只求靈肉不混」，「……只求靈肉分明」。意思是不要窮得苦了肉體，拖累了靈魂。原來的成語是 keep body and soul together（靈肉合一，也就是勉維溫飽）。

One drink more and I'd have been under the host.

事緣派克女士參加雞尾酒會，人家問她其樂何如，她說「再喝一杯我就會滑到男主人下面去了。」原來 under the table（滑到桌下）是喝得爛醉之意。把 table 換成 host，不但更醉，而且可能「亂性」了，由女人說來，加倍敏感。不過派克女士最有名的雙行小詩卻是：

Men seldom make passes
At girls who wear glasses.

錢鍾書在《圍城》也曾引用。兩行寫得流暢而又自然，可以譯成「男人不常來勾搭／戴了眼鏡的女娃」，或是「女孩子戴了眼鏡，／少有男人來調情」。下面的七絕〈履歷〉（Resume）也是她的名作：

Guns aren't lawful:
Nooses give:
Gas smells awful:
You might as well live.

顯然，這是在調侃要尋短見的人，俏皮之中含了悲哀無奈。可以譯成：

用槍只怕是犯法，
上吊擔心會鬆掉，
瓦斯聞起來可怕；
你還是活下去好。

簡潔、風趣、武斷，該是妙語警句的要求。所謂「武斷」，就是乾脆，不得拖泥帶水，一再修正；也是呼應「簡潔」。諺語格言，必須一口咬定，一錘定音。人必自信，而後人信之：哲人、先知、革命家，莫不如此。簡訊的高手們，不妨一試。

——二〇〇八年五月十五日

長未必大，短未必淺

孟德斯鳩曾說：「演說家深度不足，每用長度來補償。」這就苦了無辜的聽眾了。其實以短取勝，並不限於演講，更包括不少需要急智的場合，例如答問、題詞、解嘲、說笑話等等。近年去大陸訪問，往往被迫當眾題詞，而遊罷名勝古蹟，亭臺樓閣之間，也每每要面對文房四寶，騎虎之勢，不得不當眾揮毫。因此登臨的快意不免掃興。事前固然可以稍做準備，不過常常不合現場的真相，倒是臨時即興，卻每得佳句。這可能就是所謂「厚積薄發」吧。

最輕鬆的一次，是在閩侯的「冰心紀念館」。我題了四個字：「如在玉壺」。觀眾不料題詞這麼短，但很快就悟出是取自王昌齡的「一片冰心在玉壺」，乃報以由衷的掌聲。

常德在沅江的堤岸上設有詩牆，上刻古今名詩，長達三點七公里。洛夫、鄭愁予和我的作品亦在其列。主人索題，我大書「詩國長城」四字，意猶未盡，又添了兩句副題：

「外抗洪水，內御時光」。觀者再度鼓掌。

桂林東北有靈渠，秦始皇為進攻百越而下令開鑿，既便舟楫，又興水利，乃有湘漓同源之說。我討巧題了一句「一點靈犀通靈渠」。近日遊客回臺，告訴我還見到這題字。

成都的武侯祠，我是這樣題的：「魏王無廟，武侯有祠，涕泣一表，香火萬世。」近日報載：曹操還是有廟的，可是遭人盜墓，顯得凌亂，枉自算盡機關。

今年端午，秭歸邀我參加祭弔屈原的盛典。蕭蕭、游喚、陳憲仁及明德大學的汪大永校長、羅文玲院長也參加了文化論壇。我在典禮上朗誦了為這場合新寫的第七首頌屈之詩：〈秭歸祭屈原〉，詩長八十六行，六分鐘才誦畢。事後又去宜昌的三峽大學演講。校方安排我和流沙河、李元洛參觀博物館的古文物。流沙河題：「楚人失之，楚人得之。」我用其意而稍加曲折，題為「楚人失之者，湖北人得之」，把大家逗笑了。

大陸許多報刊訪問過我，當然也向我索題。題得太多，大半都已忘記。印象較深的是為河南《尋根》雙月刊所題：「根索水而入土，葉追日而上天。」今年端午，為《三峽商報》題的是：「商道唯誠，報導唯真。」「報導」當然也暗喻「報道」。為武漢的《楚天都市報》，我的題詞是：「願漢水長流，楚天更闊。」

不少景點的主管索題，我往往就寫：「最美麗的轄區，最風雅的責任。」這兩句話簡直可以通行天下。至於為觀眾簽名，如有堅持索討題句，近年我常寫的是這樣的美學：

「曲高未必和寡，深入何妨淺出。」有時偷懶，就題：「文以會友，詩以結緣。」較長的題句也包括：「唯你的視線無限，能超越地平線的有限。」如果寫信給高中生，就會有這樣的句子：「中學乃學問之上游，上游清則下游暢。」近日朋友的女兒考取藝術大學，朋友要我贈句勉勵。我欣然題下：「以身許美，從藝而終。」

我在中山大學已有二十五年，為學校題句無數，馬克杯上、骨瓷杯上、磨砂杯上、鉛筆上、運動衫上、傘上，甚至薪俸通知單上，都有我的題句。骨瓷杯上那首〈西灣黃昏〉已經收入詩集《高樓對海》。磨砂杯上，從左到右有兩句連環成詩：「這世界待你向前推動，像杯子旋轉在你掌中。」詩讀完了，杯子也在你掌中轉了一圈，不無創意吧？二十周年校慶正值二〇〇〇年，運動衫上乃有我題的：「二十歲的活力，兩千年的新機。」傘上題的小詩必定會逗路人一笑，全是短句：「撐傘，是出發／收傘，是到家／帶傘，是先見／掉傘，是常情／借傘，是藉口／還傘，是有心／共傘，跟誰呢？／當心，是緣分！」

我文章裡的一句話：「藍墨水的上游是汨羅江」，湖南人常常引用，二〇〇五年端午汨羅市的街上，到處有紅底白字的跨街布條，用這句話向屈原致敬。

星雲大師展出他有名的「一筆書法」。我以一聯相贈：「一筆貫日月，八方懸星雲。」于右任一百三十冥誕紀念，陸炳文囑我題句，我報以「遺墨淋漓長在壁，美髯倜儻猶當風」。泉州新建「閩臺緣博物館」，展出我的〈鄉愁〉一詩，並向我索題。我報以

「香火長傳媽祖廟，風波不阻閩臺緣」。

現實生活有時候激發了靈感，不待紙筆，就口占了出來。一九九四年和高天恩、歐茵西、隱地等去布拉格，會後沿街選購水晶精品，興致越來越 high，但也有人這件嫌貴，那件嫌重，沉吟不決。我隨口編了一首勸購歌鼓舞士氣，歌曰：

昨天太窮
後天太老
今天不買
明天懊惱

同伴傳誦之餘，也就不管慳囊之輕，行李之重，盡興買下去了。

有時候成語活用或是改編，也頗有趣。這種因舊生新，化凡為巧的戲擬體，也不失為鍛鍊想像。例如講學歸來，平添了許多贈書與厚禮，說是「滿載而歸」，其實行李超重，打包不易，應該叫作「積重難返」。又如「朝秦暮楚」，不必專指反覆無常了，也可以移來形容空姐吧。若嫌秦楚格局太小，不妨改用「歐風美雨」。依此類推，「杞人憂天」也不必是負面之詞，反而有正面的環保先見了。美國前副總統高爾不正是今之杞人嗎？他如

「近墨者黑」一詞，常令我聯想到貓王普雷斯利演唱時的肢體語言，是來自從小習於黑人的藍調，尤其是學恰克‧貝瑞的「抖膝功」。「麥克雄風」則是我將麥克風扭曲得來。許多人演講，不懂如何對待麥克風，一味湊近去猛吼，還自以為雄風震耳呢。

我自己的文章裡，不時也有一些片段，可以獨立於上下文之外，有自己的生命。這些句子都不超過七十個字，合於「短訊」的規格。例如：「光，像棋中之車，只能直走；聲，卻像棋中之炮，可以飛越障礙而來。我們注定了要飽受噪音的迫害。」又如：「善言，能贏得觀眾。善聽，才贏得朋友。」

——二〇一〇年六月

翻案文章，逆向思維——回顧四年來的 myfone 簡訊文學

回顧四年來「myfone 行動創作獎」的簡訊文學得獎作品，當會發現，大概有一半是扣緊了手機短訊的科技功能，並且反映了臺灣當代社會的人際關係，而另一半則表現了不凡的文采與普遍的哲理，除了迷你的篇幅之外，和一般的文學創作其實差異不大。這樣的結果實在也很自然，並無多少偏差。myfone 既是十分流行的當紅傳媒，自然要投用戶，尤其是年輕一代之所好。但在另一方面，它又是影響廣闊的傳達方式，也不妨，甚至應該，提升年輕一代的語文程度，提醒他們文字的修養乃是文化的載體，不可任其無視規範，而自命是在創造火星文體。我深感，四年來此獎對文化界的影響，是相當正面的。

前面我分析出來的前一半得獎作品，例如「我不在你心裡，我在你家樓下」；「把自己放在前面，僅是『總統好』；把自己放在後面才是『好總統』！您要做哪一種？」；又例如「請問，妳願意把『我』加值成『我們』嗎？」；還有「老公：我們之間出現第三

者。兩個月了。」這些都說不上有多少文采或哲意，但是都有簡訊的急迫性和臨場感，很能扣緊當下的臺灣社會。而前析的另一半得獎作品，則比較具有普世價值，能贏得其他社會的共鳴，同時由於文采不凡，句法耐人尋味，也具有文學風格。例如「君子之交淡如水，小人之交濃似酒，而摻了水的酒，就是朋友」；例如「右手掌握現實，左手醞釀想像，擊掌吧！」；例如「你（母親）揹著我上山，我扶著你下山。」又例如「蟬叫、蛙鳴、露滴嚴重缺貨，已被建商的廣告搜購一空。」這些都是我認為很有文化和倫理的上品，才情不夠的人寫不出來。

*

這一屆我想對參賽者建議：古人的智慧、民族的經驗，一代代傳到我們的面前，早已濃縮為短小精悍的簡訊。每個民族的成語與格言，正是文化上最寶貴的遺產，而且是現學現用的現金，絕非博物館中櫃封的文物。且容我從英文及中文的成語中舉些例子來說明，並提醒參賽者不妨運用逆向思維來寫翻案文章。

其一：Nothing venture, nothing gain. 直譯是「沒有風險，何來成功。」意譯相當於「不入虎穴，焉得虎子。」但也有人逆向推理，加以解構，成了 Nothing ventured, nothing lost，也就是「不冒風險，必無所失。」

其二：The early bird catches the worm，意為「早起的鳥兒有蟲吃。」其翻案文章為 but it's the second mouse that gets the cheese，「第二隻老鼠才吃到起司。」前一句強調要勤快，後一句加以修正，強調要謹慎。

其三：There is nothing new under the sun. 陽光之下無新事，中國人也會說了。但是反過來說，難道月光之下也一樣無聊嗎？為何不能說 There is nothing true under the moon，或者 All things look new under the moon？

其四：Man proposes, God disposes. 相當於中文的「謀事在人，成事在天。」我有一文推崇畢卡索（Pablo Picasso），副題卻是 God proposes, Pablo disposes. 意為「造化再大，得聽畢卡索的話。」

其五：王爾德的名言：I can resist anything but temptation. 意為「什麼我都能拒絕，除了誘惑。」這真是賴皮胡扯，令人撲一個空。他又如此損蕭伯納說：Shaw has no enemies, but all his friends don't like him. 這真是先讚後貶，令人防不勝防，正在得意，忽告中箭。

其六：If the sky falls we shall catch larks. 就算天塌下來，也有雲雀可捕。意思近於「塞翁失馬，焉知非福。」憂天的杞人聽到，會釋然而笑嗎？此語實在有點「無厘頭」，但是想得有多美啊！

其七：The good is the enemy of the best. 意思近乎「夠好，是完美的死對頭。」因為太容易滿足，就不會立志追求止於至善。倒過來說，法國的文豪伏爾泰卻強調 The best is the enemy of the good. 意即「至善者，善之敵也。」因為凡事追求盡善盡美，就不甘心接受普通的夠好。其實伏爾泰之言也可解為「徒具野心卻無毅力，則連次善也修不成。」

其八：Fire is a good servant but a bad master. 可譯「火雖健僕，卻是惡主。」說得更清楚，該是「火若聽話最有用，但火勢失控則成大禍。」中文的成語「水能載舟，亦能覆舟」，正是此意。

其九：吃得苦中苦，方為人上人。這是激勵人要上進，但是未免太苦了吧，何苦呢？倒過來不也言之成理麼？「不做人上人，免吃苦中苦。」我常覺得，孫悟空太辛苦了，倒便宜了唐僧，不如豬八戒那麼較近人情，也較富人性。

其十：病從口入，禍從口出。真是會勸人凡事要謹慎。我卻想到，果真如此，則赴宴的人太危險了，一面吃得太多，容易生病，一面說得太多，言多必失，真是險上加險啊。我總覺得酒宴席上，一張嘴又要狼吞虎嚥，又要笑語聯歡，就像進出口的碼頭，簡直是忙壞了。倒不如學學夫子的「食不言，寢不語」。

——二〇一一年六月十三日

與杜十三郎商略黃昏雨

自古作家最怕的一句咒語，就是「江郎才盡」。此事說來神祕：相傳是郭璞托夢給江淹，對他說：「我有筆在卿處多年矣，可以見還。」江淹探手入懷，果然得五色筆，就還給了郭璞，但從此不復能詩。其實哪有這麼簡單。作家才盡，不出二途：一是對生命不再敏感，所以題材枯竭；一是對語言不再敏感，所以風格僵硬。兩者有一，就成才盡。兩者並現，就沒救了。

可是杜郎十三比較幸運：迄今他一直左右逢源，活水不斷。有人守株待兔，等不到兔，因為聰明的兔總有三窟。我們讚人多才，說他「有兩把刷子」。學院的術語叫作「跨領域」，大概是來自 interdisciplinary 吧。陳之藩、張系國都各跨一腳在電子科學。杜十三則像林泠、吳望堯、白靈，讀的專業是化學。常見的現象是：混血種有奇異的綜合之美，而合金的功用遠大於純金屬。我常幻想，如果自己能懂一門科學，當能寫出更好的作品。

我當然也可稱「跨領域」，不過所跨的還是人文、藝術的領域，只算「敦親睦鄰」。

杜十三像孫悟空，也像希臘神話的 Proteus 一樣，十分善變。他的領域包括詩、散文、小說、戲劇、繪畫、歌曲、設計、造型藝術等等，而發表的方式則兼及出版、展覽、演出、企畫；在臺灣的文藝界，他認真創作，積極推展跨領域活動，並且調和當代科技和社會關懷，在古典的背景上引導同儕和受眾向未來世界前進，可謂中堅分子。與蔣勳、白靈、鴻鴻等並駕齊驅，杜十三恨不得把一輩子化成好幾輩子來用，又要創作，又要啟蒙，又要合縱連橫，簡直要成為當代具體而微的「文藝復興通人」。他是相對於周夢蝶的另一極端，令人想起現代主義的龐德。

這麼不遺餘力的千面人、九命貓，今年竟然也到了耳順的六十歲了。《杜十三主義》體系龐大，野心勃勃，該是他慶生的自放煙火。書裡所收的文章，篇幅有長有短，分量或重或輕，有的是概論，有的是雜文，顯得不太平衡。第四部是作者訪問各行的名家，第五部是九位作家與學者對杜十三的論評。前三部通論從文化到藝術與文學的跨領域現象，但各篇之間分量之輕重相當懸殊。大致而言，杜十三的立論有文學史的回顧與現代科技的前瞻，有意在精神文化與器用文明之間尋求互動與調和。他把詩藝的演變分成「口唱階段」、「筆墨階段」、「印刷文字階段」、「後期印刷術階段」四步，並且順著麥克魯亨的說法：「媒體即信息」（The medium is the message），預感文字（即杜十三所說的「筆墨」）不但會被媒體放逐靠邊，甚至恐怕會被取代。這也是隱地和我和許多「有心人」共同的憂慮。

許多「讀書人」都已變成「有機人」、「開機人」，甚至「機奴」了。許多讀者都已變成了觀眾、聽眾。杜十三幾乎以布道者的赤忱，千方百計要用新科技與多元媒體來誘引，來召回走失的讀者，當然有其功效。臺北的公車上展出詩句，要把文學生活化、現場化。近日杜十三向詩人徵集名句，遍列在文化大學的校園。高雄中山大學附中也在校園裡設立了「余光中詩園」。這些都值得做，也各有不同的效果。

但是文字在當代社會的角色，仍是十分重要的。總統把一句並不淺顯的成語，「罄竹難書」用錯了，舉國為之譁然。教育部長跳出來護駕，也「駟馬難追」，共陷窘境。三年來臺灣大哥大舉辦手機短訊創作比賽，對文字的精鍊也不無提倡之功。其實要恢復詩教，不但可以乞援於科技媒體，也應該在教育制度，包括課程與課本，甚至國文教師的進修與教課方式上，注意調整。臺北縣政府近年聘我為語文課程總顧問，在我的建議下，曾編出一套國中小學的韻文教材，免費供給四十萬學童。

科技雖然無所不在，無遠弗屆，但是人本的精神仍有其馳騁的空間。近年我在各地演講，尤其是在大陸，最後常朗誦現代詩。〈民歌〉一首特別成功，因為語言透明，段落清楚，疊句不少。我先念一遍，到第二遍時就請聽眾合誦。例如第一段：

傳說北方有一首民歌
只有黃河的肺活量能歌唱
從青海到黃海
　風　也聽見
　沙　也聽見

我獨誦到「風」，數百聽眾就齊聲應以「也聽見」，再誦到「沙」，又應我「也聽見」。臺上臺下立刻共鳴，近於民歌手的演唱會。去年臺東大學把我的〈臺東〉一詩，用我的手稿放大，展示在校園牆上。揭幕時要我自誦一遍，我要求學生和我合誦。例如前兩段：

城比臺北是矮一點
天比臺北卻高得多
燈比臺北是淡一點
星比臺北卻亮得多

我只誦第一行「城比臺北是矮一點」，第二行「天比臺北卻高得多」則由臺東人來朗誦，好像是他們自豪的答覆。這麼一來，臺上臺下就密切呼應，合成一體。所以最理想的詩教，應該提供機會讓觀眾或聽眾也參加演出，化「受眾」為「施眾」。這種交流、互動倒不一定要借重科技，反而要靠詩人的魅力與隨機應變。先決條件是詩要雅俗共賞，受眾才會心悅誠服，充分配合。最近我為聽眾題字，就常題這兩行：

曲高未必和寡
深入何妨淺出

詩運不振，跟詩藝不精有關。過分晦澀玄虛的作品，對推展詩運其實是幫倒忙。這種詩可供學者去解謎破碼，成就研討會的論文，但是只能使困惑的讀者更加離心。因此不管杜十三主義鼓吹什麼，他的詩本身如果站不住，那就是買空賣空，白說了。他的詩我未及通讀，但《石頭悲傷而成為玉》裡我卻讀到不少佳篇。書名本身就是警句。杜十三的一些好詩，儘管超現實，卻和現實有徑可通，至少在意象上有跡可循，不像有些自命超現實之作，其實只能算自閉症。例如〈輪椅〉一首，左腳右腿的意象或許受了瘂弦的啟發，但加入輪椅的意象後，形象就更加生動、曲折，詩意也就轉深了。〈風〉把池上的漣漪吹成臉上的皺紋，也是一招絕妙的蒙太奇。〈橋〉的劇臺只有橋、岸、河三個道具，卻用匪夷所思的辨證演出一幕多生動的喜劇：

他把一句謊話吐在地上
變成一座橋
駕在兩岸之間
河水不相信
從橋底下走過

——二〇一〇年六月五日

追思許世旭

近日商禽去世，該是臺灣現代詩壇自覃子豪以來最大的折損。其間當然還有羊令野、大荒、梅新、林燿德等多位，損失不輕。不過史無前例，自周夢蝶以下，八十歲左右的老詩人，迄未放下詩筆而仍在發表的，還有好幾位。這種晚霞麗天的景色在大陸卻未出現。

商禽走後又傳來許世旭的噩耗，牽動我多年的回憶。我和他見面不過六、七次，私交不能算厚，但是每次交接，都感到他的誠懇篤厚，北國漢子的身上可掬儒家君子的文雅。只知道他雖然在師大國文系修博士，必須投入儒家的經典，另一方面卻與現代詩人，尤其是軍中的幾位，交往最密，甚至用中文寫起現代詩來。我在師大英語系任教多年，與國文系卻少來往，後來又去了美國與香港，所以難得和許先生見面。不料在二〇〇一年底忽然接到他來信，說正在翻譯我的——不是詩，而是散文。二〇〇二年底，果然就收到他從漢城（當時尚未改稱首爾）寄來的，由他編譯的中國現代散文選《黃河一掬》。

三天前因為韓國的李相冕教授從臺北來訪，我才在書災已久的書齋把這本書找出來請教來賓。李教授在韓國是法科大學法學部的教授，本學年在政大國際事務學院客座，八月底即將任滿回國。他也喜歡現代詩，並出示所寫兩首新作：其中一首〈山〉頗有意象派之趣。我便說：「交給我吧，由我推薦在臺灣發表。」陪他一同南下的東森電視製作人梁欣如小姐告訴我，李教授是馬英九總統的老友。我說：「怎麼會？」她說：「他們是哈佛大學博士班的同學。」李教授聽我說，我和家人剛從佛羅倫斯遊罷歸來，欣然相告，他也曾去過兩次。當時我和我存、佩珊、季珊正請臺北客人在左岸附近的一家義大利餐廳午餐。那餐館名叫 La Prosa, Osteria，菜牌也用義大利文。李相冕唸得流暢無誤。和他談起文藝復興的畫家，得知他也是同好。他翻閱許世旭編譯的《黃河一掬》，直說譯文頗佳。

這本中國現代散文選於二○○二年十月由韓國名家出版社推出，厚二八六頁，共收五四以來的散文二十三家，作者是魯迅、周作人、胡適、郭沫若、許地山、林語堂、徐志摩、郁達夫、朱自清、豐子愷、老舍、冰心、廢名、梁實秋、巴金、李廣田、謝冰瑩、蕭紅、何其芳、余光中、林非、余秋雨、賈平凹。我入選的兩篇是〈蒲公英的歲月〉和〈黃河一掬〉：後者就用來做書名，也許是要凸出中國的地理，譯者的苦心可見。但於我卻倍感榮幸。此書如果由我來選，作者的陣容至少會換掉四分之一：詳古略今之偏應加調整，臺灣的作者應該增加。不過，比起編選來，翻譯這許多風格不同的散文家，更是艱鉅。許世旭的編譯不但投入詩歌，還兼顧了散文：他在中韓文學交流的貢獻，實在值得我們永誌不忘。

——二〇一〇年九月八日

迎畢卡索特展

為慶祝畢卡索誕生一百三十周年，聯合報系即將在歷史博物館舉辦他的特展，其盛況當會比美一年前轟動臺灣文藝界的梵谷大展。

半世紀前我曾發表〈畢卡索——現代藝術的魔術師〉長文，介紹二十世紀最偉大的這位藝術家，並以 God proposes, Pablo disposes. 為副題。這句話套用的是西方的成語 Man proposes, God disposes.（相當於中文的「謀事在人，成事在天」。）我把它倒過來說，意為「謀事在天，成事在人」。人就是 Pablo，畢卡索之名：也就是說，造化當前，只等畢卡索來安排。好像這麼推崇還嫌不足，我在文章一開頭就更強調：「上帝第六天造人，第七天休息，第八天造畢卡索。」

畢卡索在現代藝壇是一位聚焦的人物，不但承先啟後，而且影響深遠。他是西班牙人，自然而然繼承了本土的傳統：華麗、凝重、悲沉，加上西歐藝術在十七、十八世紀那種神奇、怪誕、過分裝飾的巴洛克風。此外他更吸收了希臘羅馬的神話、非洲的原始藝術、北歐的哥德精神，以及文藝復興以降直到庫爾貝的自然主義。他轉益多師，左右逢源，更像一位眼明手巧的「神竊」，善於轉化古人的名作為自己的創新，先後將維拉司凱斯、戈耶、大衛、德拉庫瓦、馬內等各家的作品脫胎換骨，簡直像「用典」一樣。

另一方面，畢卡索對西方藝術的影響也十分深遠，尤其以畫面的結構為然。遠有塞尚用立體幾何的井然秩序來重整被莫內捕光捉影、只追求瞬間印象所解構了的自然，近有馬諦斯等野獸派那種耽於官能、放縱線條與色彩的失衡和反智，畢卡索與布拉克把視覺世界解構為分析的立體主義，然後又把殘山剩水重新組合，成了綜合的立體主義。這種新視覺令人聯想到中國水墨畫「造山運動」的各殊皴法，影響了整個歐洲藝壇：未來主義、純粹主義、構成主義、光譜主義，甚至抽象主義等等，都多少受其啟發。就連浪漫而神祕的夏卡爾，也向它習技。

畢卡索如此成功，首要當然出於自身的天賦與努力，但也有賴九十二歲的長壽。從小他就流露畫才；他父親也是畫家，早在他十三歲時就把畫筆交給了他，表示傳下了衣缽。他的夙慧顯現在早年的作品，雖然只是寫實，卻已很有把握，不下於羅特列克的少作。二十三歲那年他開始定居於巴黎，從此漸漸融入了巴黎畫派，終於成為藝壇的領袖。他的創作時間，從少年到耄耋，約為梵谷的七倍，所以畫風的變化歷經藍色時期、玫瑰時期、原始時期、立體主義時期、鉛筆畫像時期、古典時期、變形時期、表現主義時期、田園時期等等階段，不但多變，而且多產，作品當在兩萬件以上。

從六月十八日起在史博館開幕的「畢卡索特展」，雖然不見他的名作〈亞維農的姑娘〉、〈少女照鏡〉或〈格爾尼卡〉，但入展的六十二件中仍有〈扮丑角的保羅〉、〈持尖刀的女子〉、〈朵拉瑪爾畫像〉一類的精品，值得臺灣有幸的觀眾把握史無前例的良機去仔細欣賞，大飽眼福。

——二〇一一年六月三日

人本大師畢卡索

聯合報正在歷史博物館舉辦的畢卡索特展，吸引了唯美的千萬觀眾。許多評介的文章都說畢卡索是最偉大的現代畫家。這地位當然是眾所公認的，但是何以他最偉大，卻值得我們思索。何以這頭銜不獻給，譬如說：梵谷、塞尚、馬諦斯或者巴洛克呢？老實說，我對梵谷的喜愛勝過對畢卡索，但是藝術史認真的評價不能全憑個人的品味，還應落實於承先啟後，質量兼顧的各種條件。

畢卡索從小就敏於寫實，基本功十分厚實，羅特列克、戴嘉、庫爾貝、安格爾、艾爾·格瑞科、塞尚等等先後都啟發過他。他消化了塞尚的立體幾何觀念，與格瑞斯、布拉克先後開發了分析立體主義與綜合立體主義，在重整視覺世界的構圖上幾乎影響了後來所有的派別或主義，簡直把莫內「唯光是從」的解體世界重新組合，把直感的視覺提升到認知的程度。西方現代藝壇上，能像他這樣既集大成又開風氣的大師，更無他人。

畢卡索晚年回顧前人的名畫，常會化古為今，轉舊為新，創造出古今對照的妙品：例如德拉庫瓦的名畫〈阿爾及耳的婦人〉，他就會戲擬出十四幅不同風格的變奏；大衛的名畫〈賽賓婦人之被辱〉也被他戲筆調侃；至於他後期的〈韓戰之屠殺〉，那左右對立的肅殺布局顯然是取法戈耶。這一切近乎用典或變奏的技巧，說明畢卡索無施而不宜的「神竊」功力，有異於張大千能夠「亂真」的臨摹。

如果用西洋繪畫題材的三分法：「人物、靜物、風景」來評價畢卡索，則風景一項不免顯得稍欠。不是畢老不擅風景，而是他志不在此。西洋的風景往往是宗教、神話、歷史繪畫的背景，即使後來在透納或康斯太保的畫裡，也往往不離人世的活動。畢老的所謂風景畫，其實不是 landscape，只是 townscape，只算街景而已，例如〈魯瓦揚的咖啡館〉。

至於靜物，畢老的畫中卻是常見，在立體主義時期尤然。戶內的場景，尤其是桌上的杯、瓶、樂器、報紙、燭臺、頭像、菸斗等等，甚至加上一些剪貼，都可用幾何形體來處理。

但是最動人最多變的題材，卻是人像，從早期的貧民、小丑、藝人、友人到中期的碩婦和畫家身邊的少婦、少女、孩童，真是多采多姿，層出不窮。在這些人像上最能感受到畫家的深情。風格則從寫實到古典到變形，不一而足。其中最有貢獻的該是女面甚至女體的變形；其實不全是變形，而是俯仰轉側時並列的動態。一般繪畫是要用二度空間來虛擬三度空間，畢老卻要捕捉時間來呈現四度空間。他也擅於雕塑，恨不得把平面的畫變成立體，讓觀者得以「面面觀」。你如果能看出訣竅，就會看見一女子的側面，但一出神又覺得她回過臉來正對著你。

不止是這些世間女子，就連希臘的神仙、牛魔、馬鬼，甚至動物世界的鷹與梟、猴與羊、鴿、狗、雞與龍蝦，在畢卡索的筆下莫不生趣盎然，諧趣可掬。這一切有情的生命都繞著老畫家，不，老頑童的魔指旋轉。畢卡索，誠然是人本主義的大師。

——二〇一一年七月二十二日

畢卡索畫中的牛馬

畢卡索一生的產量極其豐富，但他的畫題絕少涉及基督教，卻多取材自更古老的信仰：希臘神話。他的名作之中，頗有一些在畫面上出現一種妖怪，其狀半人半獸，常令觀者駭其醜惡，很不舒服，卻又難認其來歷。畢卡索的畫面也常出現半人半羊（faun）或半人半馬（centaur）的異物，那是取材自希臘的田園傳統（the pastoral），其狀並不猙獰，有時還吹笛起舞，十分抒情可愛。

令人駭其凶惡的，是牛妖（Minotaur）。其來源頗為複雜，故事大要是：海神波賽登遣一牡牛上岸，明示邁諾斯（Minos）當為克里特島國王。邁諾斯未將該牛獻祭海神。海神不悅，乃使王后巴西緋戀上此牛，竟生下牛妖。邁諾斯遂命巧匠戴大勒斯在島上建一迷宮，囚住牛妖，並迫雅典定期貢獻童男童女各七人入其中以飼牛妖。其後雅典英雄西修斯（Theseus）得邁諾斯之女艾莉雅德尼之助，藉一線球得出迷宮，遂殺此牛妖。克里特島民更相信所謂聖牛，即是國王邁諾斯之化身。

牛之為物，除了希臘神話的集體潛意識之外，更有西班牙特色的「國鬥」，對畢卡索也有影響。鬥牛場上，牛當然難免一死，但長矛手助鬥士（picador）所騎的馬，往往也會被牴得肚破腸流，慘不忍睹。後來改進，才在馬背上加蓋厚達三吋的壓縮棉胎作為護障。

早在一九一七年，畢卡索就在巴塞隆納用鉛筆素描了一幅〈開肚出腸之馬〉，只見垂斃之馬前肢半跪，引頸向天哀嘶，可悲之至。一九三四年的油畫〈鬥牛〉，用立體派的幾何構圖，表現馬被牛牴，倒地仰嘶，眼神驚駭，張口露齒，也十分慘烈。

畢氏一生眾所公認的傑作是〈格爾尼卡〉（Guernica），掛在巴塞隆納的 Prada 美術館，一九八五年我曾坐地瞻仰很久。格爾尼卡是巴斯克一小鎮，一九三七年四月二十八日遭納粹戰機投擲夷燒彈，死去二千多人，舉世震驚。當年五月，畢氏就完成此一巨製，以示抗議。一四〇乘三一二公分的油畫，浩劫的場景上赫然出現垂斃之馬和猙獰的妖牛。其實前此數年他這妖牛主題已經營再三，到此，在悲憤的壓力下，他更加以重整而且聚焦。

一九三四年他素描的〈盲牛妖〉，示一牛頭人身的妖物左手摸索伸前，右手拄杖於後：畫面已有少女抱鴿，少男坐觀，漁父欲逃等狀。一九三五年蝕刻的〈鬥牛〉，篇幅雖然不大，構圖的成分至少有一半與〈格爾尼卡〉相似，也有破肚出腸的馬和持燈來照的少年，最特別的是馬背上跌下來的鬥牛士竟然是女性（一九五四年的〈女投槍手〉亦然）。

一九三六年的鋼筆畫〈妖牛搬家〉也有奇趣，因為妖牛用雙輪拖車辛苦搬運的，原來是眼神渙散，嘴歪齒斜，後蹄朝天，綁在架上的一匹死馬。一九三九年另一幅墨汁畫〈牛妖拖垂斃之馬〉，牛的蠻悍和馬的慘狀都醜極而美，高明之至。圖面不但又有蒙紗少女，更見山洞黑處伸出雙手，極富象徵。

這一切似乎預言的醞釀，到了一九三七年的納粹施暴的悲劇，終於爆發成傑作〈格爾尼卡〉。畫面緊湊，人獸交錯，黑白對比，將三小時半的轟炸壓縮在一個平面，聚焦在一個瞬間，像一場噩夢的高潮。垂斃之馬即將踣地；已倒的戰士一手握著斷劍，另一手已破裂，身首早已異處；妖牛面前，一母親抱著死嬰，仰對蒼天哭喊；有人自窗外探頭伸手，送來一盞燈；另有一女子倒在破門上，徒然向天高舉雙臂。用神話和寓言來訴說的藝術，已超越單一的歷史事件，直通永恆。比起畢卡索的傑作來，一切洩露直接的恨之表白，就算加上幾句髒話和咒語，也只能淪為漫畫，成了政治宣傳的消耗品吧。

——二〇一一年八月四日

從悲憫到博大

五四以來的新文學作家中，生活經驗遍歷中西兼跨海峽兩岸者，或許應該首推許地山了。他祖籍是福建龍溪，一八九三年生於臺南。次年甲午戰後，他的父母不甘留在臺灣受日本統治，舉家遷回福建。後來他去廣州讀書，並畢業於燕京大學。留學的經驗則包括美國的哥倫比亞大學和英國的牛津大學。回國後歷任燕京、北大、清華的教授。一九三五年他南下香港，任教於港大。一九四一年病逝於香港。

許地山筆名落花生，以散文、小說，及宗教等論著聞名。在新文學作家中不算顯赫，也很少捲入意識論戰，但其小說在人性與神性之間頗多探索，充溢著溫馨寬厚的悲憫；這在左翼作家的筆下倒是少見，令人聯想起沈從文來。夏志清在《中國現代小說史》中指出，許地山小說的藝術未必高超，但其中的悲憫卻真切動人。夏志清盛讚《玉官》為許地山的代表作，我則認為較短的《商人婦》同樣感人，並在中文大學授「現代文學」時指定為必讀之作。

現實主義的作品，尤其是鄉土文學，一定要強調階級對立甚至鬥爭嗎？我授「現代文學」時，既選了魯迅的《藥》與《肥皂》，也選了沈從文的《邊城》與《蕭蕭》。後面的兩篇都不夠「反封建」，簡直充滿「妥協性」。《邊城》太有名了，讀者已多。《蕭蕭》知者較少：非但沒有演成封建的悲劇，反而變為倫理的喜劇。故事是寫湘西的窮鄉，村姑蕭蕭和長工花狗相愛，有了一個私生子。照例未婚生子，蕭蕭之罪應該「沉潭」，但嬰兒實在可愛，族長們也都不忍心把年輕的母親處死。後來花狗逃走了，蕭蕭另嫁了人也生了小孩。故事結束，長大了的私生子竟領著新生兒在一起玩耍。

鄉土文學不一定要寫悲情，不寫鄉土的文學也不一定就是不愛鄉土：其顯例不一定限於文學。

端午節才過了不久，不妨舉屈原為例。屈原去國懷鄉，自沉汨羅。湖南人不因他所懷的是湖北的郢都而怪他不愛汨羅。二〇〇六年我應湖南衛視之請去汨羅參加祭典，並在屈原投江的現場領著六百童男童女，向汨羅兩岸龍舟大賽的三十萬觀眾，朗誦我新寫的〈汨羅江神〉。

蘇軾是中國文化史上最多才的詩人、詞家、文宗、書家、畫家。他的詩句已成為民族日常引用的成語：「雪泥鴻爪」、「不識廬山真面目」、「河東獅吼」、「但願人長久，千里共嬋娟」、「春江水暖鴨先知」、「青山一髮是中原」等等，引用率一直居高不下。可是他的名作，寫的幾乎全不是四川，而是赤壁、西湖、金山寺、澄邁驛……難道四川同鄉會要排斥他嗎？

梵谷也是一樣。他早年的傑作〈食薯人家〉（The Potato-Eaters）畫的是比利時礦工人家。後期的傑作畫的花，不是荷蘭的國花鬱金香，而是法國南部田裡的向日葵。他病得忙得來不及畫自己親愛的弟弟，和他身後為他奔走展畫終於使他成名的弟媳婦。

巴黎成為歐洲藝都，正是因為它「有容乃大」，不拒西班牙來的畢卡索，義大利來的莫地里安尼，俄國來的夏卡爾，美國來的惠斯勒和卡莎（Mary Cassat）。二次大戰時的紐約也是如此。

——二〇一一年六月二十七日

憶苦思甜？

二〇一一年有如汽車外側的一面後視鏡，海峽兩岸都忙於回顧歷史：臺灣忙於紀念辛亥百年，大陸則忙於建國六十年，建黨九十年。論規模與聲勢，大陸顯得風風火火，超過臺灣，不但大唱紅歌，大映紅劇，而且大觀紅景，即所謂「紅色旅遊」，參觀的熱點包括中共誕生地的上海石庫門住宅，和革命的搖籃井崗山。

歷史的陰魂不散，舊夢難安。今年一月，孔老夫子的銅像忽然矗立在天安門前，和孫中山、毛澤東像鼎立相望。我們正慶批孔正式結束，至聖先師終獲平反，不料一月未到，他又忽然失蹤，令人十分失望。北京近年在海外遍設孔子學院，但在北京市中心卻容不得聖人的本尊，實在令人不解，也可反證北京的文化政策，甚至意識形態，迄今尚未完全確定。

為慶建黨九十周年，大陸所拍影片多達二十多部，包括《錢學森》、《先驅者》、

《通道轉兵》、《湘江北去》、《少年鄧恩銘》等。其中中央電視臺正在熱播的《開天闢地》和上海所拍的電視專題《一九二一：點亮中國》，在規模和探討上都比較可觀，比較能避免官式的宣傳，不但尊重各行的專業，也多少有意客觀呈現歷史的真相。畢竟事隔多年，較能擺脫意氣用事，而且資訊越來越多也越方便，完全壟斷越不可能。六月底我去南京接受南京市「文化名人」的贈獎，其他得獎人之中竟然有一位是南京大學「中華民國史研究中心」主任張憲文，可見多年的意識形態已轉頭正視歷史的專業。

目前正在大陸各地放映的電影《建黨偉業》，六月底我已在南京的電影院看過。我走入戲院，告訴自己不要寄望太高，另一方面卻又直覺應該相當熱鬧，不致冷場。結果我的感受比預期的更好。

《建黨偉業》的時段，大約始於辛亥革命，而止於一九二一年七月中共首次全國代表大會在上海召開。長約兩小時半的影片，場景頻換，人物眾多，高潮起伏，時而慷慨激昂，時而私情低迴，節奏感頗強，絕少冷場。孫中山、袁世凱、張勳、蔡鍔、宋教仁、陳其美、胡適、陳獨秀、李大釗、毛澤東、周恩來、楊開慧等人物，都有相當戲份，演得生動可觀。連學界怪傑辜鴻銘也兩度成為銀幕的焦點，不但為自己的長辮解嘲，還反脣挖苦笑他的師生，說了一句：「我的辮子只拖在腦後，你們的辮子卻偷藏在心底！」國民黨人露面的，也有黃興、于右任、林森。現場還跳到蘇聯去，讓觀眾領教了列寧的亢奮。戲演到革命同志朗誦〈共產黨宣言〉並齊唱〈國際共產歌〉，就落幕了。以後的事牽涉太多敏感，也實在難演下去。

這部影片當然也有其缺點。首先，因為這是世紀巨片，名演員當然爭相入鏡，結果鏡頭所及，即連配角甚至課室中的莘莘學子，幾乎無不漂亮，予人的印象簡直一律金童玉女，連羅家倫也成了美少年。其次，戲中的對話都寫得流暢有趣，但是每個人都說得一口清脆的普通話。完全聽不到孫中山的粵音、毛澤東的湘談、陳獨秀的徽腔，語境未免太虛了。我們能想像一個沒有川調的鄧小平嗎？

至於戲份的分配，也有一些失實的偏頗。梁啟超似乎從未露面，其實他在討袁一役中份量不會弱於蔡鍔，令人懷疑是否有小鳳仙入戲會更浪漫，較有賣點。胡適出場好幾次，形象清新俊逸，令人高興：以前大陸批胡，用力恐僅次於批孔。胡適反對革命，主張改革以解決問題。大陸這六十年，始於革命，號稱「解放」，最後卻轉向「改革開放」，豈不反證胡適之有先見？戲中毛澤東立意要旁聽胡適的課，確為不落言詮之象徵。不過那一場五四大學生上街遊行示威的愛國運動，只提到羅家倫而不及於領軍的悍將傅斯年，反而再三凸出中共工運領袖如鄧中夏等，恐怕也失之偏頗，落於一黨之言了。

胡適在戲中俊逸出眾，毛澤東的形象也英爽動人，添上楊開慧的陪襯，簡直十分才子佳人，幾乎要令人原諒文革浩劫中獨主沉浮的主席了。七月十日香港《亞洲週刊》就指出：當年建黨轟轟烈烈，今日卻不容他人建黨，觀此片後，有人恐怕會得出一個結論，心想當年如此浪漫，豈不反證北洋政府似乎並不那麼反動？憶苦真能思甜嗎？然則憶甜豈不會思苦？

——二〇一一年七月十二日

環保分等

住在高雄迄今已整整二十六年，先是在中山大學的宿舍，十二年前搬來這河堤公園，定居在一棟紅磚大廈，名為左岸。賣屋的廣告慣於美化這一帶的環境，說什麼在堤上散步，會遇見詩人迎面走來。真是風雅得很啊。

這一帶的景觀確也不差，有時還有白鷺閒閒飛過，青翠的叢樹襯著潔白的翼影，幾可令人忘憂。可惜穿過這一片景觀的愛河上游，卻是一條十分敗興的臭水溝，令晨運的居民和單車騎士不敢放懷呼吸。河水流得很慢，水面滯留著紙杯飯盒、凌亂雜物，更常見焦黑成塊的柏油之類。有時索性停頓下來，成了聞一多筆下「絕望的死水」。朱熹聞到，恐怕也會把他的名句改成「問君那得汙如許，為有源頭臭水來」。

近二十多年來，我的作品以環保為主題的，已近百篇。初來高雄，夜間常被後山偷襲過來的廢氣嗆醒，樓上的黃碧端也和我們有鼻同當。我憋住氣，寫了一首詩，叫〈控訴一支煙囪〉，發表後據說還有市議員引來質詢環保局。

第二年墾丁國家公園推出王慶華奇麗的攝影集，不但圖片展示公園之美，造化之富，還配上了張曉風、羅青、蔣勳、鍾玲、席慕蓉和我的詩，加上林清玄的小品。我配的詩最多，占了全集四分之一；後來這些詩也印在公園管理處推出的環保袋和運動衫上。

後來我寫了更多鼓吹環保的詩，主題包括玉山等其他公園。地球暖化引起國際關懷之後，我也為此為了詩文多篇，包括自譯英文的〈冰姑，雪姨〉。我認為：認識生態關切環保，該是當前一切有世界觀的作家共同努力的主題，其意義甚至超過了民族主義。

從環保的角度來看社會，也許可以分出四等人來：第一等人是先知先覺，第二等人是後知後覺，第三等人是不知不覺，第四等人是明知故犯。

第一等人先天下之憂而憂，簡直就是先知，特具遠見。古代有杞人憂天，擔心天會壓下來。今日看來，他可以是一個先知，早就擔心臭氧層會穿洞，紫外線會決堤，會大下酸雨。美國的前副總統高爾正是今之杞人，下了政壇，投入環保，對人類的貢獻更大。這種先知先覺，在大陸有梁從誡：他是梁啟超之孫，梁思成、林徽音之子，近年不幸去世。在臺灣有郝龍斌，為了貫徹環保信念，不惜以局長之去留力爭。另有臺北縣前縣長周錫瑋，任內建樹很多，尤以保護濕地為最，可惜政績竟未相應加分。我在高雄多年，對於「環保媽媽」不懈的努力，一向激賞。負責人周春娣和她的丈夫李文耕把臺灣走透透，到處去觀察生態並勇於揭發汙染，真是「愛臺灣」的最佳奉獻。

我雖然也寫過不少鼓吹環保的詩文，只能算是後知後覺。希望有更多的後知後覺來支持、追隨先知先覺。更希望千千萬萬的不知不覺能跳出冷漠的懵懂，變成後知後覺。最低的一等該是明知故犯之徒了。這些人知法犯法，不但汙染今日之臺灣，亦且遺毒明日之臺灣，恐非環保之大義所能感化，而要司法來嚴懲了。

——二〇一一年八月十九日

壯哉山河

今年夏天臺灣唯美族的眼福實在不淺，不但西畫有畢卡索與夏卡爾的展覽，而且國畫更有兩大傑作相互交輝。更有意義的是：這四大展覽的視野，不但橫跨了國際，而且縱貫了兩岸，不但驚豔於新奇，而且神往於遠古。

〈富春山居圖〉與〈清明上河圖〉形成多重的異同，像對聯一樣，巧合得妙。首先，兩者都是長卷的名作，邊展邊捲，各有天地，同時也都是好幾百年的作品，傳到我們的眼前，也都歷經了滄桑，不是火劫餘生，就是誣為贗品，甚至遭到御筆親批，好在都是命大，終與我們有緣。

另一方面兩者同中有異，也形成許多有趣的對比。〈富春山居圖〉的作者黃公望乃藝術史上的大家，甚至高據元代四大家之首；〈清明上河圖〉的作者張擇端卻無盛名，除金人張著的幾句跋文外，幾不可考。〈富〉卷所畫是江南的山水，〈清〉卷畫的卻是北國的古都。〈富〉卷始於渾厚華滋，終於平淡悠遠，留白甚多；〈清〉卷則由淡而濃，始於郊野，終於鬧市幾無冷場，全不留白。簡而言之，〈富〉卷高蹈出塵，乃典型的文人畫，〈清〉卷隨緣入世，乃典型的民俗畫。

〈富春山居圖〉不但比〈清明上河圖〉寬八公分，而且更長了一〇八公分。如果把它分成六段，則主峰突起之勢有三處，分配在首段之首，二段之中，及五段之末，其他部分則調門放鬆，放低，成為洲渚錯落，磯石散布，或是遠岸迢迢，近坡緩緩，加以淡墨之上著以濃點粗勒，披麻皴上施以乾擦，於是畫面風起水漾，而有了靈動的韻味。

黃公望的傑作當然不凡，但是在中國畫史上也未必空前絕後，因為文人畫中的山水實在變化無窮，可說太發達了，連他自己的〈天池石壁圖〉與〈快雪時晴圖〉也都是不凡的上品。

倒是張擇端的〈清明上河圖〉，在咫尺之間竟然為北宋帝國的汴京裁出如此真切、親切而又生動感人的巨幅橫剖面，讓我們在正史、話本、舊小說、京戲、地方戲，甚至《東京夢華錄》之外，能夠深入民間，親睹百業之興旺，市井之擁擠，漕運之辛苦，人畜之相賴。旁觀的我們似乎隨著驢隊進城，一路逛到虹橋，和著看熱鬧的人群吆喝船夫加油，更擠進城門樓去，幾乎和駱駝商隊擦身而過，到香藥舖裡去選購沒藥或檀香。街角的說書人也許正在說「三國周郎赤壁」，但要聽《水滸》恐怕還早呢。半路也許會見到周邦彥，至於王安石和蘇軾那一代，已成古人了。

人像畫在中國古代似乎並不怎麼發達，而且多為宗教和宮廷的主題。至於多人入畫的群像，從〈洛神賦圖〉、〈明皇幸蜀圖〉、〈韓熙載夜宴圖〉一直到〈康熙南巡圖〉，也罕見描寫平民的日常生活。能偶見趙幹的〈江行初雪〉之類，就已經令人十分感動了。文人畫更志不在此。所以〈清明上河圖〉能流傳至今，不但如此專注於平民百姓，而且在工整細膩的界畫背景上更注入了諧趣與關愛，雖非赫赫名家，卻也不墮匠氣，太難能可貴了。歷來名家，常好揮灑「長江萬里圖」，我們缺少的卻是張擇端這樣的「故都百姓圖」。這次的大展能使平面的靜態活動起來成為立體，夜市更亮起溫馨的燈光，營造宋詞的情景，真是最有意義的全民教育，當可治療我們久患不癒的歷史冷漠症吧。

——二〇一一年八月二十六日

走過洛陽橋

我生於南京，但祖籍是福建永春，應為廣義的泉州人，六歲時也曾隨父母回去永春，住過半年。兩岸三通以來，曾於二〇〇三和二〇〇四年回去兩次，卻都未能踏上泉州的千年石梁洛陽橋，深以為憾。小時候常聽父親提起洛陽橋，印象很深。〇三年八月，已經到了古橋南端，不勝孺慕與懷古，卻因溽暑難當，放棄橫越。上月第三次去泉州，行前揚言，未竟之渡必將實踐，所以四月二十二日，也就是返泉次日上午，在媒體熱烈簇擁之下，終於踏上了北宋書法大家，亦即當時泉州太守蔡襄所建的洛陽橋。那天薄陰，細雨初歇，正宜放足踏春。儘管人多口雜，鏡頭焦聚，我卻始終攝住心神，不忘記數，抵達北岸的橋頭時，大叫一聲：「一〇六〇步！」

這距離，以我的腳程計算，大約是半公里，長度相當於布拉格的查理大橋（Charles Bridge）和莫斯科的紅場。查理大橋和紅場在國際上也許更有名，但洛陽橋更貼近我的心，我的夢，一半是因為常聽父親說起，一半是因為名字是洛陽，正如泉州又叫做晉江。

中國之大，有的是長橋、古橋，但其中另有一座同樣更直通吾心，連接吾夢。那便是蘆溝橋。這三個字壓在我心頭的重量，等於整整八年的抗戰，壓扁了我的童年。蘆溝橋全以白石砌成，雖然只有四百四十公尺，但橋寬十七公尺，雕柱石獅，氣象宏偉，難怪馬可孛羅要歎為觀止。也因此西方人叫它做 Marco Polo Bridge。但橋名馬可孛羅，卻無法直通吾心。

所以橋之為物，不但存在於空間，有其長度、寬度與高度，更存在於時間，有其歷史的滄桑。在〈橋跨黃金城〉一文中我說過：「以橋為鞍，騎在一匹河的背上。河乃時間之隱喻，不舍晝夜，又為逝者之別名。然而逝去的是水，不是河。自其變者而觀之，河乃時間；自其不變者而觀之，河又似乎永恆。橋上人觀之不厭的，也許就是這逝而猶在，常而恆遷的生命。而橋，兩頭抓住逃不走的岸，中間放走抓不住的河，這件事的意義，形而上的可供玄學家去苦思，形而下的不妨任詩人來歌詠。」

二〇〇四年八月，我站在橋頭，雖因酷熱而未能上橋，卻感歎此橋閱人之多而留下了四行絕句。今年果真走完了長橋，就不能只用這四行向泉州人交差了，所以終於將它續完，寫成了一首四十行的整詩，了卻一樁心願。當初的四行是：

刺桐花開了多少個春天？
東西塔還要對望多少年？
多少人走過了洛陽橋？
多少船開出了泉州灣？

——二〇一一年五月十八日

永懷錫公

我來中山大學任教，迄今竟已二十五年：一世紀四分之一的悠長歲月，已接近我生命的三分之一。因此我定居高雄的時間，也超過世界任何城市。在此期間，我一直在中山專任，從未外出兼課，更不接受外校的聘職，百分之百成了「中山人」。留住我的這一股向心力，論自然則為西子灣的山海，論人事則為中山大學的師生，尤其是創校的首任校長李煥先生。

溫馨的回憶得追溯到一九八四年：當時我還在中文大學任教，香港要歸還中國，已成定局，所以精英人才多有外遷美加澳紐之計。中山外文系的李永平教授遂提醒黃碧端主任：不妨乘機試邀原本就是由臺遷港的我回來。黃主任又將此意向李校長提出。因此那年年初我回臺為新聞局頒贈金鼎獎，住在來來飯店，錫公便親自駕臨來來和我共進早餐，並邀我來中山任教。

「來來」果然是吉兆。錫公的語氣誠懇而又親切，湖北口音入我慣聽川語之耳，更是如此。論年紀他當然是前輩，論見識當然閱歷更豐。當時我內人也在座，他更向她再三致意，力陳離港回臺的好處，這就更有西方紳士之風了。難怪中山建校之初，海外那許多青年才俊都應他之召紛紛來歸，來西子灣報到。結果是，早餐尚未吃完，我就答應他了。

卻未料到，第二年我們遷來西子灣，灣主錫公卻接下教育部長的新職，去了臺北。中山校長由趙金祁教授繼任，同時也繼承錫公美意，對我相當禮遇。就這麼，在壽山的朝暾和海峽的晚霞之間，我留了下來，再回顧已然白盡了頭。錫公政躬太忙，除了一九九〇年他在國家文藝獎的頒贈典禮上，親手把獎座頒給我之外，見面機會可惜不多。

二十五年來，我之所以長守西子灣頭，連退休之後仍留校兼課不輟，並題遍以中山為名的紀念品，例如運動衫、茶杯、鉛筆、雨傘，主要的原因就是對錫公當年鄭重相邀的感念。他功成身退，長壽以終，而手創的中山大學，在後繼的歷任校長接力之下，也日益成長，且已慶三十周歲，留下如此的去思，應無遺憾；但國喪大老，我失知音，仍令人臨風北望，不勝神傷。

——二〇一一年一月三日

錯從口出

近年學習華語的西方人愈來愈多，但是英語仍然是地球村最流行的語言。很有趣的現象是：英語雖然征服了全世界，但也在許多國家慘遭「本土化」：幾乎在每個國家或地區都被當地的口音扭曲變調，離所謂「君王英語」（King's English，即標準英語）或「總統英語」（President's English，即標準美語）頗遠。例如新加坡的華人就發展出了所謂 Singlish，並不遵守重音的規定，而且常把字尾的子音吞掉。開始我不懂什麼是 argité，後來才悟出原來是 architect。我曾遇見一位黑人教師，對我說不必太理會白人的語文霸權，講英語只要能大致達意就好了。不過要學會一種外語，原則上還是要求「道地」，總不能說錯了就推給「反霸」的大義。弔詭的是：學得太道地時，反而成了方言。京片子雖然可羨，普通話其實就不錯了。二次大戰時，一名美國傷兵在澳洲住入醫院，護士問他：Did you come today? 美國傷兵大吃一驚，因為聽來像是 Did you come to die?

西方語文之中，英文的文法，尤其是動詞的時態，算是最簡單的，但其發音，包括重讀，卻最多變。英文的發音往往英、美有別。英文作品裡也不時會遇見歐陸各國的文字，所以要讀對一篇英文作品，有時也會開口為難，終於沉吟不決，或含混過去。這情形，不但見於我班上的研究生，偶爾也會見於一般英文教師。

其實，遇見歐陸的專有名詞，只要肯查字典，尤其是附有注音的大字典或百科全書，就能知道如何發音；久之也會歸納經驗，發現希臘人名末尾字母如果是 e，一定是要發音，例如 Aphrodite、Euridice、Psyche、Ariadne，依次就必須讀足 4、4、2、4 音節。又如希臘三大悲劇家 Aeschylus、Euripides、Sophocles，就應讀成 es'kilus、uri'pidees、'sofoklees。亞里斯多德（Aristotle）的重音應落在第一音節；我卻聽過不少教師把重音放在第三音節。da Vinci 應譯達芬奇，當今流行的譯名「達文西」不合義大利文發音。義大利文遇見 gl，則 g 不發音，所以 Modigliani 應譯「莫地里安尼」。

英國的人名、地名也有一定的讀法，不能望文生音。例如劍橋（Cambridge），第一音節應讀如 came，不可讀成短音。泰晤士河（The Thames）有 ame，卻要讀成 e 的短音。Derby 在英國要讀成 Darby。Clerk 在英國應讀 Clark。Berkeley 在加州讀「柏克萊」；在英國，哲學家 George Berkeley 卻讀「巴克萊」。Gloucester、Leicester 字中的 ce 都不發音。許多人名、地名後面的 ham，h 都不發音，例如 Maugham、Buckingham、Birminghan。愛丁堡

（Edinburgh）應讀 Edinbru，不可讀「愛丁柏格」。許多教師把莎士比亞（Shakespeare）的 shake 讀成 shack，其實應該讀成「握手」的 shake；此誤連不少教授都不免。

美國南北戰爭的決戰場 Gettysburg，中文一般譯成「蓋次堡」，錯了。此鎮乃德裔 Gettys 所建，實應譯成「蓋提斯堡」。我在該地的 Gettysburg College 教過一學期，不會誤讀。

英文有幾個普通字，連不少教授都讀錯，包括 comparable、admirable，此二字的重音都在第一音節而不在第二音節。更普通的字：say 所衍生 says 和 said，都應該讀成 e 的短音而非 abcd 的 a。這些錯誤，注意高明的學者怎麼讀，或者自己勤查字典，就可以避免。

——二〇一一年九月十六日

車上哺乳不雅？

近日報載，臺北捷運的車廂裡，一位年輕的母親因懷中嬰孩哭泣，當眾袒胸哺乳。旁邊有中年婦女不以為然，說她此舉不雅，勸她不止，轉請隨車服務員來阻止。服務員說，並無規定車上不可如此。做母親的解釋，因為寶寶餓了，不得不餵他。中年婦女不甘心，下車後更向派出所投訴云云。

那位以禮教為己任的中年婦女，不知為何如此同性相逼。在當時的情況下，最要緊的應該是那嬰孩餓了，得立刻授乳，否則他不但要挨餓下去，而且哭聲不止，還會鬧得許多乘客坐立不安。儘管如此，那中年婦女卻認定此舉不雅，必阻之才心甘。其實早在所謂男女授受不親的時代，孟子也認為嫂溺可以援之以手，何況今日已是二十一世紀。

這倒令我想起，在西方文化源頭的古希臘，一切雕像，不論是神是人，是男是女，莫不出於天體。後來基督教興起，宗教畫中最盛行的主題便是「聖母抱聖嬰」，有時候有施洗約翰在側，或天使二三飛翔不定，或木匠約瑟夫半隱其後，但最常見的是只有母子二人。我的印象是聖母只抱嬰於懷，至於有沒有當真哺乳，印象中卻很少見。為了落實，我把倫敦「國家藝術館」（National Gallery）出版的目錄附圖全集從頭到尾逐頁查了一遍，在兩千兩百幅藏畫之中〈聖母抱聖嬰〉之作至少在百幀以上，而真正在餵嬰情景的竟有十四幅。也就是說，畫題可稱〈聖母哺聖嬰〉者也屢見不鮮，其作者更包括名家，例如李丕（Filippino Lippi）和狄興（Titian），還有達芬奇的從者和波提且利的學徒。十四幅中，有的是袒胸而哺，也有掩多於袒，但乳頭清晰可見，毫不含糊。如此可稱「不雅」嗎？捷運車上那婦女也許會應我一句：「至少聖母沒有在車上當眾授乳」。不錯，聖母沒有如此，但是〈聖母哺聖嬰〉的畫作卻堂而皇之地高懸許多大教堂的壁上，一任信徒瞻仰而膜拜達千百年之久，但是臺北捷運那一幕，最多是一刻鐘吧？嬰孩挨餓一刻鐘，就很久了。

由此觀之，赤裸的女體在某些人看來是不雅的，在另一些人看來卻可能是美的，所以希臘的神得用潔白的大理石來雕，又可能是聖潔的，所以聖母也不妨袒胸哺乳，但耶穌從十字架扶下來後，他是瘦身赤體的，瑪麗亞卻戴巾披袍了。女體要用得其所，就有莫大的威力。常在報上看到反戰抗議一類的大場面，有許多驚心動目的裸體晃來晃去，我都想不通，軍火商或權威當局會因此蒙受什麼羞恥或損失，倒是不相干的第三者反而可以「睇肉」，有所「獲益」吧。最矛盾的，是不少女性衣著大膽暴露，半袒半遮，似在半拒半迎，但他人太親近時卻又反控其騷擾。其實露多遮少，對路人的視覺不也是一種騷擾嗎？

有一種昂貴的濃巧克力，叫做 Lady Godiva，由來是中世紀有名的傳說。說是柯芬翠郡的伯爵徵收無度，其妻葛黛娃勸他減稅安民；兩人約定，只要伯爵夫人願意在正午的市集赤身騎馬而過，伯爵就願減稅。葛黛娃果然如約，只以長髮掩胸。市民也都閉戶不出，以示感恩敬重。伯爵也如約減徵，傳為美談。據說當時有一小民忍不住從窗縫裡偷窺了一眼，事後竟然失明，成為笑話中的 Peeping Tom。如此愛民的貴夫人，此事又發生在中世紀，實在早應封為聖徒了。

希臘神話有一個更早的傳說，說是大神朱彼得有意賦他的私生子海丘力士以不朽，乃乘其妻朱諾熟睡，使海丘力士就胸吸乳。朱諾驚醒，猛然將之推開，致乳汁噴灑滿空，成為銀河。報上的一則小消息，竟令人遐想到滿是神話的星空。

——二〇一一年十月二十六日

文心凋龍

菲華文壇重鎮林忠民先生不幸於今年四月十三日病逝於馬尼拉，實在是海外華文世界的重大損失，無論是文友或讀者都深深哀悼。他生於一九二八年，與我同庚，皆為龍子。他一生擁抱民族，維護文化，雕龍從不後人，不期消息傳來，文心竟成凋龍。

自從一九六一年我隨二王（王藍，王生善）去馬尼拉菲華文藝營講學以來，半世紀裡菲華文壇已歷經滄桑。其先早有杜若、芥子、亞薇三杰之喪，近日又傷朱一雄、月曲了、本予之失。半世紀以來，林忠民一直都是菲華文化界的中堅，不但獻己之才，抑且成人之美，在工商界，他有儒商之譽。在體育場，他是籃球選手。在文壇上，他是詩文兼擅的作家。在海外，他是不遺餘力的華文文運的推手。對於五四以來的新文學運動，他有強烈的使命感，飲水思源，不勝孺慕，二十年來一直以「亞洲華文作家文藝基金會」董事長的身分，領團在海峽兩岸向文壇前輩慰問致敬；我也忝為受者之一。

林先生生前和我見過好幾次面，令我印象深刻。他倜儻英俊，衣冠楚楚，舉止卻低調而寡言，從未見他夸夸自詡。二〇〇二年，「東南亞華文文學研討會」假廈門大學召開，邀我去發表主題演講〈離心與向心：眾圓同心〉的，正是林先生。後來同樣性質的研討會又在臺北圓山橋下的劍潭舉行，林先生和夫人陳若莉仍然是一起與會，和我親切交談。這一對伉儷到處，總是令人矚目，羨為一對璧人。那兩次林先生還很健碩，略無病容。

詩文兼擅但發表不多的林先生，小而對待親友，大而及於民族，筆下莫不情深意切，不愧性情中人。他的〈文字因緣，千里同心〉一文，用柯靈信中之語為題，對新文學前輩的孺慕感恩，令人共鳴。我曾說過一句話：「藍墨水的上游是汨羅江」，令湖南人十分共鳴。林先生在〈文字因緣，千里同心〉一文中，為了強調文學史的傳承不可趨新排故，如此安慰前輩作家：「文學究竟不是『後浪推前浪』，而是『夕陽山外山』。」活用成語，真是十分中肯。

——二〇一二年七月二十日

筆力如砥

近年每逢收到中華民國筆會新出版的季刊《當代臺灣文學英譯》，厚重敦實的一冊，不但封面醒目，而且內頁豐富多采，插圖多幀與文字並茂，托在手頭，喜在心頭，真為我們的筆會感到自豪。

我的自豪既長且深。中華民國筆會第一任會長，正是開拓北大氣象推動五四搖籃的蔡元培，他的祕書正是胡適。我忝任筆會會長長達八年（1990-1998），前任會長包括羅家倫、林語堂、姚朋、張蘭熙，後任會長包括朱炎、彭鏡禧，不但前有古人，抑且後有來者，絕無陳子昂的寂寞。尤其是現任的彭鏡禧會長，不但對外參加國際筆會，而且對內發展許多小眾而又高檔的活動，使我們這百人筆會遠攻之餘兼顧近交，貢獻之大，非我能望項背。

我們的這本季刊，定期出版，愈編愈大，在國際筆會眾多分會之間實為最持久最有份量的期刊。其主編兼資助人最早是張蘭熙會長，後來把她的 baby 托孤於齊邦媛教授，所譯介的臺灣文學作品，不分文類、省籍與意識傾向，包容極廣。其後又歷經高天恩、梁欣榮兩位教授精心主編，致有今日令人讚美的份量、質量、多采。歷年為本刊翻譯的高手，無論是華籍或外籍、資深或新秀，都認真稱職，經本刊多年來的羅致與借重，堪稱已成譯界的中堅。

中華民國筆會的會員人才濟濟，尤其是理監事。至於歷任祕書長，也大致稱職，只有我，在張蘭熙會長任內是例外。最稱職也最有貢獻的祕書長，應推歐茵西教授。她服務筆會，熱心而又精明，同仁一致讚美。筆會財務之穩定，是她多年努力的成果。

詩史再掀一頁

綠蒂傳來鍾鼎文先生辭世的消息，並未引起我多大的震駭，因為鍾先生畢竟已近百歲，絕無夭逝之憾，何況去年筆會歲末聚餐，他已露出不復敏捷的老態，在我心頭留下滄桑的陰影。

少壯甚至中年的一代，當然都沒見過鍾先生昔日的神采。那是一九五四年初春一個晴朗的下午，他和覃子豪先生連袂訪我於廈門街一一三巷的故居。當時紀弦先生的現代派組社不久，作風十分前衛，主張十分西化，從者甚眾，令詩壇三老的其餘兩位相當不安，有意另組詩社，作為諫友以資平衡。聽罷他們的來意，我有點受寵若驚。當時我才二十六歲，鍾先生已經四十一，覃先生更長他一歲，另組詩社竟要枉駕就商於我，實在出我意外。當下我表示，他們所言我也有同感。不久我們三人和鄧禹平在鄭州路夏菁的寓所餐聚，藍星詩社就在那餐桌上誕生。

事隔半個多世紀，廈門街下午那一幕歷歷猶在吾心。覃先生比較瘦削，衣著也樸素而低調。鍾先生則面色白皙，舉止從容，談吐清暢，雖帶安徽口音，卻氣運丹田，有金石之聲，還加上鼻音的共鳴。那天他穿著一套白西服，繫著一隻黑領結，更顯得倜儻，像民初上海的文人。後來得知他的生平，果然他畢業於上海中國公學的政經系，不但任教過復旦大學，還做過上海《天下日報》的編輯。

以詩人而言，鍾先生出道很早，但產量不能算多。向明所引他的少作〈塔下〉（按：八月二十三日《聯副》〈含淚讀詩懷鍾老〉），是他十七歲時所寫，淡而有味，簡直可追戴望舒。一九四九年來臺以後，他的作品間歇刊出，未能多產，或許與他一身而跨政界與報界有關。他曾多年擔任《自立晚報》總主筆，先後也做過《聯合報》和《中國時報》的主筆。當時口碑極佳的「黑白集」專欄，不少短小精悍之作都出自他筆下，可是他對此非常低調，總不肯自詡哪一篇是他所寫。藍星同人共席，常聽他提起王惕吾、葉明勳等報人，顯然他和報界的淵源很深。

鍾先生晚年的詩，可惜未能發奮淬礪，層樓更攀，而任光陰耗費在次要的「以文會友，以詩結緣」。其實，他來臺初期的代表作〈人體素描〉，語言恬靜，隱喻生動，比起五〇年代一般臺灣詩來，相當突出，就算置於當前臺灣一般的得獎詩作，也絕不落後。他把頭髮喻為青春的旗語、白色的降旛，又把肚臍喻為殖民時代留下的枯井，一聲啼哭，發表了獨立宣言。值得注意的是，這首組詩傑作，娓娓道來，反而擺脫了他慣用的鏗鏘腳韻。

鍾先生是詩壇前輩，又是藍星詩社的發起人，卻並不熱中於發表理論或擔當編務，相當灑脫，所以和覃先生相處和諧，必要時也會諍言婉勸。倒是六〇年代初期，現代詩風起雲湧，爭論漸多，我年壯氣盛，一時介入了不少論戰。某次藍星的聚會上，他勸我不必如此深陷戰陣。我不納忠告，反而發火頂了回去，至於不歡而散。事後藍星幾乎散夥。也不記得究竟隔了多久，兩人再見，怒燼早熄，我也沒有道歉，他也若無其事。藍星年久自散，兩人的交往竟轉為中華民國筆會的同道。筆會每逢歲末聚餐，鍾先生輒與孫如陵、黃天才共來，成為筆會三老。不幸晚霞近黃昏，三老已去其二，孫如陵的冷笑話也成了絕響。

畫壇每將張大千、溥心畬、黃君璧稱為「渡海三家」。紀弦、鍾鼎文、覃子豪亦有詩壇三老之譽，但比起渡海三家來，份量當然尚有不足，不過對於五〇年代的臺灣詩來說，仍足以鼓動風氣，發生相當的影響。一九六一年我在愛荷華大學的畢業論文 *New Chinese Poetry* 在香港出版成書，鍾鼎文的〈人體素描〉和〈魚市場〉也在入選之列。臺北的美國大使館舉行慶祝酒會，除入選的詩人外，胡適與羅家倫還因新詩前輩的身分應邀參加。胡適當場講了十分鐘話，鍾鼎文趁機會也上前去認他中國公學的老校長。真是富於文學史意義的一次盛會。

一九五七年，我中譯的《梵谷傳》由陳紀瀅先生主持的重光文藝出版社分上下兩冊印行。我把先出的上冊寄贈了鍾先生，他很快就給了我謝函，語多鼓勵，還說歌劇才看了上半場，還不是鼓掌的時候，且讓他等待下半場吧。現在鍾先生一生的歌劇已經落幕，輪到我，和詩壇眾多的後輩，來悵然回顧，且鼓掌相送吧。

——二〇一二年九月十四日

傳家之寶

自從上世紀初五四運動以來，中國人就一直在社會主義的終極理想與資本主義的急功近利之間，左顧右盼，飽受壓力。至於中國文化的悠久傳統，則與所謂封建混為一談，貶為陋習，在文革期間尤成反面教材。資本主義以時尚來促銷，社會主義則以政治正確來施壓。其實時尚冷熱多變，政治正確也似乎十年一改，作不得準的。蘇聯瓦解後，列寧格勒恢復舊名，改回聖彼得堡，而俄國人又回去上東正教堂了。在中國，革命變成改革，解放變成開放，不再輸出革命，改成輸出孔子了。

近幾年來，大陸順從民情，將清明、端午、中秋三大節慶改訂為公假。兩年前，屈原故鄉秭歸的縣長，早在端午的前兩個月來西子灣拜訪，請我務必去秭歸參加該年的祭屈盛典。我為此更新寫了第七首弔屈的詩，長八十六行，在典禮上朗誦。其實在此之前，我已經兩度應邀，去成都的杜甫草堂誦詩祭弔詩聖。

天下大勢，往往因政治而分，因文化而合。都江堰水利迄今，換過了多少朝代，但其為民之福不變。任祥女士編著的這一套四冊的鉅書《傳家》，以「中國人的生活智慧」為副題，就是要傳承歷久不絕的中華文化，但其方式不是徒託聖賢之空言，而是要落實於日常的生活，印證於靜態的觀念，動態的節慶，當能贏得雅俗共賞。書以「傳家」為名，就是希望她的讀者以家庭為人倫的單位，以傳統為家當，為遺產，一代代傳之後人，而其傳承，不止於修族譜，蓋祠堂，分家產，完正嫡，更在於要有歷史的擔當，民俗的共鳴，文化的意識。這樣的傳承，才能及於思想與感情。但是腦與心一起投入還不夠，因為民族的歸屬感還有一條捷徑，那便是入之於口而到於胃的味覺。所以書中「以食為天」的篇幅很大，而「生活札記」一章裡也時常會寫到廚灶的藝術。此外，「歲時節慶」、「齊家心語」等章還追述民俗的由來，人倫的意義。例如《秋》冊便解釋中元、中秋的習俗；而「齊家心語」一章更描寫了自己的雙親和公公，這便是當代的孝道了。

《傳家》四冊對古代傳統的解說實在包羅萬象，幾乎是當代家庭生活藝術的小百科全書，隨時查閱，必多驚喜；這對一家之長或家庭主婦真有幫助。例如春夏秋冬二十四節氣，例如中藥、占卜、風水、面相，以至於食物熱量、血壓紀錄、度量衡換算、出國旅行備忘錄等圖表，真是體貼入微。

任祥女士，青衣祭酒顧正秋的女兒，國際建築名家姚仁喜的妻子，走出自己一條溫馨的鄉愁之路。不愧是生活藝術的通人，家庭文化的美學家。

——二〇一二年十一月

顯極忽隱，令人惆悵

報載去年底顏元叔先生因肝癌逝世，消息忽到眼前，令人難以回應，但並不令人驚駭。首先，他「離開」我們已經太久了，令我們失望而不能諒解。哥兒們正一起忙著呢，他怎麼說放手就放手，一個人就退隱江湖去了，也不給個說法。可是又未能真正沒於江湖，而是仍然大隱於市，甘願低調於市井之間。二十多年前，當然還沒有「人肉搜索」的做法，可是在我遍問之餘，仍不時聽人轉告，說他去了對岸某處，正卜宅安居，又說他已回來臺灣，現正養病。那麼悠長的歲月，這世界早已變得難認，偏他，不回學府也就罷了，卻連文壇也一起棄了，犯得著嗎？不，這太不像元叔了。顯然，他是一怒之下，把我們大夥兒都像洗腳水一般一起給倒掉了。

此刻，他怎然一走了之，不給我們任何機會，除了發表沒來由的什麼感想，帶著苦笑。

我跟元叔不是很熟。我們的友誼說不上什麼膩在一塊，泡在一起，卻也沒有淺得、淡得只談正事。他是湘人，帶點鄉音，說到興起更呵呵大笑，很得我的好感。當然兩人都出身臺大外文系，背景親切，我正好長他四屆，可謂頂頭學兄，他也絕非客氣之輩，不會文謅謅地呼我學兄。至於王文興、白先勇那一班平均小我十歲，倒一律稱我先生，就覺得是晚輩了。

元叔在美學成回來，一九六三年初任教授，到接掌外文系，已經是一九六九年了。其間我自己也有四年去美國任教，要到一九七一年才回臺。儘管如此交錯，我們都在臺北，交往漸多。倒是進入七〇年代後，兩人見面更頻，就算一九七四年我連根拔起去了香港中文大學，兩人在港、臺交流之中，不但常一起開會，而且還有幾次「同仇敵愾」，逕直批評了文革。《新晚報》總編輯羅孚是香港當時左派統戰的領導，他發動了左派的圍剿，對不識時務的夏志清、顏元叔、余光中遣詞嚴峻。前兩位遠在美國、臺灣，我卻就在香港戰場，壓力尤大。羅孚其實是十足儒雅的中國讀書人，舊學頗醇。文革既過，我在香港某次的研討會上與他重逢，他竟然當眾向夏志清、元叔與我道歉。

元叔和我在「非常時期」雖是「戰友」，在平常時期也是同行、同道，而且互相尊敬，但是彼此對文學本質的看法，未盡相同。一九七四年我出版文集《聽聽那冷雨》，在後記中解釋該文集內詩論不多，是因為年輕一代已經出現了此道健筆：「像陳芳明手裡的那一枝，清新而勇健，已經有一點史筆的意味，同時從學院的圍牆裡，也伸出了顏元叔那樣的淋漓『剛筆』，有擔有當，敢言敢怒，非常『湖南』，我雖然不能篇篇贊同，卻十分樂意做一位讀者。」

在一九七〇年五月號的《純文學》上，遠在丹佛的我讀到了元叔所撰長達萬言的〈余光中的現代中國意識〉，既感高興，又感困惑。該文盛稱我的旅美小品〈我之固體化〉，卻對那時為止我的其他詩作表示「厭惡」。接著元叔就《敲打樂》與《在冷戰的年代》兩本詩集選出〈敲打樂〉、〈當我死時〉、〈帶一把泥土去〉、〈雙人床〉、〈如果遠方有戰爭〉、〈忘川〉、〈有一個孕婦〉等作品加以分析，結論說我是一位寫實主義者，頗能表現知識分子的現代中國意識。同時又指出：許多人都認為我的詩比較「乾瘦」，近於奧登而遠於湯瑪士（Dylan Thomas）。

另一方面，元叔對我的散文則評價只有負面。當時有三兩文友告訴過我，說元叔認為我的散文太濃太花，簡直糟糕。我一生閱批評家多矣，貶我者固然不少，譽我者似乎更多更堅持。元叔快人直語，並無惡意，我也不會斤斤計較，所以兩人的友誼始終愉快。

一九八五年《中國時報》辦的「時報文學獎」把詩的推薦獎頒贈給我。元叔代表決審委員會寫了一篇千多字的獎詞，以〈詩壇祭酒余光中〉為題，語多溢美。那一年在香港回歸的壓力下，九月間我帶了家人正大舉回臺，不是回去臺北，而是遷來高雄。印象裡此後和元叔也就漸行漸遠了。其實元叔自己的「遁世」，似乎也就在此時開始。有一件事倒很確定。離港前我最後一首詩〈別香港〉，雖為小品，卻頗揪心。元叔讀後對我說：「看了真令我妒忌香港。」

顏元叔突隱江湖，其原因二十年後似仍不很明確，不過對於臺灣七〇年代的學府文壇，他剛健的背景，重大的貢獻，卻十分可觀。首先，他以新科博士的銳氣，將當時美國的顯學：新批評與比較文學，引介回來，不但大聲宣揚，而且大力演練。更難得的是：這些新學他敢於活用，並用以探索臺灣當代的詩與小說。這麼一來，外來的理論就不再自囿於學府的課本，而變成了一把燎原野火，和本土的創作燒成一景。不但外文系，連中文系也覺得用武有地了。以前，是外文系多出作家而中文系多出學者。此後，輪到中文系多出作家了，外文系呢，卻多出比較文學的學者。

元叔當年創導比較文學，有時操之過急，雖有利器，卻用非所當。例如唐人李益的五絕：「嫁得瞿塘賈，朝朝誤妾期。早知潮有信，嫁與弄潮兒。」元叔在解釋時把「信」附會為是影射「性」。這種「泛性」聯想，不免厚誣古人。其實古人習用的說法，是「色」，不是「性」，倒跟 sex 讀音相近。另一方面，元叔引入「新批評」，並在論析臺灣現代詩時用來操練，正如他在〈余光中的現代中國意識〉一文中所運用的，倒是比較中肯，不無收穫。但是他用這手法來分析我的長詩〈敲打樂〉，指摘我的長詩結構失控，則未免太拘泥於新批評了。新批評之精讀、詳讀，用在短詩小品，較有功效，但不足以對付惠特曼《草葉集》式的浩蕩狂吟。我寫〈敲打樂〉時，受了金斯堡〈嚎〉（Howl）的影響，大開大闔的美國江湖行，滔滔長句實在不吐不快。

此外，元叔在朱立民院長的支持下，大大刷新了外文系的課程，並將《諾敦英國文學選》指定為主力教材，也提高了專業的視域，調整了一向親美疏英的淺礫學風。所以一九七二年我轉任政大西語系主任，也響應臺大的壯舉，把政大沿用了多年的大一英文薄冊，從寥寥的七十頁，加重為多元而較深的三百頁。

這麼一位虎虎生風的啟蒙者、改革者、推行者、論戰者，出現在七〇年代臺灣的學府與文壇，確是應運而生的主流人物。後來他更奮自淬礪，寫出一種剛健明快的雜文風格，令人期待他層樓更上，領域更開。誰料就在高潮的浪脊上，這主角竟然突地失蹤，有不得見者達二十多年。這反高潮的一招，究竟是元叔戲弄我們的幽默，還是幕後另有我們未明的隱情，該由文學史家來揭示了。

——二〇一三年一月二十三日

《百年佛緣》讚

星雲大師口述並由佛光山眾弟子記錄的《百年佛緣》皇皇十五冊，即將推出。我有幸先睹為快，讀了其序〈人間佛緣，百年仰望〉及其部分菁華篇章，十分感動。

大師生於一九二七年，長我一歲，但他一生的經歷，始於貧困與動亂而臻於晚年的建設與成功，遠非我所能及。不過，我仍慶與他有緣。

首先，他早年出家，受戒於江北江南，尤難忘棲霞寺的修練，我則生於南京，直到九歲才逃難離去。

其次，大師初來臺灣，在各地弘法，但是要到高雄之後，才能深根厚植，將佛光照亮臺灣，繼而傳播海外。正好我也從香港遷來高雄長住，開始我晚年的修練。

第三，大師在高僧之中，與文藝界最為親近，不少作家都是他的老友；因此我有緣接受南京棲霞寺之邀，和他與會同座，又接鑑真圖書館之請去揚州講學，《人間福報》訪問過我，也刊登了我好幾篇文章，終於在二〇一一年將「全球華文文學星雲貢獻獎」親自頒贈給我。而最近，在今年一月底，大師讀了拙作〈行路難〉，更在《人間福報》上發表唱和之作，婉勸我當今兩岸文化交流正暢，不用妄歎行路難，令我非常感動。

星雲大師在《百年佛緣》的序詩中，自述一生經歷與老來心願，涉及的先是盤古、女媧、唐堯虞舜、老子、莊周，繼而追憶北伐、抗戰、內戰、居臺弘法，終於展望四海一家，有志致佛光山於人間天堂，俾佛光普照，法水長流。足見其胸懷之大，寄託之遠。他晚年的「一筆書」法，遍受歡迎。我曾作一聯以贈如下：

一筆貫日月

八方懸星雲

——二〇一三年二月二十六日於高雄西子灣

文學老院，千里老師

臺大老邁的文學院底樓，進了大門左轉，一連經過四間教室，而止於一間橫向的大教室，其大可容八九十人：我通常坐在第三四排，或上文學史，或上英詩。導向這五間教室的走廊，並不很長，但是對於六十年前在那裡上課的我，卻是記憶深邃的迴音長廊。大教室朝外的一側，常籠於欖仁樹密集的綠蔭。英詩課由外文系英千里主任親授，所以我每次都會看見他遠從主任辦公室經長廊一路走來，上下一色深藍西裝，白襯衫窄領帶，步態雖然從容，神色卻不很輕鬆。一開始他會閒聊幾句，有時及於系務，說到煩處，也會稍發牢騷，甚至引用北京成語，說什麼「當家三年，雞狗都嫌」，把我們全逗笑了。

如果他走得更近，就會發現他氣色有點暗淡，或許是生平的滄桑所致，更由於胃疾經年的關係吧。抗戰期間，英主任留在北京，負責抗日的地下工作，驚險可想。內戰期間，他匆促逃出北京，眷屬未及隨行，所以單身在臺，乏人照料。在我珍藏的照片之中，留得英師一半音容的只有一張。那是一九六四年四月，耕莘文教院為紀念莎翁誕生四百周年而舉辦的演講會，請梁實秋老師主講，講前所攝。當時英老師陪梁老師坐前排：梁老師笑得滿開心，面容白皙，英老師則抿著嘴，面容有些暗淡。為了寫這篇追思文章，我把舊照找出細看，竟發現英師的翻領上有幾痕彎曲的白紋，覺得奇怪，他不致如此不修邊幅啊。再細看時，才又發現英師右手正撚著一截菸。那就對了。那一年離他謝世只餘五年，長期的胃病患者早該戒菸。

英主任出身於書香世家，父親斂之先生乃北京輔仁大學之創辦人，於天主教之淵源亦深。所以他十三歲就去歐洲留學，二十四歲即卒業於倫敦大學，兼通英、法、西班牙文與拉丁文。梵蒂岡曾將他封爵。不用說，有這種種背景，他對拉丁語系的南歐和悠長的中世紀加上文藝復興，必然所知極深。他的教名，若我未記錯，正是 Ignatius。有一次他在班上縱論拉丁語系，說他某日翻閱一本書，文字他並未學過，卻暢讀無阻，原來就是拉丁語系的羅馬尼亞文。

來臺之前我曾在金陵大學與廈門大學的外文系攻讀，英詩一課不是未開就是忽視，而在英主任親授的「英詩」班上，我們學得雖然似乎不太有系統，但是授課者不僅是行家，還是有全歐宏觀的文化人，所以我們得益很多。他是一位深諳傳統的學者，對現代文學的前衛精神並不熱中，所以他有時甚至選些次要詩人的作品給我們讀，例如有一首詩以弔古戰場為主題，頗有唐詩懷古之情，至今我還記得第一行是 On Linden, when the sun was low，最近查了《英詩金庫》（*Palgrave's Golden Treasury*），原來是千寶的詩句（Thomas Campbell: Hohenlinden）。又記得另一次他教我們念愛爾蘭詩人莫爾的〈豎琴曾經在塔拉的堂上〉（Thomas Moore: "The Harp That Once Through Tara's Halls"），特別指出賣座電影《亂世佳人》（*Gone with the Wind*，原著作者 Margaret Mitchell，傅東華譯名為《飄》），故事發生在美國南部，其莊主多為愛爾蘭移民，對故土的民族傳統猶念念不忘。

英主任教課十分動人，因為他見多識廣，左右逢源，宏觀能掌握大體，微觀卻又能娓娓道來，擅說故事。經他渲染之後，例如〈高文與綠騎士〉、〈崔斯坦與依修妲〉都深印我們心中。他又是偵探小說迷，為外文系圖書館添了許多推理小說；有一次暢談西方的俠義精神（chivalry），更引證福爾摩斯與法國的亞森羅蘋如何鬥法，亞森羅蘋因為要接女友電話而終於放棄服輸。

當年我二十出頭，英主任已經五十過了，我們竟認為中年男子都無足觀矣。其實英主任若非飽經滄桑，兼又胃疾多年，應該算是帥的，至少挺身而立，不失玉樹臨風之姿。

不過他真是太忙了，據說忙到來不及閱考卷，就命助教侯健代勞。又據說侯健對女生比較客氣，打分輕鬆。怪不得我的成績只有七十多分！我想這只是誇張吧。不過無論真假，六十年後我對英千里老師仍然感恩，對侯健學兄一點也不抱怨，何況那並非他分內之事。

袁可嘉，誠可嘉

中國新詩的發展史，從一九一九到一九四九的三十年間，如以十年為一代，則徐志摩、聞一多、郭沫若當為第一代，馮至、艾青、卞之琳為第二代，而四〇年代的「九葉派」為第三代。這只是大概的斷代而已，其實抽刀何能斷水，不過方便論述罷了。九葉派的九位詩人，在中共立國之前，處於動盪的過渡時期，未能盡展才情，為要面對新時代，不得不「改弦」，卻未能「更張」；所以在讀者的心目中，既無機會像徐志摩、艾青那樣成名於「解放」之前，也沒有可能像北島、舒婷那樣發軔於「開放」之初。政治無情，磨盡了他們的壯年。

《九葉集》九人之中，辛笛承先啟後，聲名較著，年齡也較長，晚年乾脆寫起舊詩來。大致說來，這九位詩人（辛笛、陳敬容、穆旦、鄭敏、唐湜、唐祈、杜運燮、袁可嘉、杭約赫）的師承，不再是第一代之於浪漫主義或第二代之於寫實主義，而是追摹英國鄧約翰以降的玄學詩風，強調形式上的傳統格律與風格上的虛實相生，藝術科學相融，感性知性兼通。因為在二十世紀初艾略特鼓吹的正是鄧約翰的這種詩風，牛津少壯派以奧登為首莫不景從。其間有一位詩人兼評論家燕卜蓀（William Empson, 1906-1984）更在北京大學任過教授，其詩學名著《歧義七型》（*The Seven Types of Ambiguity*）對當年的論詩詮釋影響至鉅。四〇年代中國新詩本有機會擺脫西方浪漫詩派濫情縱感之風，而引進玄學詩派情理兼通的綜合詩觀，可惜九葉詩人未能竟其全功即面臨政治變局，改弦之餘來不及更張。例如袁可嘉，他在創作、理論、翻譯三方面都很用心，但面臨新的意識形態，只能放下布萊克、哈代、葉慈與奧登，轉而去譯介彭斯。畢竟彭斯成分正確，是蘇格蘭的農民詩人啊。君不見識相的沈從文也放下小說創作，轉而研究古代服裝史了嗎？

大陸的媒體一律稱我為臺灣詩人，當然沒錯。可是我的詩心早在南京，甚至重慶就起跳了。《九葉集》的詩人跟我並不算完全隔代。早在一九八一年「改革開放」之初，辛笛去香港中文大學參加「四十年代中國文學研討會」，我不但與他初識，還提出一篇論文，叫〈試為辛笛看手相〉。至於《九葉集》另一詩人袁可嘉，則是我的學長。

我與可嘉成為同學，是在四川江北縣悅來場的南京青年會中學。當時正值抗戰，該校由南京遷往重慶。一九四〇年，我進該校初一班，他卻是高二的高材生，更是軍訓大隊的大隊長。全體寄宿生在膳堂吃完飯，得由他喝令大家「起立」，並代表大家向訓導主任一鞠躬，再喝令大家「解散」。我初次住校，吃飯又慢，袁大隊長往往等我停筷之後，才發「起立」之令。事後他會走過來，婉勸小學弟「要練習吃快一點」。

除此之外，大隊長和小隊員並無任何接觸。一九四一年春天他轉學去名校南開中學。同年秋天他終於進了中國現代教育史上最好的大學，由北大、清華、南開合併的「西南聯大」。

但是兩位同學重聚，要等到一九九二年九月，我應北京社科院之邀北上去講學。那次在可嘉陪同下，我更拜見了卞之琳、馮至兩位前輩，非常感慨。後來他在《光明日報》上刊登了短文〈五十年後喜重逢〉。同年十月，「海峽兩岸外國文學翻譯研討會」在珠海召開，可嘉與王佐良、許傚、羅新璋等南下與會，我則會同金聖華等香港學者去參加。但是會短人多，兩位老同學並未暢敘。我送他的書顯然他也無暇細看。

又過了六年，我正值七十歲，香港《詩雙月刊》的主編王偉明預備為我出一專輯，特邀可嘉撰稿。可嘉長我七歲，他所屬《九葉集》詩社也早於《藍星》十年，按理根本無須應邀。結果他還是動了筆，交了一篇寫得很認真的五千字長文：〈奇異的光中——余光中詩歌選集讀後感〉。為了鼓勵當年吃飯太慢的小學弟，他對我一生的詩作語多溢美，開頭的一段是：「這是一座現代詩壇的富金礦啊！全書三冊，包括作者半個世紀（1950-1997）以來十六部詩集。其產量之豐，平均質素之高，題材範圍之廣，開掘之深，想像之豐沛，構思之靈巧，風格之多變，在在使我驚喜，歎為現代詩壇所罕見。這得力於他從事創作的執著勤奮，他的中外文學修養深厚，善於融歐化古，結合現代和傳統，並向繪畫音樂學習，中年還注意吸收歌謠的長處。」

接著可嘉列舉拙作多篇，一一析賞肯定，所選包括〈敲打樂〉、〈當我死時〉、〈忘川〉、〈有一個孕婦〉、〈呼喚〉、〈鄉愁〉、〈中國結〉、〈湘逝〉、〈夜讀東坡〉、〈刺秦王〉、〈尋李白〉、〈念李白〉、〈還鄉〉、〈白玉苦瓜〉、〈火浴〉、〈自塑〉、〈五十歲以後〉、〈珍珠項鍊〉、〈水晶牢〉、〈浪子回頭〉、〈在漸暗的窗口〉、〈五行無阻〉。凡所賞析，點到為止，並不拘泥於西方當令的顯學理論。

可嘉已經作古，他對中國新詩的貢獻，在創作、翻譯、評論各方面都令人不能忽視，可惜他的時代變得太快，禁忌也太多，時不我與，未盡其才，否則他的貢獻當更鉅大。然而當年能進西南聯大，還是一大幸運。至於和我同窗的南京青年會中學，雖非名校，卻也為他厚建了修鍊西學的基礎。他在二〇〇一年一月二十九日給我的信中，也不禁對我們共同的母校深懷感恩，強調該校「辦學認真，師資優良，校風端正。孫良驥老師教我英文十分得法，常予我鼓勵……」

想必孫良驥老師更早已作古了，但他響亮清晰的英語和南京腔調的普通話仍在我聽覺記憶的深處迴盪。要是他知道他班上先後出了兩個詩人，辛苦的他，該感到有多安慰啊。

——二〇一四年二月十六日

吐露港上中文人

我是一九七四年八月底由臺北舉家遷去香港的，迄今已近四十年了。去港是就新職：中文大學中文系的教授；至於舊職，則是政治大學西語系的主任。生平第一次任教中文系，且是專任。老友劉紹銘預言我必無「善終」。轉行改系，重新備課。國語社會轉為粵語社會。右派文人投入左派戰場。紹銘歷數其害，興猶未盡，又加上一條：沒有博士學位。眼看我貿然西進，是大錯特錯了。

追憶起來，我在中大的辦公室曾經三遷。第一間在聯合書院的曾肇添樓四樓，俯臨著大片草坪，斜對著水塔的灰影。上課就在樓下的教室，起霧的日子會有雲氣來旁聽。後來中文系遷去中層的碧秋樓，置我於二樓，可以俯視百萬大道的人潮，和道旁豔發的一排宮粉羊蹄甲，但我室外樓裡的走道，斜對著洗手間和朱嫂的櫃檯，不但是兵家必爭之地，也是同事寒暄之所，真吵。後來中文系又搬到太古樓，讓我獨踞在六樓走廊的盡頭。這六樓已是絕頂，我又在絕頂的絕處，世界之大沒有人會在我門外過路。我的聽覺終獲大赦。臨窗俯眺，遠處的坡道上小轎車和長貨車爭駛來去，我卻在塵埃之上高瞻如尼采。一學期後，我就回臺灣了。

我在中大任教，前後長達十一年，但第七年贏得休假一年，曾回臺灣在師範大學英語系客座，並任系主任兼所長。休假屆滿，又回中文大學續教四年。這時，紹銘預警的三點逆境我已逐一化解，生活過得愉快，作品也告豐收，真正歡起世界來了。後來媒體簡介我時，常誤報我曾任中大中文系系主任。其實我只擔任過聯合書院的中文系系主任三年，其他的新亞書院與崇基學院也各有其分屬的中文系的。

「翻譯」和「現代文學」是我在沙田常開的課程。所謂現代文學是始於五四，與大陸所謂的「現當代」相當。我不但要泛述文學史，更得導讀代表作，課程其實很忙。例如小說，我指定學生一學期要讀十種：《藥》、《肥皂》、《商人婦》、《蕭蕭》、《邊城》、《駱駝祥子》、《子夜》、《圍城》、《傾城之戀》，和張系國的科幻小說《超人列傳》。至於散文，我選了周作人、朱自清、徐志摩、王力、梁實秋、錢鍾書、何其芳、陸蠡等人，但不選當時流行的秦牧與楊朔。就算入我所選的作家，我也並非一律奉為經典，往往，是把他們的缺點當做反面教材來分析。學生的學期報告我批閱得十分認真，大而至於論點，小而至於別字，都不放過。王瑤、劉綬松的新文學史，司馬長風的矛盾論斷，也是我不能肯定的參考書。我再三告誡學生，無才無心的學者，莫不病於「泛述草評」，千萬不可盲從。

初入中大的兩年，由於欠缺開明而又深入的新文學史，而文壇的風氣又偏於左傾，學生的觀念大半相信文以載道，中文系某些同事又輕視「白話文學」，認為已經是白話了，還有什麼值得講解的。所以我改學生的學期報告，特別用心，不但要矯正其觀念，還得改正其語病，同時更不放過其「毛主席曾說過」之類訴諸政治權威的陋習。幸好第三年梁佳蘿和黃維樑從海外來中大任教，三人合力才把新文學的課程導歸正途。

香港的學生與臺灣的學生孰優，這問題我常被問起。其實我難以回答，因為在臺灣我教的是外文系，而在香港我教的是中文系。我的印象是，一般說來，臺灣學生略優於香港學生，但香港學生之特優者似乎又勝過臺灣之高材生。香港學生的白話文，在語法上略受方言之累，同時也較受西化之扭曲。但我班上的高材生如古德明、陳錦昌、王良和、樊善標、黃秀蓮、黃綺瑩、陳達生、陳少元、翁均志等，卻能超越上述二障，寫出好中文來。

一去中大，中文所博士生麥炳坤就要求我指導他寫博士論文，以錢鍾書的白話作品為題。我相當驚喜，因為我也佩服錢鍾書先生，同時大陸之大，唯一的大師而且政治正確者，似乎只有魯迅，至於錢鍾書如何了得，只有少數學者和精英讀者瞭然而已。後來我教翻譯，又有一位學生簡婉君把 Twayne Series 出版的英文《杜甫傳》譯成中文，請我指導。這兩個請求我都欣然接受。研究杜甫和錢鍾書，是值得的，而且是一大享受。當時我在政大的學生溫健騮，在美國寫博士論文的題目，卻是浩然的《金光大道》。

初去中大，兩位年輕的同事幫了我不少忙：張雙慶帶領我熟悉馬料水的新環境，我們發現彼此都是閩南的同鄉，更感親切。楊鍾基也曾與我合作，為我所授的課程擔任導修。

中文系其他的同事還很多，他們或正或反，都對我不無助益：有的，教會我如何忍受逆境，有的，教會我如何享受順境。系主任常宗豪頗有古風，把資深的幾位年長同事一律封公，例如饒公、劉公、蘇公，好像還有蒙公。我忝在諸公之列，也做了好幾年余公。

最後我要一提的，是蘇文擢先生和盧瑋鑾女士。蘇公是一位典型的傳統文人，望之儼然，即之也溫。他握的那枝健筆，能寫古文、詩、賦、書法。聽說他是東坡先生的後人。我離港前夕，他為壯行色，特書一聯以贈。上聯是「收視返聽，躭思旁訊。」一語出陸機《文賦》。下聯是「砥節厲行，直道正辭。」摘自蔡邕《郭有道碑》。逸夫書院橫書的校名，筆酣墨飽，便是他所遺墨寶。他元氣充沛，用粵語朗吟詩句，有金石鏗然之聲。有一次聽他訓誨學生，不得「輕浮」，粵音 hin-fau 震耳，令我印象深刻。逢年過節，他會贈我鮮魚一大尾，生猛可觀。我回贈他一冊遊記，他更回信致謝，對我「模山範水」之作頗多溢美。

盧女士無論做人做事都踏實而低調。她深愛香港，尤愛中大校園，對人文的行蹤遺跡守護尤力。香港雖然是一個國際大都市，仍有它自己的歷史傳統、市井風味、田園風光，也就是說，香港文學仍有其鄉土的一面。這鄉土的地圖全在盧女士的心中。她簡直就是香港文化的良心，香港文學史的記憶。

——二〇一四年五月十七日

說起計程車

1

有一天在臺北，上了一輛計程車。我報了目的地，司機悶聲不應。一路上他橫衝直撞，牢騷不絕，忽然遷怒於一輛機車，逼人不留餘地。上橋時緊貼著石欄，逼得機車緊急煞車，幾乎造成車禍。當時他正火爆，我不敢貿然規勸。終於，目的地到了。一百出頭的車資，我付他整兩百元，並說：「辛苦了，免找了。」他很意外，答我：「這麼好呀！」我說：「這世界上還是有人對你好的。」

當天下午，又上了一輛計程車。這次的司機斯文多了，一路開得很規矩。紅燈亮了，他及時停車，從座底抽出一根棍來。原來不是棍，是一枝七孔笛。他悠悠吹起來。在市囂四圍之中，車內這一嫋笛韻顯得分外清揚，直到紅燈轉綠。他回頭對我一笑，說：「等紅燈太無聊，不吹白不吹。」我答說：「這麼好呀！」

2

有一次吾妻我存從外面回家，對計程車司機說了目的地。「左岸啊，」司機說，「聽說余某某就住在那裡。」我存說：「我好像也聽說過。」

3

一九九二年九月，英國文藝協會策畫了一個「中國作家聯訪團」（Chinese Writers on Tour），受邀人為張戎、湯婷婷、北島與我。我在香港半夜上機，次晨一早抵達倫敦。出了加德威克機場，一大堆人在外面接客。接我的是一個計程車司機，手持小牌一面，上書Mr. Yu Kwang-Chung。我跟著他上了車，一路無話，終於抵達英國文藝協會訂好的旅館。真正的主人第二天才出現。

待客之道臺灣和大陸是周到多了。新加坡某國際活動邀我出席，我的飛機抵埠時，也只有計程車司機去接，將我交給旅館後，就揚長而去了。我在旅館房間內什麼開會手冊或留言都沒有。當地的文友，最熟的是王潤華，便向厚厚的電話簿查他的宅電，毫無收穫。終於悟出他的大名該是粵語拼音的Wong Yun-Wa（其實仍不正確），才算抓住了一個人。

香港也差不多。十多年前，由貿發局出面辦了一個書展。我應邀而去，事後送我搭機回臺的，只是一輛計程車，不見一位主人。從此我不再參加香港書展。

4

計程車難以電召或街候的都市，旅客都視為畏途。有一次我們夫妻和幼珊要乘火車送季珊從巴黎去翁惹（Angers），在街頭的計程車站候車，幾歷一小時而不見車，我們心焦之餘，又念上下火車更多折騰，索性就近向一家租車行租了一輛車，乾脆上了西征的長途。

在溫哥華也一樣，我們三代九人，訂好去阿拉斯加看冰川的郵輪，規定下午五點以前必須到碼頭報到。我們集中了行李，在季珊公寓樓下久等電召的計程車不至，一點辦法也沒有。

還有一次在莫斯科參加國際筆會，街頭根本找不到計程車，大家正要絕望，俄語教授歐茵西說，且跟我來。她只一伸手，就攔下一輛私家車，講起價來。於是大家都上了車。原來俄國人自己駕車，只要不急於趕路，也願意停下來賺一點外快。

最不便的是澳門。澳門有許多好處，但搭計程車不在其列。原來澳門地小路窄，車程多為短程，計程車又少，司機滿不在乎，在乎的是遠來的賭客，據說計程車司機每載一名客人去賭場，都有賞金。所以我們旅澳門一月，「出無車」之苦真是嘗夠了。鍾玲帶我們從澳門渡海到香港，一上岸就看見計程車排長龍在等乘客。鍾玲說：「真是幸福！」

——二〇一四年八月十七日

千古南音側耳聽

這些年來，五百多歲的崑曲返老還少，在海峽兩岸頗不寂寞，但比他更加長壽而藝術也並不遜色的南音，卻顯得有些冷落了。崑曲起於崑山，南音起於泉州，但兩者的藝術並不限於地域。南音始於東晉南遷，而大盛於南宋南渡，以泉州為中心，一路傳去香港、澳門，遍及南洋，包括星馬、菲律賓、印尼的華人社會。後來又隨閩南人傳來臺灣，成為南管，又稱弦管。另一名稱是「郎君樂」，因為奉祀者孟府郎君正是後蜀主孟昶。

元朝統治漢人，推行蒙文為「國語」。泉州堅守漢語，南音得以弦歌不輟。在宋、元時，泉州是國際貿易大港，正是海上絲路之起點。也因東晉南遷，所以城名晉江，河稱晉水。城北有小鎮亦名洛陽，後來北宋的蔡襄在洛江上更建了石砌的大橋，即名洛陽橋，千年長橋通行迄今。

民俗學者認為，大約在西晉懷帝之朝，貴族士紳遠離中原，避難閩南，得以安居泉州，南音乃能傳承。其樂舒緩閑雅，古樸之中含有細膩，風流倜儻，令人神馳。由於此樂多管弦而少鑼鼓，大眾覺得用於慶典不夠熱鬧，知音不多，但近年在西方各國演出，評價卻高。

南音之表演有幾個術語。「排場」是正式演出，「指」又稱奏指，是序幕，「曲」是唱曲，「譜」則是器樂。南音之發展當在一千八百年左右。《唐詩三百首》末，李白的〈清平調〉三首，據說就是南管散曲。其他名曲還包括〈韓熙載夜宴圖〉與〈陳三五娘〉等等。

我第一次聽南音，是在廈門大學讀書的那一學期。其時我正醉心西方的古典音樂，實非南音知音。後來聆賞的機會也不算多。上一次是兩年前應臺南國家文學館之邀，得聆賞「王心心南管樂坊」之精采表演，深感其唱腔與器樂之交融，如中土感性文化傳來遠古的芬芳，其風流蘊藉何輸於《桃花扇》、《牡丹亭》？

南管在臺灣弦歌未絕，是許多有心人合作維持的功勞。我的叔叔余承堯，不但把永春故鄉的「鐵甲山水」用網皴的手法畫出了名，而且贊助「臺北中華弦管研究團」歷三十載之久，對南管之不輟亦多貢獻。

王心心女士生於泉州之南管家庭，四歲即得父親教導，後來在大陸因表演傑出多次得獎。一九九三年來臺定居，曾加入「漢唐樂府」擔任音樂總監；後於二〇〇二年在臺北創立「心心南管樂坊」，親任藝術總監，不但在國內曾與林懷民合作演出《琵琶行》，而且多次遠征國外，在歐美亞各地表演，遍得好評。由她自己編曲、演奏、演唱的古典作品，包括〈清平調〉、〈靜夜思〉、〈下江陵〉、〈將進酒〉、〈獨坐敬亭山〉、〈望廬山瀑布〉、〈登鸛鵲樓〉等等，詩、歌相得益彰，為盛唐的宏音招魂。

心心女士不但有心維護古樂，而且有志貫徹古今。在臺南國立文學館演出的那次，她還匠心獨運，把我的兩首作品：〈鄉愁〉與〈洛陽橋〉，譜成南管，納入表演節目，一新聽眾的感受。此舉未必一蹴即成，但其開拓新疆的重大意義，應該可比李泰祥、楊弦首創以現代詩入民歌、搖滾。五月二日晚上，心心女士即將率樂坊南下，在高雄市中山大學的逸仙館演出。這一次的節目，用我的詩譜曲的，除〈鄉愁〉、〈洛陽橋〉外，又添了〈昭君〉、〈小小天問〉、〈夜飲普洱〉三首。歡迎南部的粉絲，甚至中部、北部的知音，都來聆賞。

——二〇一五年四月三十日

後記

《粉絲與知音》繼《青銅一夢》之後，是我最新的一部散文集，其中作品都寫於二〇〇六至二〇一四之間，也可以說，是我進入二十一世紀的第二部散文集。

本書共分二輯。第一輯得十二篇，篇幅較長，多為抒情與敘事融匯之美文，其地理背景包括大陸、臺灣、外國，而落實在汨羅江、重慶、溫州、杭州、皖南、西安；西子灣、臺東、花蓮；阿拉斯加、佛羅倫斯。時空關係都深長地統攝在倫理之中的一篇，是〈失帽記〉，其孺慕之情早應表達，迄失帽而終得依附。本書原來想以此篇為名。

第二輯得三十八篇，多為小品或雜文，主題相當紛紜，篇幅也都短小。其中從〈為梵谷招魂〉、〈迎畢卡索特展〉到〈車上哺乳不雅〉有十二篇，刊於《聯合報》或《人間福報》的專欄；從〈心猿意馬，意識亂流〉到〈翻案文章，逆向思維〉有四篇，原刊於《中國時報》，是擔任臺灣大哥大「簡訊寫作比賽」的決審委員，為鼓吹此道而撰的文章。另有多篇文章哀悼作者的師友，趙麗蓮、英千里、吳炳鍾、李煥、袁可嘉、許世旭、鍾鼎文、顏元叔、林忠民、杜十三等均在其列。

今年是我自港返臺，定居高雄的三十周年，歲月之長已逾生命的三分之一。能在此地安居樂業而弦歌不輟，文思常湧，實在要感激李煥校長當年相邀之情。如果當日我回臺灣是去了臺北，則海闊天空日月無礙的感覺就不會彌漫在我的新作之中。

同時，繼《舉杯向天笑》之後，我的評論文章也已累積得可以再出新書。目前正忙於推出詩集《太陽點名》和這本《粉絲與知音》散文集，要出版新評論集，只有期之明年了。

我最不喜歡有人問我：「你還在寫作嗎？」就算網路正在篡平面出版的位，我的作品仍經常出現在報刊上。這漫不經心的空洞問題，我聽來就像是問：「你還在呼吸嗎？」

——二〇一五年四月十九日

余光中作品集 22

粉絲與知音

作者　余光中
責任編輯　蔡佩錦
創辦人　蔡文甫
發行人　蔡澤玉
出版發行　九歌出版社有限公司
臺北市105八德路3段12巷57弄40號
電話／02-25776564・傳真／02-25789205
郵政劃撥／0112295-1
九歌文學網　www.chiuko.com.tw
印刷　晨捷印製股份有限公司
法律顧問　龍躍天律師・蕭雄淋律師・董安丹律師
初版　2015（民國104）年8月
定價　350元

書號　0110222
ISBN　978-986-450-008-6
（缺頁、破損或裝訂錯誤，請寄回本公司更換）

國家圖書館出版品預行編目資料

粉絲與知音 / 余光中著. -- 初版.-- 臺北市：
九歌, 民104.08　320 面 ；14.8×21公分. --
（余光中作品集；22）

ISBN 978-986-450-008-6（平裝）

855　　　　104011804